极简演讲集

章剑华 著

江苏凤凰文艺出版社
JIANGSU PHOENIX LITERATURE AND
ART PUBLISHING

本书作者　章剑华

自　序

　　由于工作岗位的缘故，尤其是担任江苏省文联主席后，我的工作内容之一，就是为艺术家站台，在艺术活动上讲话。这些讲话，都是我自己撰写稿子，有的则是即兴而讲。几年下来，竟有上百篇。有人建议我结集出版，我也正有此意，便略加整理，名曰"极简演讲集"，由江苏凤凰文艺出版社出版。

　　需要说明的是，我为什么把"讲话"改成"演讲"呢？人们通常把领导在各种场合的发言统称为讲话。如果细分一下，领导的发言，有的属于讲话，有的属于演讲。严格地说，讲话与演讲是有区别的。讲话往往是在会议上代表一级组织或一个团体发言；演讲一般是在各类活动、公众场合发表个人见解或意见。而我在许多场合的发言，基本上都是发表我个人的见解和观点，并不是完全代表组织的意见，所以称之为演讲更为合适。

　　对于演讲，许多人觉得难。首先难在写稿上。其实，写讲话稿也好，写演讲稿也好，都是把想要讲的话写下来。但写出来的话切忌是套话、空话、官话，切忌千篇一律、老生常谈，而是要有主题、有观点、有新意，还要有逻辑性、针对性和鼓动性。好的稿子是讲话和演讲的基础，而好的稿子往往出于自己之手，尤其是演讲稿更要自己来写，这样才能写出自己的观点、风格和个性。让秘书代劳，十有八九写不出好的演讲稿，即使写出来了也讲不好，因为不是自己深思熟虑的东西，不符合自己的语言习惯，讲起来就不会那么熟练与顺畅。所以，演讲者尽量要自己动手写好演讲稿。

写得好还要讲得好。演讲要讲，不能照本宣科，不能死记硬背。演讲者要善于根据现场情况和活动对象，适时调整演讲内容，适当进行临场发挥，讲得生动形象、风趣幽默，如果能现场互动一下，那就更好了。

无论讲话还是演讲，要特别倡导说短话。我在演讲集前加"极简"两字，顾名思义就是简短。我的演讲一般很短，不会超过 10 分钟，稿子在 1000 字左右。至于演讲的技巧，我讲不出更多的来，只有一条：熟能生巧。要多学、多思、多写、多讲。当然，更重要的是多干。实践出真知。一个有经历、有经验的人，才会有思想、有真知灼见，才能真正发挥出演讲的水平来。

目　录

走向经典

群峰迭起

艺苑多娇

———————————————— 第三辑

人文时空

走向经典

第一辑

胸中丘壑　笔底波澜

在美好的中秋时节，在美丽的云龙湖畔，尉天池书法艺术馆顺利落成并于今天盛大开馆了。

在尉天池书法艺术馆开馆之际，由荣宝斋出版社出版的《尉天池书法集》同时面世了。在尉天池艺术馆的藏品和其书法集中，汇集了尉老从 1968 年呈林散之老师函件到 2018 年整整 50 年创作的代表。在这里，请允许我选出其中四幅作品的四句诗文，作为对尉老书法艺术人生的描述与品评。

"大风起兮云飞扬，威加海内兮归故乡。"这是尉老在 2009 年创作的一幅作品，出自刘邦的《大风歌》，表达了刘邦回到故土的豪迈气概和无限感慨。今天我想套用一下，也写这样两句："书风起兮云飞扬，名扬书坛兮归故乡。"我把这两句诗送给尉老，也许他不会接受，但我认为这是实至名归。今天，尉老不是"衣锦还乡"，而是"荣归故里"。为什么这样说呢？尉老曾获得过许多奖项与荣誉，而其中最高、最重的就是中国文联和中国书协授予的中国书法兰亭奖·终身成就奖。这是中国书法艺术的最高奖，这是中国书法界对尉老艺术成就的充分肯定和最好褒奖。

"删繁就简三秋树，领异标新二月花。"这是尉老在 2014 年创作的一幅隶书作品，出自郑板桥题书的斋联。这正是尉老书法创作、创新的最好写照。尉老一生从事书法创作，已经 60 多年。

纵观他的书法创作，可以说一直在探索、一直在求变、一直在创新，不赶浪头，不趋风气，自辟新路，进而形成了他如今"删繁就简、领异标新"的书法面貌和书法风格。一是大写意。汉字本来就是写意的，而尉老在写意的基础上再写意，高度简练，大胆夸张，去除枝蔓，挺拔主干，使作品爽利劲捷、流畅简洁、清隽意达。二是大开合。尉老的书法创作，遵循"中敛旁肆"的规则。收，收得住；放，放得开。纵向聚气，横向取势，八面出锋，纵横驰骋，使作品挥洒自如、游刃有余、酣畅淋漓、跌宕起伏。三是大气象。尉老的书法创作充满着浪漫主义的色彩，无论是用笔结字，还是章法布局，皆为因势利导、随机应变，既是自然造化，又是性情所至。有人说尉老的书法有旁若无人、独往独来的霸气，而我认为尉老的书法展示出厚实雄朴、匡正恢宏的大气。正是尉老书法艺术中的大写意、大开合、大气象，构成了他书法艺术的独特面貌和崭新风格，在当今书坛独树一帜、独领风骚。

"世事洞明皆学问，人情练达即文章。"这是尉老 2013 年创作的一幅作品，出自《红楼梦》的一句话。简略地说，就是实践出真知。尉老在书法艺术上之所以能够取得如此大的成绩，与他的学养和经历是分不开的。大家知道，尉老是我国现代最早的一位书法教授，长期进行书法创作和书法教学，既有很深厚的创作功底，又有很坚实的理论功力。而且，尉老很早就走出书斋、走出校门，与社会广泛接触，积极参与社会活动，积累了丰富的人生阅历。我曾经对尉老进行过一次访谈，在访谈中尉老告诉我，书法家要多接触社会，多深入生活，多吃五谷杂粮，也就是说要有多方面的学养和丰富的社会阅历。他是这样说的，也是这样做的。尉老坚持做到理论与实践相结合，教学与创作相结合，把自己的学养与阅历渗透到书法创作之中，一改书斋创作、书生书法的老套路，使自己的书法之路越走越宽阔、越走越远大。

"胸中丘壑，笔底波澜。"这是尉老在 2012 年创作的一幅作品，有多个出处的不同表达。也许这是尉老的自我表白。对于书法家来说，学养与经历固然重要，而更重要的还有眼光与胸怀。有这样一句话：比大地开阔的是海洋，比海洋开阔的是胸怀。有多大胸怀就有多大格局，有多大格局就能成就多大事业。具体到书法上来说，有多大胸怀，就有书法多高的品位与气质。尉老长期担任省书协主席，为我省书法事业的发展和书法人才队伍培养倾注了大量心血，是我省书法领域的一面旗帜。他为书为事为人，胸怀宽广，目光远大，气度非凡，深得江苏乃至全国书法界的好评与崇敬。他的眼光与胸怀，成就了他书法艺术的大气大度、博大宏达。

总之，尉老以其毕生的努力奋斗，取得了在书法创作、书法教学、书法组织上的三项重大成就，成为当今书坛的一座高峰。

借此机会，我要代表省文联向他表示感谢与致敬，感谢他为书法事业作出的杰出贡献，感谢他为江苏、为家乡徐州赢得了崇高荣誉。

最后，我要引用尉老书法集的最后一幅作品的三个字"翰墨缘"来表达我的良好祝贺，祝贺尉老缘定江苏、缘牵徐州、缘注翰墨，以 80 岁的高龄、"80 后"的心态，让生命之春与艺术之春永驻，再创书法艺术的新辉煌！

赵绪成的意义

赵绪成的意义在于他的艺术创作。创作是艺术家的中心任务，作品是艺术家的立身之本。赵绪成正是这样。他从事书画艺术半个多世纪，无论是在学生时代，还是在长达 20 多年的江苏省国画院院长的岗位上；无论是在繁忙的工作之余，还是在退休之后，他都心无旁骛，潜心于书画艺术创作，用生命诠释艺术，用墨语追寻梦想，用心血倾注书画，创作了大量具有社会意义、文化情怀、艺术价值、思想深度的精品力作。

赵绪成的意义在于他的艺术精神。他始终高举江苏省国画院首任院长傅抱石先生"其命惟新"的艺术旗帜，坚定不移地弘扬艺术创新精神，在艺术创新之路上奋力前行。他有极其深厚的传统艺术功底。他早期创作的"飞天"等人物画，就已达到很高的艺术水准。然而，在艺术创作中赵绪成以其极强的创新意识和宽广的视野，汲取西画以及现代艺术元素，借鉴声、光、电等新兴艺术表现形式，独创了"新飞天"和"现代都市水墨"，开辟了中国画的崭新境界，构筑了当代中国画的艺术高峰。在书法创作中，赵绪成先生真正把书画艺术相融通，将中国画的构图造型手法运用于书法，但又不是那种把汉字还原于图画的简单做法，而是对汉字进行"水墨"造型，产生独特的艺术效果，进而将书法变成真正意义上的"现代书法"和"现代艺术"。

赵绪成的意义在于他的艺术生命。毕加索曾经说过这样一句话："我的小时候已经画得像大师拉斐尔一样，但我却花了一生的时间学习像小孩子一样作画。"赵绪成先生也是这样，他二十多岁时的绘画像七十多岁时那么成熟；他七十多岁时的绘画又像二十多岁时那么富有朝气。赵绪成先生始终充满着生命、思想和艺术的活力。他的心理年龄比实际年龄年轻得多，而他的艺术年龄正处在青春勃发之际。如今，他虽年逾古稀，但他正进入又一个艺术创作的高峰期。看他的作品，看他的展览，我们就知道他现在的创作热情是多么地高涨，他的艺术探索和艺术精神是多么地具有"洪荒之力"！

时代的印记

冯健亲先生是江苏美术界的领军人物，我们可以从他的作品中深切体味到艺术与人生、艺术与时代的相互影响，洞察出冯健亲艺术人生中无处不在的时代印记。

冯健亲先生出生于新中国成立前，他在很小的时候就萌生了艺术梦想，1957 年考入华东艺专（南京艺术学院前身），正式踏上了艺术之路，从一个对艺术的梦想者、向往者，进而迈进艺术的大门，拜师、学习、探索、精艺，逐渐成为一个成熟的艺术家。他的人生轨迹和艺术之旅，始终与时代车轮合辙共进，与时代发展携手同行，时代造就了他的艺术人生，他的人生也印证了时代的发展变迁。

与时俱进是冯健亲艺术创作的最大特点。他先学油画，后又从事过宣传画、漆画、壁画、彩墨、水粉画的创作；从对苏派油画的模仿、主题性油画创作，到对彩墨画、漆画的探索和对巨幅油画创作的尝试，不断追求、不断突破，皆有所成。在艺术实践的同时，他还孜孜不倦地进行理论探索和观念创新，始终秉承"艺术当随时代"的理念，调制最适合时代的色彩和形式，描绘兼具个人风格和时代风格的丹青画卷，创作了一大批时代特色鲜明的艺术精品。

一个时代有一个时代的文艺，一个时代有一个时代的精神。

反映时代是文艺工作者的使命。冯健亲先生正是承担起了这种使命，应时而生、与时俱进、顺时而歌。在他的作品中，不论是歌颂社会主义建设成就的《南京长江大桥》，还是展现祖国河山风貌的"黄山系列"，乃至反映当下社会现实的《春天里》，他都始终以一个艺术家的眼光，满怀一腔激情，用手中的画笔反映时代、歌颂祖国、礼赞英雄，自觉成为时代风气的先觉者和先行者。

卓然挺立一高峰

在中国美术馆举办的喻继高绘画展，既是一位老艺术家献给党的百年华诞的一份厚礼，也是喻继高先生艺术人生的全面回顾和系统展示。

花鸟画在中国画中"三分天下有其一"。与山水画、人物画相比，花鸟画有着更为悠久的历史。早在工艺、雕刻与绘画尚无明确分工的原始社会，中国的花鸟画就已萌芽，发展到两汉时期初具规模，又经唐宋，花鸟画完全发展成熟。经过数千年的发展，中国花鸟画积累了丰厚的文化底蕴和艺术传统，形成了立于世界民族艺术之林的独特创作范式和艺术语言，终于在近现代产生了吴昌硕、齐白石、陈之佛、潘天寿、关山月、李苦禅等花鸟画大师。

在当代，喻继高先生无疑是工笔花鸟画的名家大师和代表性人物。

喻继高绘画的最大特点是雅俗共赏。"雅俗共赏"这四个字形容文艺作品，可以说是用得最多、最普遍，甚至有点滥用。而在我看来，雅俗共赏是艺术的最高境界、最高水准，真正做到雅俗共赏谈何容易？要么雅，要么俗，雅与俗是一对矛盾，所以，我们总把文艺作品分为"阳春白雪"和"下里巴人"。而在喻老这里，雅与俗对立统一，相互交融，有机结合，因而他的作品能够真正做到雅俗共赏。

为什么喻老能做到这样呢？

喻继高先生深谙中庸之道的中国哲学。中国人反对极端，尝试在两极之间，找到最合适、最巧妙的一个点或一种方法，而不是简单地取一个中间值。这就是中国人的哲学、中国人的思维方式、中国人的聪明之处。喻继高先生正是运用高明的哲学思想指导绘画，在雅俗之间、高低之间、时空之间，找到一个平衡点，找到一个最合适、最巧妙的方法，把雅与俗原本的一对矛盾，实现对立统一，做到雅而有度，俗而有限，雅中有俗，俗中有雅，雅不艰涩，俗不俗气，进而做到曲高和众、人人喜爱。

喻继高先生深谙"和谐"两字的文化精髓。"和谐"是中华文化的核心与精髓，而和谐的要义在于"和而不同"。一片森林，没有两棵完全相同的树，没有两片完全相同的叶子，但欣欣向荣、和谐共生；一个社会，没有两个完全相同的人，没有两种完全相同的想法，但相互包容、和睦相处。这就是和谐，这才叫和谐。在喻继高先生的艺术作品中，我们同样可以感受到、欣赏到这种和谐之美——不同的草木、不同的花鸟，不同的山水、不同的色彩，在这里有机地组合在一起，形成一幅幅和谐、和合的美好图景，给人以赏心悦目、心旷神怡的审美享受。

喻继高先生深谙工笔花鸟的审美取向。中国花鸟画具有很强的抒情性，画家通过花鸟草木的描绘，寄寓自己独特的感受，类似于中国诗词中"赋、比、兴"的手法，缘物寄情，托物言志，表达出自己的审美取向和思想情感。所以，工笔花鸟不仅是"写实花鸟"，更是"写意花鸟"，十分讲究立意，它不是就花画花、就虫画虫，不是照抄自然，而是紧紧抓住动植物与人们生活的关系和思想情感的联系，反映社会生活，记录人事变迁，表达人们志趣，体现时代精神。喻继高先生的花鸟画，正是抒发了他对社会、对人生、对生活的理解与追求，同时也生动描绘了当今社会的现实图景，表达了人们对美好生活的向往和人与自然和谐相处的精神境界。

这就是喻继高之高。他不愧为工笔花鸟画的高手，达到了工笔花鸟画的思想高度、精神高度和艺术高度，进而成为当代画坛卓然挺立的一座艺术高峰。

如今，喻继高先生已经九十多了，但在他的艺术世界里，依然是百花盛开、鸟语花香、生机盎然。

经典之经典

何谓经典？我们望文生义地理解，经就是经久不衰，典就是典范意义。所谓"典范"，必须同时具备三个性，即独创性、样本性和文化性。只有具有典范意义且经久不衰的艺术作品才是经典。

林散之先生的书法作品，就是我们这个时代的经典作品。许多人评论林老的作品，用气、韵、意、趣四个字，我作为观众，看到的是三个美：

一是骨感之美。林散之先生是用长毫中锋来写字的，每一笔、每条线、每个字都是有筋有骨有劲有力。这是用笔的高超之处。

二是圆润之美。除了用笔，林散之先生还有一个独到之处，就是用墨、用纸。通过笔、墨、纸的相互作用，产生一种独特的效果，圆巧滋润有层次，浓淡枯湿于一体，充满变化，富有美感。

三是飘逸之美。林老的作品，从单个字看，中敛旁肆，中间收得比较紧，周边放得比较开。从整幅作品看，疏密有致，无意中有章法，自然中有意趣。

林散之先生被称为"草圣"，成为三百年来草书第一人，是当之无愧的。他的作品的确是经典之作，代表了一个时代的书法高峰。

　　艺术经典是非常难得的，因而也是十分珍贵的。我们对于经典要有敬畏之心、崇拜之情。艺术需要传播，经典值得欣赏。我非常赞赏收藏家们能够把这么多林散之的作品收藏起来、保存下来，也非常感谢经典美术馆举办这样的展览，向社会公开免费开放，让更多的人能够欣赏到经典。收藏、展览、交流都是在传播经典，使经典发挥更大的社会效益。

　　经典不仅是艺术家的艺术作品，还包含着他的精神、思想和人格，要有隽永之美、永恒之情、浩荡之气。所以，我们在欣赏经典作品时，还必须把握经典的精气神，弘扬经典的精神，不光满足我们的审美需求，同时也要从中得到启发，接受熏陶，获得力量。这才是经典的更大意义。

高二适之高

　　高二适先生是矗立在江苏大地上、享誉全国的一座艺术高峰，被誉为"20世纪文人书法四大家"之一。上个月，国家文物局公布了1911年后已故书画类作品限制出境名家名单，其中就有高二适。可见，高二适先生书法艺术的成就之高、地位之高。我们相信，随着时间的推移，高二适先生在文化史、哲学史、艺术史、书法史上的地位还将不断上升。

　　刚才，吴为山馆长、孙晓云主席的讲话，对高二适先生的生平、书法和多方面的成就作了详细的阐述。今天，我换一种角度，用大家知道的三个故事，讲一讲高二适之高——书法之高古、学术之高深、品格之高尚。

　　先讲第一个故事：草圣平生。在某次全国书展上，一位名画家给高二适写信，赞誉他的书法为"全场之冠"。那时，高二适先生正生病住院，他的家人拿着这封信兴冲冲来到医院，把信交给他。他读信后笑着说："我当然第一，何劳他这么说！"听了这个故事，大家不禁会说，他真自信。是的，高先生非常自信，他有一方闲章："草圣平生。"高先生为什么能这么自信呢？他的自信源自自身的实力。他善于书法，在汉隶、楷书、行书、草书上用功极致，尤其擅长草书。如果把草书比喻为一条河流，那么，章草是源头，今草是上游，大草是中游，狂草是下游。高二适先生从 50 岁开始，在草书这条河流中遨游，在史游的《急就章》、王羲之的今草、杨凝式的行草、张旭的狂草上追根溯源、循序渐进，到 65 岁之后，高二适先生的草书开始变古出新，独创一格。而他的独创，不是"截流"，而是"汇流"，也就是把章草、今草、大草、狂草诸体打通，将章草的严谨古朴、今草的妍丽典雅、狂草的张扬奔放融为一体，形成"亦章亦今亦狂"的独特风貌。今天我们看他的作品，正所谓"静若处子，动如脱兔"，既有严谨的法度、文人的率性、高贵的气质，更有极高的审美价值和学术价值。

接着讲第二个故事：兰亭论辩。这个故事大家比较熟悉：1965 年，郭沫若与高二适就王羲之《兰亭序》的真伪问题，分别在《光明日报》和《文物》杂志上发表了不同观点的文章，被称为"兰亭论辩"。毛泽东主席就此致信郭老："笔墨官司，有比无好。"对于这个故事，人们更多地称颂高二适敢于直言、坚持真理的非凡勇气。这当然没错，但我认为，从这个故事中，从这次论辩中，我们更看到了高二适先生学术水平之高。他对王羲之的书法进行过长期而深入的研究。人们对于王羲之的书法，一般都以《兰亭序》为最深印象，甚至把它当作王羲之书法的固有特征和面貌。殊不知，王羲之善写多种书体，他的今草在开始时，隶书和章草的笔法、笔意很浓，且在之后一直处在变化之中。我们今天看到的王羲之书法作品，每幅都有变化，每幅都不一样。这才是书法大家。高二适先生正是看到了这一点，同时加上其他许多论据，才认定《兰亭序》出自王羲之之手。这充分体现了高二适先生的学术水平和学术精神。

再讲第三个故事：吾爱真理。与高二适交往甚密的一位重要人物是章士钊。他是著名的学者、教育家和政治活动家，曾任中央文史研究馆馆长。无论是年龄还是地位，两人相去甚远，但章士钊对高二适十分看重，关怀备至，不仅推荐高二适担任江苏省文史馆馆员，还把高二适的文章转交给毛主席。可以说，章士钊是高二适的恩师和伯乐。有一次，高二适看了章士钊写作的《柳文指要》一书，发现其中有不少失误，于是摘出二百则，还洋洋洒洒写了《纠章二百则》。有人问高二适："章先生是您老师，您怎么能编这样一本小册子呢？"高二适坦然答道："吾爱吾师，吾更爱真理。"由此可见高二适的知识分子性格和文人风骨。无论是对待郭沫若、章士钊，还是其他学术权威，他都坚持真理，敢于直言，绝不隐瞒自己的观点，正如他所言："吾素不乐随人俯仰作计。"对此，章士钊不仅不计较，反而大为称赞道"二适近年猛进，多所发明"，并继续在各种场合推荐高二适的才华与学识，充分肯定他在诗、书、文、史、哲等方面的成就。

关于高二适的故事很多，我选出这三个故事，从不同的侧面反映高二适先生的艺术、学术和品格。我想，今天我们举办高二适书法作品展，不仅是为了展示和纪念，更是为了向他学习和致敬。高山仰止，景行行止。我们要学习高二适先生高超的书法艺术、高深的学术思想、高尚的精神品格，进而提高艺术家的学养、修养和涵养，推动艺术的高质量、高水平发展。

积健为雄当“武体”

今天，在海棠艺术馆举办“唯实——武中奇书法艺术研讨”，无论是以组织的名义，还是以个人的名义，我都要来参加。从组织上来说，武中奇先生长期担任江苏省书协主席，他还书写了“江苏省文学艺术界联合会”的单位名，至今镌刻在省文联大门前的巨石上。从个人来说，我在担任省电视台台长和省文化厅厅长期间，与武老相识，并三次到武老家中拜访，聆听过他的教诲和书法上的指点。

武中奇先生是在全国有影响的、德高望重的书法大家之一。我不知道他是不是一生下来就取名“武中奇”，但他确实是“人如其名，字如其名”。大家称他是“三高”：德高、艺高、寿高。而我说他有“三奇”：人奇、武奇、字奇。说他“人奇”，是他从一个农村穷苦孩子成长为一代书法大家，当属奇才；说他“武奇”，是他行伍出身、戎马生涯，曾指挥战士用枪打下飞机，不愧为奇兵；说他“字奇”，是他独辟蹊径、独树一帜，独创“武体”，早年还应陈毅之邀，书写“上海市人民政府”的牌匾。

武中奇的书法之所以被称为“武体”，是因为他的书法具有高度的独创性、识别性和影响性。

一是以真入草。武老的真、草、隶、篆均有深厚的功力，尤以真、草见长。以真入草，真草结合，真中见草，草中见真，既立得住，又放得开。

二是以碑融草。武老从小临习唐楷和魏碑，有很好的传统书法功底。后来在他的草书中自然融入了魏碑的精神，是以碑融草的大胆尝试者和成功者，开宗立派，独树一帜，充分体现了唐楷风骨、魏碑神韵，终成"武体"。

三是以武成草。他的书法艺术的特色和风格，实质是其投身革命近五十年胸怀坦荡、视野开阔、坚韧不拔、高风亮节的内在力量在书法形态、书法内涵、书法精神上的具体反映，体现了军人风范和革命精神，正可谓：苍劲有力，积健为雄。

武中奇先生曾经亲自书写并亲手赠送给我四个大字：高峰入云。现在悬挂在我家的客厅中央。武中奇先生就是一座高耸入云的书法高峰。我要以他为榜样，与全省艺术家一起，努力构建我省文化艺术高峰！

百年孤独　艺术长青

　　沙曼翁先生是完全意义上的江苏书家，也是完全意义上的中国书家，堪称当代书法艺术界的一代宗师。先生一生经历了20世纪中国社会的剧烈变革，但一直扎根江苏苏州这块文化土壤，倾毕生精力于中国传统艺术创作与研究，创造出既有个人独特风貌又有时代特质的艺术精品，取得了令人瞩目的艺术成就。2009年他以94岁之高龄全票获得第三届中国书法"兰亭奖"终身成就奖。

　　沙曼翁先生也是一位桃李满园的书法教育大家。先生不仅在艺术上孜孜以求、勤奋创作，而且还乐于投身书法篆刻艺术的教育事业，他游学于海内外，普及、推广和提升书法艺术，引领着当代书法篆刻艺术创作的审美方向，他培养的一大批优秀书法篆刻人才，业已成为当代书坛的中坚力量。

　　沙先生更是一位德高望重的当代书法艺术界的道德楷模。先生遵循古训，回归生命的本真，用心灵体验追寻中华艺术的美学精神，书写一名艺术家的百年孤独，书写一个文化人的历史责任。

　　沙先生以他的作品、以他的人格，谱写了光辉的艺术人生。今天，我们在此纪念缅怀沙先生，不仅是对其艺术遗作的学习与瞻仰，更是对沙先生艺术精神的继承与发扬。我们从沙先生的艺术作品、艺术审美和人格魅力之中，看到了一位在中国传统艺术园地毕生耕耘的艺术家对中国艺术核心精神的理解和追求，看到了他的艺术思想在当代的文化意义与时代价值。

斯人已逝，幽思长存，艺术长青，精神不朽。今天我们不仅要深情缅怀沙曼翁先生，还要学习他坚守艺术家本分和天职的精神；学习他潜心艺术，不慕虚荣的高尚品格；学习他奖掖后学、无私奉献的情怀。

艺术即人生

为了纪念吕凤子先生诞辰 130 周年，我们在这里举办全国书画名家邀请展。主要有三层含意：

一是怀念。吕凤子先生是我国 20 世纪著名的美术教育家、书画艺术家，他一生在艺术教育这块园地里辛勤培育，播扬芬芳，鞠躬尽瘁，功在国家与人民，是永远值得人们怀念的。

二是追寻。吕凤子先生的人生轨迹已经融汇进我国 20 世纪上半期波澜壮阔的社会、文化、艺术、教育发展的进程之中，深深影响了中国书画艺术和中国美术教育的进程。他的一生主要做了三件事：艺术教育、创办画院、书画创作。一个人一生做好一件事就不容易了，他做了三件事，而且都很成功。他为国家和社会培养了大批实用艺术人才，著名艺术家刘海粟、徐悲鸿、张大千、李可染、赵无极、吴冠中、朱德群等都有向他问业受学的经历；他是江苏省国画院的筹委会主任，为江苏省国画院的创办发挥了重要作用；他在艺术创作上独领风骚，创作了许多时代气息、艺术气息浓郁的经典之作。

三是弘扬。我们今天举办全国书画名家邀请展，其主要目的在于继承吕凤子先生的艺术思想，弘扬吕凤子先生的艺术精神。吕凤子先生的艺术实践和艺术主张有着强烈的现实主义色彩，他认为绘画具有教育功能和社会意义；作画不能空谈，要画之有物、"写神致用"、赋予内涵；画家既要有深厚的文学修养，又要深情地关注现实、关注社会、关注人民。吕凤子先生的这些艺术思想和艺术精神，至今仍然具有重要意义，值得继承并发扬光大。

吴冠中的乡情

家乡以"乡情"为题举办吴冠中百年诞辰纪念展，不仅仅是纪念，更是一种真真切切的乡情，既是吴冠中先生以他的画作留给家乡人民的乡情，也是家乡人民对吴冠中先生表达的崇高敬意和浓浓乡情。

说到乡情，我记得陈丹青曾说过，齐白石的成功，源于他骨子里的乡情味。吴冠中先生又何尝不是这样呢？我在这里要向大家介绍一下吴冠中先生的一篇散文，题目就叫"乡情"，请允许我用宜兴普通话念几段：

为了探求生活中及大自然中的美，数十年来我几乎年年背着画箱走江湖，人们都习惯地称这种工作为旅行写生，但我却很不喜欢"旅行写生"。用绘画来表现对祖国的情意，作者不是旅行家，在母亲面前，我不愿只是过客，我要投入母亲的怀抱来感触她的体温和心跳。

自从读了鲁迅的小说，我对自己的故乡更感到无限深情，它与鲁迅是血肉相连的！今年鲁迅诞生一百周年，为了表达我对他的崇敬，很想画一组"鲁迅的乡土"，这回不再去绍兴，而回到久别了的家乡来寻找鲁迅的土壤，寻找回忆中童年的梦境。

我和《新华日报》的记者们一同到了涌湖之畔的南新公社，我们坐了小汽船向湖滩驶去，像寻找失落了的情人似的。我站在船头激动地向四周探望，啪啪啪啪的机船击水声实在太闹了，它打断我的情思，而我本想静听摇橹的咿呀之声的！多宽阔的河面呀！我全不相识了，公社杨书记说那是连接太湖和涌湖的运河，长五十华里，十万民工一个月挖成的。啊！那是故乡的苏伊士运河！运河两岸密密的桑园，桑树刚吐豆大的芽，枝条交错组成了疏密有致的画面，其间透露出穿着鲜红明绿的姑娘们的身影，衬着江南春阴天气特有的银灰天空，这色调令我陶醉。偌大的渔网往往又横跨在大河上，隔着网看那遥遥的渔船帆影和初透水面的芦苇新叶，帆影满湖芦芽短，是诗是画，我的故乡是诗画之乡！

　　这篇散文中提到的涌湖和南新公社都是我青少年时代学习、生活、劳动的地方，而且，他上船的地方就是我家门口的河埠，他提到的那条运河就是我参加开挖的。所以，吴冠中先生的乡情就是我的乡情。不过，吴冠中先生的乡情比我的深、比我的美、比我的更有意义，他的乡情将流芳百世。

　　当然，吴冠中先生流芳百世的，不光是他的乡情，更主要的是他一生钟爱的艺术，是他创作的伟大作品。现在我们经常会看到近现代中国十大画家的各种排名，无论怎么排，宜兴总归应当占两个席位，一位徐悲鸿，一位吴冠中。这个地位是不会动摇的，而且随着时间的推移必将更加巩固。吴冠中先生是当代当之无愧的绘画大师和艺术高峰。这座高峰体现在三个高度：

　　一是艺术的高度。吴冠中一生不懈探索东西方绘画的借鉴与融合，在两种艺术语言和美学观念的碰撞中发出艺术的火光，以自己持之以恒的艺术实践进行着油画民族化和国画现代化的求索，形成了自己独特的创作理念和艺术风格，尤其是他的新彩墨画，构图新颖别致，色彩超凡脱俗，意蕴耐人寻味，具有融合性、创新性、唯一性和特有的美感、内涵，由此达到了审美的新高度，独领风骚。

二是思想的高度。吴冠中一生崇拜鲁迅，他曾说过，画家不一定是思想家，但必须是思想者。而我认为，吴冠中先生是名副其实的思想家，我曾看过他的散文和杂谈，也看过他接受记者采访时的视频，在他的文章和访谈中，有许多鲜明观点和真知灼见闪耀着思想的光芒。他曾说过的两句话引起了争论，一句是"笔墨等于零"，一句是"一百个齐白石顶不上一个鲁迅"。第一句强调的是画面、情感的重要性，第二句话强调的是思想对于艺术的重要性。没有极端之言就不会有争论，没有引起争论就不会引起反响。吴冠中先生正是用这种方式启示艺术创作，警示艺术家。他的思想何其深刻，用心何其良苦。

三是人格的高度。吴冠中一生清廉正直，既敢于直言，又严于律己。前不久在网上看到他的邻居写的一篇短文，说到吴先生一直住在一个老小区几十平方米的斗室之中，经常去隔壁的小理发店里理发，与邻里居民亲切攀谈，一点没有大画家的作派。这虽然是平常之事，但足见吴先生的优良品格。他不追求物质上的享受，不追求市场上的价位，不追求自己的名利地位，潜心于艺术创作，用优秀作品作为自己的立身之本，并将自己大量的精品之作捐赠给国家，体现了一位艺术家的社会价值和爱国情怀。

我们以吴冠中先生为家乡的骄傲，更以他为学习的榜样。

天赐之作

我曾经为许多健在的书画家办过展、作过序、站过台、讲过话，却不曾为逝世的书画家讲些什么、写些什么，当然是少有这样的机会，但主要是不敢，对他们的人事与艺术不够了解，不能妄言。

而今天，应南京博物院之邀，参加"苏天赐百年诞辰纪念展"。尤感荣幸的是，院方转达了苏天赐先生家属之意，特邀我来观展。苏天赐先生是 20 世纪中国杰出的油画家、著名美术教育家之一。我不认识苏先生，也从未看过他的油画真迹，但久闻大名、心慕已久。这次终于有机会一次性看到 88 幅苏天赐先生的代表作，真是三生有幸、高山仰止。

如果要我谈谈观展的感受，我不假思索脱口而出 4 个字："天赐之作"——既是苏天赐先生创作的油画作品，也是老天赐予人类的艺术瑰宝。

艺术瑰宝亦称艺术经典。何谓经典？就是具有"隽永之美、永恒之情、浩荡之气"的艺术作品。苏天赐先生的作品三皆备。

隽永之美为何美？苏先生的风景油画取材于江南，以自然风貌、山水景象，探求"西方的缤纷、东方的空灵"，抒发对自然的感怀，艺术语言清新、画面明快空灵、色彩缤纷艳丽，创造了一种自然之美、诗意之美、境界之美的中国油画新气象。这就是隽永之美——感情深沉、意蕴幽远，充满着浓郁的东方审美情调，洋溢着诗一般的韵律，犹如余音绕梁，三日不绝，给人一种独特的美的感悟与享受。

永恒之情为何情？在苏先生生命的最后十年中，他隐居郊外，寄情于自然，在杨柳、飞燕与烂漫山花之间，与自然对话，与先贤对话，与自己的灵魂对话，寻找艺术之灵感，并用手中的画笔，以更趋简洁的意象，甚至抽象的艺术语言，描绘山水之美，抒发天地之情，并以此表达自己的爱国情怀和乡土之情。

浩荡之气为何气？浩荡之气在政治家、军事家那里是壮阔的气势、英雄的气概，而在苏先生这里则是"春风浩荡"。他获得了艺术形式与艺术灵魂的对应，从眼前景象到心灵意象，超乎想象，超越自我，形成了独具一格、气韵生动的中国"气韵油画"，极大地丰富了中国油画的表现手法与艺术风格。

我一向认为，真正的文艺高峰与艺术经典，在艺术家生前一般难以确定，往往要在他们的身后，甚至几十年乃至几百年后，才能得到人们和艺术史的认可。而苏天赐先生虽然离开我们只有16年的时间，但我们已经可以预言，苏天赐先生必定是我国的一座艺术高峰，他的许多作品堪称艺术经典而永载史册。

萧平不平

萧平先生是一位学者型、多才能的艺术家，在国内外有着广泛的影响。我把他的艺术之路概括成四个字："萧平不平。"具体地说，有四个"不平凡"：

一是书法的笔墨功力不平凡，二是绘画的造型能力不平凡，三是鉴定的辨别眼力不平凡，四是史论的写作笔力不平凡。

大家必定会想、必定会问：一个人能做到一个不平凡就很不容易了，而萧平先生怎么能够达到四个不平凡呢？

在我看来，这并不奇怪，也不鲜见。从古到今，都有这样的例子。远的不说，就说当代，我们大家都熟知的冯骥才先生，就是在绘画、文学、文化遗产保护与教育等多个领域建树颇丰的文化大家。

萧平先生也是这样，在书法、绘画、鉴定、史论等领域都颇有成就。其实，文学、艺术、历史、哲学等都是相通的，相融的。不仅如此，不同门类、不同领域的结合，正是综合创新的有效办法。我看萧平先生正是有意无意地学会并运用了综合创新的方法，走出了一条自己的艺术之路。

比如他的书法，把章草、今草、狂草熔为一炉，锻造出具有鲜明个性、闳约深美、风格刚劲隽雅的书法作品。

比如他的绘画，常常将中国画中相对独立的山水、花鸟、人物画综合在同一幅作品中，把平面变为立体，把静态变成动态。欣赏他的画，我们不仅可以看到丰富绚丽的色彩，而且仿佛能听到优美的天籁，仿佛能闻到清新的山野之气，还仿佛在听一个深远的历史故事。

又比如他的书画鉴定，把画史、画理、画法综合起来加以比较研究，从而确定真伪，独具慧眼。我曾经邀请萧平先生到省文化厅做过讲座，他广博的知识和独特的鉴定方法，令人佩服。

再比如他的史论，把文史哲的逻辑思维、书画创作的形象思维以及鉴赏古物的实践经验有机结合起来，形成独到见解。他出版的《丹青古今论》，叙史与画评相得益彰，具有较高的学术价值。

总之，萧平先生走出了一条不平凡的艺术之路，取得了不平凡的艺术成就。

"学院派"的使命

对于沈行工老师，我久仰大名，但相见相识比较晚。我在江苏省文化厅工作的时候，他曾亲自到我的办公室，与我谈油画，并提出能否对南京艺术学院的油画创作予以一定的支持。当时我就一口答应。

为什么会那么爽快呢？因为我知道，在江苏，国画创作的力量主要集中在省国画院，版画创作的力量主要集中在省美术馆，而油画创作的力量主要集中在南京艺术学院。那时，我们对国画比较重视，而对油画重视不够，与南艺的联系和合作也不多。听了沈老师的一席话，我觉得应当弥补这一块的缺失。从此以后，在沈老师和陈世宁院长的努力下，就有了每年一次的"江南如画"专题创作和主题画展，推出了一批高质量的油画，使我省的油画创作上了一个新台阶。

在我眼里，沈老师的画是"学院派""文人画"。当然，并不是在学院的画家就一定是"学院派"，也不是文人画的画就是"文人画"。"学院派""文人画"是特定的概念，有特定的涵义，也有特定的使命。

当代中国书画，正处在一个观念变革、理论转型、创作模式更迭的发展时期。在这样的时期，"学院派"应运而生，并自觉地站到时代发展的前列，承担起推动书画艺术变革与发展的历史使命。这个使命，我认为就是推动艺术发展和艺术创作的双重任务。在艺术发展上，推进书画在价值取向、思维结构和表达方式上的理性进程，加强专业化、规范化、体系化、多元化建设。

在艺术创作上，就是要使书画作品在美化的基础上，实现"雅化、文化、诗化"。所谓"雅化"，就是源于生活高于生活，源于民间高于民间，源于乡土高于乡土，提升艺术表达、艺术呈现的水准和品质。所谓"文化"，就是画以载文，文以载道，增加书画作品的思想性和文化含量，使之更加耐看和耐人寻味，并引人以思、启迪心灵。所谓"诗化"，就是在艺术表达上更加自由、放松、率性，用意象的手法，营造诗一般的意境，进而让书画作品达到出神入化、诗意盎然的艺术境地。

显然，沈行工老师有意或无意、已经或正在承载起"学院派"的使命。他长期在高校工作，既担任过艺术教育的行政领导，又是艺术创作的领军人物，因而在推进艺术发展的理性进程和专业化、规范化、体系化、多元化建设方面做了大量工作，作出了很大贡献。同时，沈老师作为一名卓越画家，在油画创作中，加强了色彩的对比，如桃红与柳绿、艳黄与紫色、殷红与青蓝等对比，有效地"雅化"了"民间"的风味，既不落俗套，又富有个性魅力。

同时，沈老师在油画作品中，注入了江南文化的独特元素，挖掘出它的思想内涵，并融入了自己的主观体验和精神追求。更为难得的是，沈行工老师的江南风景画，在色彩语言上创造性地运用了中国诗性文化的表达方式，综合提炼了对表达对象的印象与感悟，诗意地呈现出江南景色。

所以，沈行工老师的艺术成就和贡献，远远超出了他的油画作品本身，他的艺术思想、艺术创新以及艺术使命感，值得充分肯定和弘扬。希望书画界、学术界更多地关注沈行工老师，从他的作品和身上吸取思想营养和艺术经验。

李涵的内涵

癸卯初夏，荷风送香。坐落于团汈之滨的九洲美术馆，迎来了中国当代书画名家李涵的作品展。

李涵先生现为中央民族大学美术学院国画研究室主任、教授。他自幼酷爱绘画，16岁成为国画大师李苦禅的入室弟子。20世纪60年代初入中央美术学院中国画系深造，70年代又受教于艺术大师吴作人先生。

名师出高徒。从艺术大师那里获得真传的李涵先生，在几十年的艺术生涯中，以其创作成就成为我国当代的书画名家。早在1989年，李涵先生就在中国美术馆举办展览，其作品在画界反响强烈，成为画苑难得的珍品。后多次为人民大会堂、中南海和许多外国大使馆作画，并在美国、加拿大、德国、日本等国和中国的港台地区举办展览，作品被国内外许多收藏机构收藏。

人如其名。李涵先生是一个富有内涵的艺术家。他的内涵蕴含在他的书画艺术里。我们从他的书画作品中，可以窥见其学养与涵养，领悟其特点与水准。

一是意韵生动。李涵先生的画取材于自然和生活，花鸟走兽、人物山水，皆有涉及，尤其擅长大写意。在中国画中，写意难，大写意更难；写意高，大写意更高。李涵先生的创作，通过用笔的节奏和墨色的变化，使作品笔不到意到，墨不浓意浓，呈现出一种生动的韵律，表现出一种形外和画外的境界——意韵生动，画面鲜活，表达了他独特的造型观和意境观。

二是妙趣横生。李涵画风纯朴，道法自然。他长期观察大自然，融入大自然，描绘大自然。在他笔下，那些花鸟草木、飞禽走兽，神态逼真、活灵活现、妙趣横生、栩栩如生，不仅给人以美的享受，而且给人以物我两忘的境界，并带给人们无穷的生活乐趣。如果说国画富有意境就已十分难得，那么充满趣味就更是难能可贵。

三是书画融通。李涵先生的中国画之所以意韵生动、妙趣横生，与他的笔墨功夫也是分不开的。他认为，书法功力不足是当下中国画画家的软肋，要提高绘画水平就须练好书法。因而，李涵先生长期坚持书法练习与书法创作，他的行草与大草达到了很高的水平。他一方面将草书笔法融入画中，挥洒自如，行笔苍劲洒脱，线条刚柔相济，"书法的写意"加上"国画的写意"形成了他独特的文人画大写意风格。另一方面，李涵先生在作品的题款与落款上，以其娴熟潇洒的书法一挥而就，与画面的内容、布局和风格相兼相融、浑然天成、相得益彰，使他的作品更加完整与完美。

本次展览虽然规模不大，作品不多，但不愧为"思想精深、艺术精湛、制作精良"的精品展。我们衷心感谢李涵先生把他的作品在这里展出，让人们欣赏到真正的精品力作和经典之作，领悟到书画艺术的丰富内涵和独特魅力。

用精品承载经典

　　孙晓云是享誉全国的著名书法家，是江苏文化艺术界的一面旗帜，是当今中国书坛的代表人物。她连续三次作为党代表参加了党的十七大、十八大和十九大，曾获得"全国先进工作者""全国杰出专业技术人才""全国首批宣传文化系统'四个一批'人才""全国德艺双馨文艺工作者"、中国书法兰亭奖"艺术奖"、江苏省首届"紫金文化奖章"等荣誉。

　　孙晓云的这些荣誉，是用书法创作成就所支撑起来的。她从3岁开始临池学书，至今已经整整60个年头。60年笔耕不辍，60年奋斗不止，终于登上了书法艺术的高峰。今天这个展览，虽然不是她书法艺术的全貌，但我们从中可以领略到这座高峰上的最美风景。

　　用精品写经典。书以载文，文以载道，是孙晓云书法艺术的理想追求。中国经典名篇因中国汉字而传承光大，又因中国书法而熠熠生辉。这是中国历史上下五千年薪火相传的文化密码，也是中华文明闻达于世界的重要因素。今天展览的主要作品，是孙晓云几年来用书法书写的《道德经》《大学》《中庸》《论语》《孟子》等古代名篇，以及新近创作的《历代家规家训》等，累计15万字。她为创作这些作品，用掉了两百多支毛笔，可见她用了多大的功夫！孙晓云凭一己之力完成了一项巨大文化工程：以书法书写名篇，以精品承载经典，把思想精深、艺术精湛、制作精良的书法作品与具有隽永之美、永恒之情、浩荡之气的经典完美结合，集书法本体、文字内容、思想内涵于一体，既弘扬和传播了中华文化精华，又充分发挥了书法的艺术功能和社会功能。

尽精微致广大。精益求精，独具匠心，是孙晓云书法实践的最大特点。她的书法作品，给人以最突出而深刻的印象，就是一个精字，即：精微、精致、精到、精美。一个精字，来之不易，其中蕴含着她的初心、恒心和匠心。没有几十年的持之以恒，没有几十年的千锤百炼，达不到这个精字。我们从孙晓云的创作状态中可以看到，捻管转笔，娴熟练达；提按顿挫，笔笔精到；浓淡枯湿，自然天成。更难能可贵的是，一笔之中跌宕起伏，一字之中精妙无穷，一幅之中和而不同，进而形成了她所独有的笔墨细腻、结体雅正、沉着痛快、平中见奇的书法风貌。古人云，致广大而尽精微。孙晓云正是以其精美的书法，体现了中华传统文化的博大精深，提升了书法艺术的审美价值，实现了雅俗共赏的艺术境界。

从有法到变法。深入传统，与古为新，是孙晓云书法理念的突出体现。她非常注重书法实践总结和理论研究，结合自己几十年创作经验，对传统与创新的关系进行深刻思考，写作了《书法有法》一书，17年来畅销不衰，在海内外产生重大影响。她深入书法的骨髓之中，追根究底、探微求真，纵论书法之法，揭示书法之道。从书法历史来看，书法是从无法到有法；从书法创作来看，书法是从有法到变法。这个法，既是微观的方法，又是中观的规范，更是宏观的法度。离开了"法"字，就不能称其为书法。孙晓云坚守书法理念，在书法创作中，以"二王"为基础，以帖学为功底，法度严明、传承有序，笔笔有根据，字字有来历，但又不拘泥于法，不墨守成规，而是传承中有创新，规范中有突破，有法中有变法，以古人之规矩，开自己之生面。这是孙晓云书法艺术的成功之道，也是当今书法艺术发展的正道。

盖有非常之功，必待非常之人。作为一名女性书家，孙晓云有着非常的耐心和勤勉的精神，像做女红一样写书法，几十年如一日，潜心研习，精心创作；作为一名艺术家，孙晓云有着非常的天赋和坚定的理想，把书法作为精神寄托，视艺术为自己的生命，不忘初心，终生追求；作为一方书坛掌门人，孙晓云有着非常的毅力和高度的自觉，坚持正确方向，坚守艺术阵地，秉承紧跟时代、服务人民的艺术宗旨，引领健康向上、承古开新的书坛风气，培养德艺双馨、风清气正的书法队伍，为江苏乃至全国书法艺术的繁荣发展作出了积极贡献。

四海领风骚

今天，东南大学九龙湖校区飘散着花香、书香和墨香。在这美好的季节、美丽的地方，尤其是在世界读书日，举办"东南大学校歌书法作品捐赠仪式"，具有特别的文化意义。

平时参加活动，要我发言的话，我一般都会提前要些资料或图片看一看，打个腹稿，有所准备。但这次没好意思向言恭达先生要资料和图片，只好今天提早过来，先看作品，然后即兴而讲。

我看了言老师的这幅作品，书写的是东南大学的校歌，一眼就看出了这幅作品的"文眼"，或者说是"歌眼"和"书眼"，即最能表达主旨、升华意境、涵盖内容的关键性词句。

这一词句就是校歌中的最后一句："四海领风骚。"

从这幅作品的内容中，我看到了东南大学的发展历史、办学宗旨、学校精神、校园文化。东南大学是具有120多年历史的老校，也是一所紧跟时代步伐、充满蓬勃生机、永远不老的大学，一直走在教学、科研的前沿，走在人才培养、成果转化的前列，正所谓"百载文枢江左，东南辈出英豪"，是名副其实的"四海领风骚"。

从这幅作品的笔墨中，我看到了言恭达书法的最新创作状态。言恭达先生是我国著名的书法家之一，在国内外享有盛誉。

他精通各种书体，尤以篆隶和大草见长。这次赠送给东南大学的长卷作品，是用大草创作而成的。在我看来，他的大草独树一帜，自成一家，其特点、密码可以用这样的公式来表示：

"言书"＝古法＋学养＋哲思＋创新

言氏书法源于古法。古法是指书法的传统法度，包括了字法、墨法、章法等等。书法最讲法度，这个法度古人早就制定好了，万变不离其宗。我们讲书法的功底，主要是讲对法度的掌握与运用。言恭达先生书法功底深厚，他的书法包括大草，虽然纵横奇逸、豪放张扬，但字字有来历，笔笔有根据。

言氏书法精于学养。书法不仅要有书内功，更需要书外功，要多读书。"读书破万卷，下笔如有神。"古代的书法家几乎都是读书人，都是具有深厚学养的人。当然，光读书还不够，还要把文化知识转化为学养，把文化精神倾注到书法创作之中。我们从言恭达先生的书法中，可以体会出"和谐中正、和而不同"的中华传统文化精神。

言氏书法成于哲思。这是言恭达先生高妙之处，他懂得哲学，习惯用哲学看待和思考问题，并把哲学原理运用于书法创作。在他的书法中，处处闪烁着哲学的光芒，把对立统一规律娴熟于胸中，融化于笔头，比如浓淡、枯荣、长短、大小、快慢、疏密、侧正、强弱、雅俗等等，形成变化无穷、千姿百态的书法景象。

言氏书法善于创新。笔墨当随时代，书法亦然。书法的时代性、创新性包括了内容和形式两个方面。从内容上讲，言恭达先生不满足于写写古文古诗，许多作品尤其是书法长卷，注重贴近时代、贴近生活，注重现实题材、新创诗文，有很强的时代内涵和意义。从形式上讲，适应现代人的审美意识和审美习惯，力求书法表现形式的创新，做到简约、时尚、飘逸、大气，给人以全新的艺术享受。

言恭达的大草书法长卷，让我们看到了古老书法在飞速发展的新时代焕发出新的生命——古韵新姿交相辉映，既蕴含着几千年东方神秘艺术的基因与密码，同时也承载着现代社会的时尚风貌和人文精神。他的书法作品不愧为当今的艺术高峰，不愧为"四海领风骚"。

更难能可贵的是，言恭达先生不但是当今的著名书法家，他还是我国书坛的领军人物、文化学者、公益使者，为文化建设作出了多方面的贡献。

明天是"世界读书日"。据我所知，世界读书日的设立，目的是推动更多的人去阅读和写作，同时也是希望人们能够尊重和感谢为人类文明作出过巨大贡献的文学、文化、科学、思想大师们。所以，借此机会，我向东南大学的大师致敬！向书法大师言恭达先生致敬！让我们在大师的引领下，多读书、读好书、立大志、成大事，奋进新时代，四海领风骚！

养浩然之气

　　徐利明真、草、隶、篆诸体精通。早在 20 世纪 80 年代，徐利明就创作出版了《五体临帖示范》，作为大学书法课堂教学的范本，可见他对各种书体都有着很深的造诣。尤其是他的草书，追章草之源头，溯草书之流变，自成一体，别具一格，既沉稳厚重，又飘逸洒脱，既有空间美感，又有时间快意，形成自己独特的面貌与风格。他的书法创作，小字精到，大字开阔，还善于现场演示，挥洒自如，自然天成，美不胜收，每每让观众惊叹不已。

　　诗、书、画、印各展其长。他擅长古体诗词，常常见景生情，格物言志，咏诗作词，佳作迭出。他大学本科修的是绘画专业，在山水、人物、花鸟上都有相当功力，他的画，虽属文人画之列，但又有书家的写意和诗人的豪气。徐利明是南京印社社长，其篆刻印章，刀功有洪荒之力，造型有天然之韵。我们看徐利明的作品，许多是把诗、书、画、印融于一体，有着特别的艺术价值。

　　德艺双馨为人师表。他曾获得首届"全国中青年德艺双馨文艺工作者"荣誉称号，从教从艺几十年，始终视书画艺术为生命，以教书育人为天职，热心于学校艺术教育和社会书法教育。他还积极投身于慈善事业。我有幸与徐利明先生一起，共同创办了江苏省省级机关干部书法培训班和江苏省书画慈善中心，坚持数年，广获好评。

如今，书法家很多，但像徐利明这样全面又达到一定高度的书法家真的不多。他为书法艺术作出了很大贡献，也为当今书坛树立了标杆。

静观风来

黄惇先生以其纯粹的艺术、简练的形式，以及充满学术气氛的开幕式，给人以清新的艺术享受。

黄惇先生是著名的书法篆刻家、书法教育家、书法理论家，堪称名家大师，他当之无愧，这有他的作品可以见证，有他的学生可以见证，有他的著作可以见证。他的书法艺术是当今书坛的一座高峰。然而，这么多年来，他不事喧哗，不搞炒作，在南京艺术学院这座艺术殿堂里，甘于寂寞，静观风来。

风者，风气也，风格也。新时期的中国书坛，可谓风气骤变、风格百出。面对这一切，黄惇先生采取了怎样的态度呢？这个态度，就是这次展览名称的四个字：静观风来。在静观中甄别，在静观中思考，在静观中扬弃，在静观中守望。一句话：在静观中我行我素、不倦追求。黄惇先生不为时风所左右，不为名利所诱惑，不为市场所驱使，坚守自己的艺术理想，重在对古代法帖神韵的内在探索，重在自我书法风格的不断完善，进而达到形而上的精神表现和审美境界。细细品读黄惇先生的书法作品，我们看不到他刻意张扬的个性，更看不到为求"抢眼"而留下的制作痕迹，而让我们看到并感受到的是，一以贯之的清雅形质，自然而然的笔墨造型，高贵中正的文人气质，豪放逸致的学者情怀。正可谓：胸中存逸气，笔下见风神。

高峰入云

中秋国庆"双节"刚过,"云上影——高云人物画作品展"在淮安美术馆隆重举行。

我家里有一幅书法作品,上面写着四个字:高峰入云。我觉得这四个字赠给高云非常合适,不仅因为与高云的姓名相符,更因为他在绘画艺术上是名符其实的"高峰入云"。所以,我今天不讲"云上影",而讲"云之高"。

高在哪里呢?高在好看。大家千万别以为我的这个评价太过一般、太过浅显。前几天我在手机上看到一个短视频,是中国美协原主席、中央美院原院长靳尚谊先生谈评画的标准。他说,评画的标准根本不是准不准、像不像,这些都不重要。实际上我们评画的标准,从古典一直到现代主义的抽象,都是一个标准,就是好看。无疑,靳尚谊先生讲的"好看"就是审美。这是艺术的主要功能。艺术就是要给人以美的享受。

那么,绘画艺术好看在什么地方呢?绘画之美体现在哪些方面呢?以高云的人物画为例,我认为主要体现在四个方面,或者说有四种美:

一是线条之美。线条作为中国画独特的艺术语言,是中国画的生命符号。无论山水、人物、花鸟,都离不开线条。中国画的线条与书法的线条有异曲同工之妙。高云先生在线条上用功极深，在笔法上，注重轻重缓急，既有韵律感又有时空感；在墨法上，注重干湿浓淡，既富于变化又干净利落。而且，各种线条交错组合，虚实相间，简练劲道，自然飘逸，展现了中国画特有的神韵与美感。

二是造型之美。造型是绘画的重要手段之一。绘画必须造型，人物画更要造型。而造型有着高度的美学要求。中国画的造型和构图方法往往是散点透视，用点、线、面来构成。而高云在中国画法的基础上，融合了西方绘画的艺术方法，如透视、变形、三维等，使人物形象更加鲜明，具有立体感和光影感，充分表现出作品的思想内容和美学精神。

三是色彩之美。色彩是绘画中非常重要的艺术语言。中国传统绘画的色彩往往比较单调和清淡，而西方绘画中的色彩比较丰富和浓重。高云在绘画色彩的运用上，虽然从西画中有所借鉴，但非常慎重，不是一味地加多加深，也不是简单地从赤橙黄绿青蓝紫中选取，而是精心调制符合表达需的独特的颜色。我认识一位从江苏走出去的著名画家曹俊，他就创造了一种颜色叫"曹俊蓝"。我从高云的这次画展中看到了"高云红""高云青"，非常时尚，非常质感，非常好看，夺人眼球。

四是意境之美。在我看来，西方绘画在意境美方面不如中国画。意境美是中国画的核心所在，是中国画的精髓，是中国画的灵魂。中国画的意境不仅仅指表面上的"浅淡"和"高远"，而是画家在创作过程中的情境、气氛、表现手法以及所传达的情感和思想。所以，从某种程度上讲，意境就是意义。高云的人物画，无论是古代人物还是当代人物，形与神、虚与实、动与静、行与思和谐统一，是理想与现实的妙合，表现出画家内心世界所生发的情感和思想，呈现出独特而深刻的意境，观者可以从中领悟到思想内涵、文化背景、美学理念以及生活态度等，同时也会感受到深刻的人文情怀和审美体验。

　　总体观之，高云的人物画，把东方线条、西方色彩、油画造型、国画意境相融相通，实现了绘画艺术之美。这既要有很高深的艺术功力和笔墨技巧，还要有文化修养、有思想境界。这方面高云的确比一般画家高出一筹。高云既是画家，也是我省美术界的领军人物之一，他的站位高度决定了他的思想高度，而思想高度决定了他的艺术高度。因而，高云之高，高在艺术水平，高在思想水平。

　　山外有山，云外有云。艺术之路永无止境。衷心祝愿高云先生高处更攀高，更上一层楼，努力构筑当今画坛的艺术高峰。

经典的启迪

重阳佳节，江苏省美术馆举办"大美长江——孙晓云长江主题书法手稿特展"。这个特展特在哪里呢？特在"三个一"：一条长江，以长江为书写主题；一批手稿，达3万余字；一幅长卷，把一张张手稿连起来就是一幅超长的书法长卷。

从这个特展中，我们可以得到这样三点启迪，或者说弄清三个问题：书法作品如何创作？书法艺术如何欣赏？传统文化如何传承？这三个问题在今天的特展中可以找到答案。

首先，我们从特展中看到了书法艺术的精美。5年前，孙晓云主席在国家博物馆举办展览，我在发言中讲了三点：用精品写经典，尽精微致广大，从有法到变法。这三点用在今天的特展上仍然吻合，但看过这批手稿之后，我只想讲两个字：精湛。孙主席以往的作品以楷书、行书诸多，而这批手稿皆为行草。为什么用行草？我想，既是更能表达长江诗词的气质与气势，又是在书体风格上的一次创变。细细品读这些行草书手稿，提按顿挫，干净利落；轻重缓急，收放自如；结体形态，多姿多彩；一笔一画，一丝不苟；上下勾连，丝丝入扣。正所谓：笔笔精到，字字精妙，张张精美。

其次，我们从特展中看到了书法内容的精彩。有一种说法，书法的笔墨线条就是内容。这从书法本体来说也没有错。但是，书法是以笔墨为工具、以文字内容为对象、以表意抒情为目的的造型艺术。所以，书法的文字内容非常重要。历史上的书法经典作品，如王羲之的《兰亭序》、颜真卿的《祭侄文稿》、张旭的《古诗四帖》等，无一不是书法艺术与文字内容的完美结合、相得益彰。同样，孙主席对书写内容的选择很认真、很讲究。从古到今有关长江的诗词不下数千，在网上一搜便可信手拈来，而孙主席特邀南京大学著名教授莫砺锋先生精心选编了八十九首歌咏长江的诗词歌赋，既是各个时期的代表作，又是不同内容、不同体裁的汇集。可以这样说，大美长江尽在其中。我们在欣赏精美书法的同时，也欣赏了精美的古诗和大美的长江。

再次，我们从特展中看到了书写状态的自在。在细阅这批手稿时，我们不用在现场观摩，无须看书写的视频，便能想象出孙主席坐于书斋，展开信笺，心定气闲，从容不迫地进行书写。这就保持了书写者的应有状态，呈现了书法创作的本来面目。书法创作力戒心浮气躁、哗众取宠。东汉著名书法家蔡邕说过，夫书，先默坐静思，随意所适，言不出口，气不盈息，沉密神采，如对至尊，则无不善矣。可见，在书法创作时，一定要身体放松、精神放松，进入自由自在、胸有成竹的状态，这样才能写出像孙晓云主席那种手札式的、自然天成的精美作品。

最终，我们从特展中看到了书法作品的经典。所谓经典，就是要具有隽永之美、浩荡之气、永恒之情。孙晓云主席的这批手稿、这些作品，体现了书法的隽永之美，体现了长江的浩荡之气，体现了人类的永恒之情，不愧为我们这个时代的精品力作，也必将成为书法艺术的经典之作。

向精品看齐，向经典致敬。让我们在习近平文化思想的指引下，以孙晓云主席为榜样，创作更多更好的优秀文艺作品，为继承传统文化、弘扬长江文化、构建现代文明作出新的贡献。

精于艺术　甘为人梯

　　张立辰教授出生在江苏沛县，是从江苏走出去的一代国画大家。今天，年近八旬的张老回到故乡江苏，来到江苏省现代美术馆办展。这是他对家乡的厚爱，对家乡的回馈。

　　我们要衷心地感谢他。张立辰教授亲自带着他和学生们的优秀作品专程来到江苏，给故乡带来一场创造性、前沿性、代表性、学术性的高水准展览，给我们以艺术的享受和艺术的启示。他和他的学生们，用艺术作品为我们勾勒出当代中国画写意精神的承传演进，让我们欣喜地看到中国当代画坛的活力与希望。

　　我们要认真地向他学习。一是学习他精益求精的艺术精神，张立辰教授是中国画的坚守者、创新者，他几十年如一日地研究和创作，持之以恒、精益求精，在笔墨间寻得另一番天地，成为当之无愧的当代大写意花鸟画的开拓者；二是学习他志在千里的进取精神，虽然他年近八十，在画坛已经取得辉煌成果，但他不忘初心，不断攀登艺术高峰，志在千里、追求卓越，在艺术创新的道路上勇往直前、开疆拓土、行坚致远；三是学习他甘为人梯的奉献精神，张立辰教授是一位辛勤的教育家，身为中央美术学院教授，他甘为人梯，传道授业，为中国写意画培养了大量优秀的艺术人才，为中国美术事业作出了贡献。

　　"不要人夸好颜色，只留清气满乾坤。"这两句诗的前两句是

"吾家洗砚池头树，朵朵花开淡墨痕"。这首诗写的是梅花，我看也正合绘画的境界，也符合张立辰先生的艺术人生。让我们像张先生那样，用颜色图画时代，用墨痕留下清气，用艺术书写人生。

美美与共　和而不同

　　金秋是硕果累累的季节，正所谓春华秋实。在这样一个收获的季节里，举办诸子艺术馆十周年馆庆展，既是时间上的美丽遇见，也是艺术上的美好呈现。

　　诸子艺术馆的性质与定位是民营艺术机构、艺术学术平台。十年来，诸子艺术馆通过一系列的高水准艺术展览和高水平学术活动，为我省艺术事业的发展发挥了特殊的作用，作出了很大的贡献。

　　今天这个馆庆展是精心策划的。不仅仅是为了馆庆，同时也是为了强化诸子艺术馆的文化理念和艺术宗旨。

　　这次参展的五位画家都是在江苏省内外有着广泛影响的著名画家，他们的作品放在一起展览，完全可以用八个字来形容与概括：美美与共、和而不同。

　　他们的作品首先是美——美不胜收。我不是画家，也不是研究美术的，所以，我欣赏书画作品，往往就是看美不美、漂亮不漂亮。其实，这也没错。什么叫艺术？艺术的功能是什么？艺术就是给人以美的享受。这种美，有造型上的，有色彩上的，有布局上的，有细节上的，更有意蕴上的、思想上的、精神上的。而这五位画家的作品，你若好好欣赏、细细品赏，就会发现其既有有形之美，更有无形之美，这才是真美，这才是精美，这才是大美。

他们的作品都很美——美美与共。但不是一种美，而是各美其美。他们的画放在一起展，看了很和谐、很协调、很舒服，因为他们有一个共同之处，都是以工为主，都很有美感。但他们又有明显的不同。就类别来说，有山水，有人物，有花鸟，更主要的是，他们有不同的风格与特点。我不展开来讲，也不从技巧上、学术上讲，就讲这美——

徐乐乐的画，看上去是造型之美，背后是情趣之美。这种美，很容易使人觉得很好玩。

薛亮的画，看上去是结构之美，背后是意境之美。这种美，很容易使人产生欲临其境的冲动。

高云的画，看上去是形象之美，背后是高贵之美。这种美，很容易使人感到可望而不可即。

江宏伟的画，看上去是静穆之美，背后是心境之美。这种美，很容易使人得到心灵上的慰藉。

喻慧的画，看上去是虚实之美，背后是意蕴之美。这种美，很容易使人产生丰富的联想。

对于他们五位画家的画之美，我的概括不知对不对、准不准，反正给我的感受就是这样的。内行看门道，外行看热闹。但我今天看到的不光是热闹，而且是真正的美。

总而言之，这次展览是一次美的集合、美的绽放、美的盛宴，使我得到了一次难得的美的熏陶、美的体验、美的享受。这种享受是任何物质享受所不能替代的。

水墨"西游记"

　　今天一到这里，我立即感觉到，盖茂森"盖了帽了"，用现在的流行说法就是"厉害了"。在南京城的中心地带办起了"盖茂森艺术馆"，确实非常了不起。

　　当然，更让人惊讶的是《西游墨痕》开馆作品展，看了展览的作品，我真想帮他把展览名称改成"水墨西游记"。唐僧经过九九八十一难从西天取回了真经，盖茂森先生则是通过长期在新疆等地的采风写生，创作了一批带有西域风情的精品力作。

　　看了盖茂森这批新作，我对创新有了新的认识。创新这个词已经成为老生常谈，但谈到创新，几乎都认为这是时代前沿的事，年轻人的事。我现在改变了这样的看法。传统不等于保守，传统在当时也是创新的。年老不等于僵化，老艺术家们同样有着创新的意识与能力，而且他们比年轻人更具有创新的基础。最近我看了林散之先生在老年创作的作品，看了赵绪成先生的展览，又看了已经 93 岁高龄的张继馨先生的展览，一个共同的感受是，他们都是一路创作、一路创新，从未间断和停止。盖茂森先生也是这样。

　　昨晚，我看中央电视台的《朗读者》栏目，朗读嘉宾是中国美协名誉主席靳尚谊老先生，他在被采访时说：创新不是艺术家的最高目标，而是艺术家的基本要求，也就是底线。讲得多好啊！创新是艺术的生命。没有创新就没有艺术的发展与进步。

那么，如何创新？创新的方法很多。在书画艺术的创新上，以前讲得最多的是工写结合、虚实结合、中西结合。今天我看了盖茂森先生的新作，觉得"结合"这个词不是很恰当，应该用"融合"，即：工写融合、虚实融合、中西融合。这种融合不是简单的结合，不是物理反应，而是化学反应；不是加法，而是乘法。这种融合，能够做到水乳交融，情景交融，产生意想不到、不可复制的独特效果。如赵绪成先生的"都市水墨"，周京新院长的"水墨雕塑"。我把盖茂森先生的水墨画称为"新水墨"或"水墨影像"，这是一种新的创新，实现了工写融合、虚实融合、中西融合，达到了艺术的新境界、新高度。

对于名家大师来说，艺术创作要从高原向高峰攀登，从精品向经典努力。经典就是经久不衰、有典范意义的作品。新时代需要新文艺，新文艺需要新经典。盖茂森先生已经在艺术创作上实现了又一次新的飞跃，达到了新高度，我们相信他一定能够不断开拓，继续创新，创作出更多的精品力作和经典之作，构建起一座属于自己也属于时代的艺术新高峰。

让文化如惠风和畅　让艺术似惠泉涌流

　　早就知道今天的这个活动，但只道是徐惠泉艺术空间开张，也为此做了讲话的准备。到了这里才知道，是两个活动，一是艺术惠风活动启动，二是徐惠泉艺术空间启用。而且让我在第一个活动上讲话，这就与原来想讲的内容不一样了，我只好即兴讲一下。

　　江苏省"艺术惠风行动"我是第一次听说。听了刚才的介绍，这个行动可以归纳为三大内容：

　　一是以义养义，主要以苏州高新区国画院作为平台，搞文化活动和文化讲座。

　　二是以艺促艺，主要是在不同的艺术门类之间组织艺术交流，相互学习、相互借鉴、相互融通。

　　三是以美育美，主要是通过创作展示，开展美育教育和美育普及，帮助人们尤其是青少年学生增强审美意识，提高审美水平。

　　我认为这个行动思路新、做法好、意义大。

　　意义何在？意义在于：这个行动是贯彻党的二十大精神的具体行动。党的二十大对建设社会主义文化强国、铸造文化新辉煌作出了新的部署，明确了文化建设的新任务。我省贯彻落实二十大精神，提出建设社会主义文化强国先行区。今天启动的江苏省

"艺术惠风行动"，可以说是建设先行区的先行动作——开展了一个新的活动，搭建了一个新的平台，具有创新性、示范性和引领性。

前不久，习近平总书记在全国"两会"江苏代表团会议上指出，高质量发展是全面建设社会主义现代化国家的首要任务。人民幸福安康是推动高质量发展的最终目的。必须以满足人民日益增长的美好生活需要为出发点和落脚点，把发展成果不断转化为生活品质，不断增强人民群众的获得感、幸福感、安全感。按照习总书记的要求，我认为，"艺术惠风行动"最终的目的应该是艺术惠民行动，以此丰富人民文化生活，增强人民精神力量，创造人民幸福生活。

这么一个有新意、有意义的活动，我估计应该是徐惠泉张罗起来的，他是策划者、倡导者和践行者。所以，我还是要回过头来说一说我原先准备的发言内容，也就是要祝贺"徐惠泉艺术空间"在今天正式启用。对于徐惠泉，我可以用这样三个标签来定义或评价他：优秀馆长、著名画家、领军人物。

徐惠泉曾任江苏省美术馆馆长。当馆长的时间不是太长，先后近五年的时间。在任期之内，他在前几任馆长打下的基础上，在美术馆的硬件软件建设和业务建设、队伍建设上做了大量工作，尤其在展览的策划、品牌的打造上有所创新，成效明显，使省美术馆上了一个层次、一个台阶。

徐惠泉是名副其实的著名画家。现在自称著名画家的人很多，但真正著名的、得到公认的并不多。著名不著名，不是自己说了算，也不是靠炒作，而是靠创作实力，用作品来说话。徐惠泉正是凭自己的创作实力和一系列优秀作品，成为当之无愧的著名画家。他的人物画创作，从水墨到彩墨，再到墨彩，不断拓展与深化。水墨是水加墨，是自然反应；彩墨是在水墨上敷色、点彩，是物理反应；而墨彩则是水墨与色彩的化学反应，是通过墨彩融合、工写结合，在景物和人物上浑然天成，自成一体，进而形成独特的艺术语言，焕发出别样的神韵、风采与风格。这是一个不断探索的过程、一个量变到质变的过程、一个螺旋式上升的过程。我不知道能不能说墨彩是徐惠泉的独创，但至少可以说，在他的笔下得到了发挥和升华，尤其是墨彩人物画，已成为他创作的主攻方向、主要特色、主要成就，为美术界所公认。

徐惠泉用他的作品，不仅成为著名画家，而且成了美术界的领军人物。这虽然与他担任省美术馆馆长、省美协副主席有一定的关系，但主要靠艺术成就，同时积极带领和组织广大美术工作者进行主题创作，开展大型活动，创建艺术品牌，培养壮大美术人才队伍。

如今，徐惠泉馆长退休了。但对于艺术家来说，没有退休一说，退而不休，有更多的时间从事艺术创作，进入创作的黄金期。但愿徐惠泉先生积极组织好"艺术惠风行动"，使之成为我省又一个艺术活动品牌。同时，在"徐惠泉艺术空间"里尽情创作，墨彩飞舞，佳作迭出，让文化如惠风和畅，让艺术似惠泉涌流，为江苏文艺的繁荣发展继续作出新的贡献！

时空永恒　水墨流痕

收获的秋天刚刚来临。如果说，自然界的时空轮回让我们享受到初秋时节的凉爽快意，那么，艺术的时空构建则让我们感受到水墨春秋的无穷魅力。喻慧的"时空·流痕"作品展，与其说是一个画展，不如说展现了一个新的时空。这个时空，是喻慧用她的天赋与勤奋、心灵与心血为我们构建的水墨时空和艺术时空。在这独特的时空里，我们不仅能看到水墨的流痕和个性的张扬，还能体悟到心灵的跃动。这正是喻慧这次画展，与以往画展的不同之处、独到之处。

喻慧是一位有功底、有想法、有追求的新生代优秀画家，她的工笔花鸟画以独特的题材、独特的视角和独特的水墨语言在当今画坛独领风骚，取得了丰硕的艺术成果，在江苏省内和全国多次获得大奖。我记得，在我担任江苏省文化厅厅长期间，江苏在全国第十届美术展览上取得历史上最大丰收，其中喻慧的作品获得中国画银奖，为我省赢得了荣誉。在此之后，喻慧站在更新的起点和更高的平台上，向艺术高峰不断攀登。纵观喻慧的艺术之路，我把它概括成"三同三不同"：

一是父女"同画不同路"。喻慧的父亲是著名画家喻继高先生。受其父亲影响，喻慧很早就走上绘画之路。

同是国画、同是花鸟、同是工笔，但是喻慧从学画之日起就清醒地认识到，虽然父亲是花鸟画的大师，但自己不能躺在大师的怀里成长；虽然是女承父业，但不能一味模仿父亲的技法和画风；虽然要向父亲学习，但不能"父云亦云"，而应当另辟蹊径，寻找新路。正是这种想法，使喻慧与父亲喻继高的画呈现出两种风格、两种意境，进而构建出古意与新潮、厚实与清新、功力与灵性两座风景别致、各有千秋的艺术高峰。

二是书画同源不同构。中国历来有书画同源之说。所谓同源，就是笔墨相同、技法相通、意境相融。所以，书法与国画往往相互借鉴，相得益彰。在古代，书画不分家，许多画家就是书法家，许多书法家就是画家。喻慧深谙其中之理，在潜心绘画的同时，认真学习书法。经过多年的用功，如今她的工笔小楷纯正秀丽、精致朴雅，与她的工笔花鸟画相匹配，成为不可或缺的不同构件，同源异构，共放异彩。画，因字而增色；字，因画而生动。

三是古今同宗不同求。喻慧既有家传，更有师承，注重寻宗溯源，向古人学习。但喻慧学习古人有自己的主张，她认为，承古开今，是一个并行的轨迹。所以，她一边孜孜不倦地临习宋画，一边进行全新的艺术追求，学古而不仿古，承古而不泥古，上下求索，大胆创新，努力实现传统向当代的承接和转换。我们看喻慧的画，反复出现的是石头和飞鸟。这正是她艺术提炼、艺术概括、艺术追求、艺术创新的结晶。石头和飞鸟，一个沉寂一个鲜活，一个黑白一个绚丽，一个凝固一个灵动，一个永恒一个飞逝，一个理性一个感性，一个现实一个理想，高度浓缩成自然的世界、艺术的世界和哲学的世界。喻慧用她富有想象力、创造力的笔墨在这个世界里默默耕耘，把凝固的石头画出灵气，把鸟儿飞驰的瞬间凝固在画面，把古典题材进行现代表达，给自然元素赋予人文精神，使传统绘画形式演进的可能成为现实，创作出一幅幅高雅而悠远、精致而静美的精品力作，给人以美的享受和无限的遐想。

喻慧的"三同三不同"，为书画艺术创作提供了一面全新的镜子和一条独特的路径。

金猴奋起

最近连续两次到北京参加江苏画家的画展，上次是在恭王府，今天在人民大会堂。恭王府是私家花园，有传统文化氛围。大会堂是人民殿堂，充满着时代气息，有着完全不一样的感受。

徐培晨先生是画猿猴的，这让我想起了一本书，是犹太年轻学者写的《人类简史》，在世界上很流行。该书作者提出，大约在 7 万年前，人猿分手，地球上出现了"智人"，即人类。人类有一个独特的功能，就是能够用自己的大脑，通过思维来想象现实，并将之变成自己的行为模式，其中包括艺术创作。

徐培晨的艺术创作，刚才邵大箴先生评论说是雅俗共赏，我完全赞同。同时我认为：

徐先生的画天人合一。他以猴作为他的艺术对象，几十年坚持画猴，有"东方猴王"之称。他通过画猴、画山水来描绘和讴歌自然，倡导和谐共生、天人合一的文化理念。

徐先生的画工写结合。他早期精于工笔画，在后来的艺术道路上，他又转向写意、大写意。我们知道，工笔向写意的转变很难，但徐教授实现了一个完美的转型，他的写意、大写意非常成功。如今，他又在创作中追求工写结合的艺术风格，形成了独特的艺术手法和艺术面貌。

徐先生的画神形兼备。如果说工笔画主要在于形，那么写意主要在于神。在他的画中，这两者很好地结合起来，形态生动，神态逼真，画出了猴的千姿百态，画出了猴的喜怒哀乐，画出了猴的灵性人性。在他的笔下，猴是自然界的灵物、动物界的代表、人类的朋友。他的画不是一般的写景画猴，而是有思想、有感情、有情趣，充满意境和寓意。

毛主席有句诗：金猴奋起千钧棒，玉宇澄清万里埃。猴是通人性的，有情有义有气。但愿徐培晨先生咬定青山不放松，以猴为主角，以山水为背景，创作更多更好的优秀作品和经典之作。

艺术之石

"有一个美丽的传说，精美的石头会唱歌。它能给勇敢者以智慧，也能给勤奋者以收获……"这是人们耳熟能详的一首歌。我想，把这首歌献给尹石先生最合适不过。尹石名石，今天，他为我们奉献了一块积几十年心血打磨的精美"艺术之石"——《尹石作品集》。

打开这本作品集，细细欣赏与品味，我们所看到的，不仅仅是一幅幅精美的书画艺术作品，还能从中体悟和领略到"勇敢者的智慧、勤奋者的收获"。尹石先生以其自身的勇敢与勤奋，激发出超人的艺术智慧，取得了丰硕的艺术收获：

诗、书、画、印相融合。一个人能有一门艺术专长当属不易，而尹石先生将诗、书、画、印集于一身，且都有一定的造诣。他新近出版的《南京，我的港湾：尹石诗钞》，汇集了他的旧体诗、新体诗、题画诗、山水诗、言志诗，还有现代歌词，其中不少是动人心弦的佳作。绘画是尹石的本行和主业，他曾师从扬州名家王板哉，后追溯文同、八大、石涛、八怪，又从现代潘天寿、李苦禅诸家汲取营养，并融会贯通，自成一家，成为"江南一竹"。在绘画的同时，尹石恪守"书画同源"的古训，认真研习书法，追摹石鼓文、"二王"诸碑帖，游于篆隶行草之间，形成自己独特的书法面貌。而尹石对"印"更是情有独钟，治印近千方，常有上品之作。更难能可贵的是，尹石常常将诗、书、画、印融合于自己的书画作品之中，诗词意境、绘画构图、书法底蕴、印外功夫，联袂益彰，同放异彩。

实践、理论相吻合。一个真正的艺术家，必须同时具备丰富的艺术创作实践和深厚的艺术创作理论基础。现实中，往往实践与理论相脱节，形成"两张皮"。而尹石先生既注重提高艺术创作实践水平，又注重夯实自己的艺术理论功底，在四十余年的创作磨砺中，他以散文的文笔写了大量艺术理论文章，如：《中国画艺术谈》《江苏·中国画的情结》等，尤其对中国画墨竹一科做了画史、审美方面的系统阐述，总结提炼出气韵生动、笔墨为上、造型传神、构图奇特的中国画创作主张，并在实践中不断加以丰富和完善，推动了书画艺术理论的创新与发展。

艺术、工作相结合。美术事业的发展繁荣，既需要在艺术上有所创新、有所建树的艺术家，也需要艺术的组织者、管理者和服务者。尹石先生长期担任江苏省美术协会秘书长，既潜心于自己的艺术创作，又认真积极地做好美协的各项工作，热心为广大艺术家服务。特别应当肯定的是，尹石先生在创建江苏省美术活动品牌方面，倾注了大量心血，做了许多卓有成效的工作。

"他山之石，可以攻玉"，同样，"艺术之石，可以成玉"。但愿尹石这块"艺术之石"早日成为"艺术之玉"，并雕刻上更为精美的画图！

贺成之成

我借用贺成先生的名字，讲三句话——"三贺三成"。

"一贺"，贺成先生新书之成。我前几天拿到《丹青贺成》这本书。书不厚，但很精美，内容很厚重，我便认真地阅读起来。这是一本人物传记，也是纪实文学。文学作品关键是写人，要写人的经历，还要写人的个性、思想和追求。这本书既写了贺成其画，还写了贺成其人，着重写了贺成的成长经历和艺术道路；既描写了贺成的成功，还写了贺成为什么能够成功，是怎样走向成功之路的。人们往往只看到成功者的光环和幸运，却很少关注成功者背后的艰辛和挫折。其实，成功是要付出的，成功者是很不容易的。我觉得，这本书对我们每一个人、每一位书画艺术家都有着很深刻的启迪。这本书之所以写得如此之好，是因为文化名人的合作，名画家与名作家的合作。作者任愚颖老师是江苏省有名的作家，更有著名作家赵本夫先生为这本书作序。

"二贺"，贺成先生艺术之成。贺成是江苏省国画院的老画家，也是全国著名的国画家。贺成先生在艺术之路上做到了三个并重。一是书画并重。贺成先生不仅善画，而且善书。书画同源，但不等于会画画的就会书法，会书法的就会画画。而贺成先生是书画并举，而且达到了很高的造诣。二是厚重和唯美并重。贺成先生的重大历史题材作品采用浓重的笔墨，反映出历史的厚重和沧桑。而他作品中的古代美人和当代美女，都惟妙惟肖、光彩夺目、香气袭人，给人以美的享受。三是传承和创新并重。中国画首先是讲传承，但是，笔墨当随时代，艺术需要创新。贺成看上去很老派、很传统，但他思想不老、精神不老、心理不老，故而思维活跃，创新意识极强。从贺成的画当中，我们可以看到贺成先生有着深厚的传统笔墨功夫，同时也独具创意，他的作品给人以耳目一新的时代感，既老到、沉着，又多彩、时尚。

"三贺"，贺成先生人生之成。艺术人生，人生艺术，是贺成人生之路的最好写照。他不仅在艺术上获得了巨大成功，而且有着幸福和谐的家庭。他热爱生活，待人谦和，心态平和，有着艺术家的优秀品格和高雅气质。

总而言之，无论贺成先生的新书还是新作都反映了他的人生轨迹和艺术道路，记录了他的成功。

水色有痕

臧克家先生有句名言："有的人活着，他已经死了；有的人死了，他还活着。"范保文先生虽然离开我们多年，但是他的确还活在我们心中。这不仅是因为他留下了许多精品力作，更因为他德艺双馨的艺术精神和友善为人的高尚品格，永远值得我们怀念和学习。

在中国美术馆举办的"水色有痕——范保文艺术回顾展"，既是对范保文先生一生艺术成就的回顾，也是对他艺术思想和艺术精神的弘扬。本次画展的主题是"水色有痕"，突出了一个"水"字。水是艺术家的文化精灵，是艺术创作的审美载体。范保文先生作为从水乡宜兴走出来的著名艺术家，"水"始终是他艺术创作的灵感源泉。范保文先生一生以家乡山水为对象创作了大批作品，其中水景是他特别钟情的题材。无论是湖水、河水、溪水，还是清泉、瀑布、垂流，在他的画笔下都自然清新，见情见性，既深得传统江南山水画雅致灵秀的神韵，又在追求水色迷蒙、诗意隽永的意境方面，达到了一个新的高度，确立了他在中国现代山水画领域的独特地位。同时，他画笔下的水色江南，也为后人留下了一份对山水、对自然、对乡愁的水墨记忆。

在范保文先生去世之后，我曾多次受邀参加范保文先生的画展。在这过程中，尤其令我感动的是范保文先生的夫人虞志敏女士。虞志敏女士是著名的电视剧导演，在事业上颇有成就，在生活上与范老相濡以沫、相伴一生。范老去世以后，虞志敏女士不仅用心保存着范老的作品，而且还以古稀之年一次次为范老画展的举办殚精竭虑、四处奔波。这是对范老的缅怀和纪念，更是自觉承担起对江苏文艺事业的一份责任和使命。

再过几天就是农历端午佳节了，古诗有言"每逢佳节倍思亲"，范保文先生虽然过早地离开了我们，但他的艺术之树常青，艺术生命长存。我们要永远纪念他、学习他，不断开拓书画艺术的新境界，创造文化艺术的新高峰。

起点与生成

邱振中教授是享誉当代的著名艺术理论家、书法家、诗人，是中央美术学院教授、博士生导师，他的书法理论和艺术创作广为大家所熟知。我们知道，中国书法以其深厚的历史和文化艺术属性，成为中华民族的文化基因和文化内核。在历史上，书法一直是社会精英的灵犀之所，历代文人士大夫既是经典书法传承的主体创造者和引领者，又身体力行，开风气之先，推动着书法文脉的生生不息。当代书法的前行拓进同样需要有识之士的勇于开创与思维革新，邱振中就是众多富有文化担当者中具有卓越贡献的一位。

早在 1979 年，邱先生便成为中国历史上第一批中国书法篆刻专业研究生中的一员，受教于沙孟海、陆维钊等大师名家，高起点的学术熏陶和积累，使他对传统经典有着不同常人的深刻体悟，同时邱先生自身的文化学养，也促成了他敏锐的艺术感觉和对书法现代阐释的思维视角，并通过丰富的艺术实践，创造了一系列不同凡响的艺术作品。在这些作品中闪耀着作者的思想之光、智慧之光和艺术之光，可概括为三大特色：文人的担当、可能的世界、起点的生成。

邱振中先生的学术成就为当代推崇，具有创新性的理论高度。自仓颉造字开始，书法就在文字内容、作品形式、创作方法和创作心理上与时俱进、不断创新。除了笔法求变、字法求异、章法求新、墨法求奇的书法本体创新以外，书法观念的创新即书法的现代转换尤为重要。邱先生正是在这方面做了大量的学术研究和实践探索，力求让当代书学对整个人文学科有所贡献。

　　邱振中先生努力拓展书法"可能的世界"，即在当代文化语境下，开辟书法新的可能性。这三种"可能性"体现在：一是真正深入传统书法的核心，在创作上与古人比肩而立；二是承继古人创作的优秀传统，续写书法的精彩历史；三是运用书法史所积累的丰富技巧创造出当代的书法经典。综观他的《笔法与章法》《书法的现代与阐释》《中国书法的167个练习》等专著，无疑为实现这种可能提供了充足的方法论基础。相信一定会开创一个属于当代文人的理想世界、当代书家的精神世界和当代书法的艺术世界。

　　"起点与生成"，浓缩了邱先生的艺术理想。起点既是开始，又是深入事物核心的原点，高起点注定会生成无限精彩的可能。

山水画苑新桃源

施云翔先生是四川人，现为清华大学美术学院美术理论研究与书画创作高研班导师，大风堂中国画学研究会会长，他出生在成都的广袤平原之上，成长于峨眉的崇山峻岭之中。自然界的高山峻秀、大江流水滋养着施先生的艺术细胞，锤炼了他的艺术技巧，对他的艺术之路产生了重大影响。

施先生既重传承，也重创新。他主攻水墨山水画，博采众长，融汇古今，作品中能看到张大千、黄宾虹、李可染、傅抱石、陆俨少等老一辈艺术家的笔墨法式。同时，他学古而不泥古，聚力创新，力破陈法，笔墨纵横，在豪放中见精微、于山水里蕴意境，作品雅俗共赏，逸趣横生，营造出他独具个性的艺术世界。他还坚持传道授业，将自己的创作心得、感悟、技法无私地传授给学生，从而使水墨之道延绵相承。

施先生既重特质，也重融合。他的山水画用墨凝重，行笔流畅自如，有着传统技法独有的苍润浑厚，处处体现着古典的特质和既视感。同时，他也注重吸收西画的质感和新意，把西方写实绘画观念和浪漫主义创作精神与中国画中泼墨泼彩相融合，积极探索水墨与色彩和谐兼容的新艺术形式，以中西合璧的技艺拓展自己的艺术语言，表现自然神韵，探得了山水画中的一片新桃源。

大风和畅，彩云飞翔。此次展出的施先生及大风堂弟子精心创作的百余幅作品，均是他们潜心研磨的精品之作，具有很强的学术性、创新性和探索性。他们用自己的文艺创作践行着讲品位、讲格调、讲责任的精神，不忘本来、吸收外来、面向未来，努力创作思想精深、艺术精湛、制作精良的艺术作品。

最后我要特别强调的是，不同的地域有不同的自然风貌和人文特色。我们江苏的山水画灵动秀气、细腻精致，而施先生的北方山水画则大气磅礴、苍茫雄健。不同画风的交流与融合，是艺术创新的重要方法与途径。今后我们既要请进来，又要走出去，通过举办展览和各种交流活动，促进艺术创新，构建艺术高峰。

艺术家的长寿密码

如今，长寿老人很多。前不久，马哈蒂尔以 92 岁高龄当选为马来西亚总理，吸引了全世界的关注。今天，张继馨老先生以 93 岁的高龄在江苏省美术馆办画展，可喜可贺！

人的年龄可以分为实际年龄、生理年龄、心理年龄。实际年龄每年增一岁，这是自然规律；生理年龄由于每个人的身体状况不同而显得不同；心理年龄则完全是一种精神状态，每人都不一样。对艺术家来说，还有一种艺术年龄，同样因人而异。但无论是哪一种年龄，我认为张老都是长寿的。

张老的长寿密码究竟是什么呢？我认为主要在于他的三个境界：

艺术境界。张老出自吴门画派，从艺已经半个多世纪了。在这几十年的艺术创作中，他不断加以创新，始终保持着艺术的活力。看了他的画展，可用三个词来表达我的看法与感受：一是鸟语花香。他的画以花鸟为主，花鸟画一般给我们呈现的是视觉的享受和冲击，而我在看他的作品时，不仅在视觉上，就连嗅觉和听觉也都受到了感染。他画的虫、鸟栩栩如生，似乎让人听到了鸟的叫声；他画的风景、花草多姿多彩、生机勃勃，我仿佛可以闻到画中的清香。在他笔下呈现的是对生活、生命的生动表达。二是删繁就简。艺术是对生活的反映与概括，无论是文学作品、书画作品，还是其他艺术，创作都要从具象到意象再到抽象。具象是生活中的现实图景，意象是通过艺术家大脑的加工呈现出来的图景，而抽象则是艺术家通过自己的意念对自然界的景物进行高度概括后的图景，整个过程就是删繁就简。这个"简"，不是简单，而是简洁、精炼，即如何把现实的图景通过大脑，用最精炼的语言表达出来，这就是艺术的创作。三是雅俗共赏。艺术的主要功能是审美，给人以美的享受。我们欣赏作品，有高雅的，也有通俗的，高雅也好，通俗也罢，都不如雅俗共赏更为珍贵，这是艺术的最高境界。我认为张老的画非常高雅，同时又非常通俗化、生活化，真可谓"淡妆浓抹总相宜，高雅通俗于一体"。

道德境界。张老人如其名，是我省真正称得上德艺双馨的艺术家。古人有云：仁者寿、和者寿、善者寿。张老就有颗善良之心，他的一些小事让我听了非常感动。他现在已如此高龄，但每年还要陪小区的安保人员和老人们过中秋节、吃年夜饭，十几年如一日。通过这些小事，可以看出一位大艺术家的情怀，折射着张老对老百姓、对普通群众的深厚感情。艺术家成名成家后，如何不忘本，继续关注社会、关注民生、关注百姓，真正做到从人民中来、到人民中去、为人民服务？张老在这方面做得好！所有艺术家都要向他学习。

精神境界。人是要有一定精神的，艺术也需要精神。张老有奋斗的精神，从年轻开始，直到现在，他一直不断在艺术道路上奋斗开拓，持之以恒。同时他还有乐观向上的精神，不断充实自己、完善自己、提高自己。总之他始终保持着这种乐观向上、不断追求的精神。我们在张老身上得到了生命的鼓舞和艺术的鞭策。

道即规律

朱道平先生不仅是南京的著名画家，也是江苏省乃至全国的国画名家之一。他不仅画品好，人品也好，受到了书画界的广泛敬重和称道。

今天画展的主题是"山水晤道"。什么是晤道？我理解，晤道就是思想、就是思考。著名画家吴冠中先生曾说：我们的艺术家虽然不是思想家，但必须是思想者。我非常赞同这个观点。书画家要有思想，要用思想去创作，在创作中进行思考。

思想什么？思考什么？就是思道、悟道。那么，道是什么呢？老子在《道德经》中的第一句话是：道可道非常道。他说道是可以说清楚的，接下来老子就写了三千字来阐述他说的那个道。

朱道平先生把绘画当作悟道，而我们看他的画展，就是在晤他的道。我认为他的道可以用一个字来概括：平。绕个口令：朱道平的道，就是朱道平的平。

平中见美。朱道平先生擅长山水画，山水画就要体现自然之美，山水之美。我们从他的画中可以看到水墨、色彩和光影之美。我看过很多山水画，能体现出光影之美的并不多，赵绪成先生的都市水墨有光影，朱道平先生画中也有光影。水墨、色彩与光影相交织，体现出自然之美，给人以美的享受。

平中见奇。初看朱道平先生的画，与他本人一样，非常平和、非常和谐，但如果我们深入地去看，就会发现玄机，平中有奇。朱道平先生在点、线、面之间进行了奇妙的组合，有水墨的面、清新的线，再加上疏密有致的点，有画龙点睛之妙，构成了非常完美的艺术画面。

平中见大。朱道平先生身材比较弱小，但他格局非常大。我和他交流不多，记忆中他很少讲话，除了对他进行过一次访谈外，平时见面讲话没有超过 10 个字。但是我知道他的为人和胸怀，他不拘一格，为南京书画院广纳贤才，既有青年才俊，也有名家大师，无私地发现和培养艺术人才，带领艺术人才同攀艺术高峰。

道即规律。朱道平之道，就是用自己的画笔寻找、领悟和体现自然规律、艺术规律和人生规律。但愿他在今后的艺术之路上，悟大道、出大作、成大家。

恭王府里说萧和

我对萧和的艺术作了"三个字"的概括：

一是"和"。"和谐"是中华文化的内核和精华。北京的故宫里面有三大殿：太和殿、中和殿、保和殿。"太和"就是人与宇宙、人与自然的和谐，"中和"就是人与人、人与社会的和谐，"保和"就是人自身生理和心理的和谐。这里涵盖了和谐的全部意义。和谐，不仅是中国人的文化精神、社会理想和人生哲学，而且也是艺术表达和艺术审美的最高境界。只有充满"和谐之美"的书画作品，才能达到崇高的艺术境界，给人以美的享受。

萧和先生作品的一大特质，就是"萧和之和"，从主题到形式、从笔墨到意境，营造出一派和谐之美。

从主题来看，萧和先生的许多作品，都体现出人与自然、人与社会、人与人之间的和谐。如取材于屈原《九歌》的《山鬼》，将女神山鬼置身于山水环境和热带植被之中；童戏系列的童年趣事让人们沉浸于对单纯、友爱、善良的追忆和向往之中。

从形式来看，萧和先生的许多作品，在布局、色彩上达到高度和谐，尤其是他最富创意的青花系列，将瓷器青花之美、人物神韵之美、水墨青白之美，融合为一体，把传统文化中单纯明净的和谐之美发挥到了极致。

从意境来看，萧和先生的许多作品，取材于日常风俗场景，发现感人的生活细节，既有平和清雅之情趣，又有光影鲜明之质感，把人们带进幽远和美的精神境界。

二是"文"。在江苏众多的书画家之中，萧和可以说是非常有文化底蕴的一位画家，他喜欢研究中国历史、中国文化、中国哲学，他把对中国文化的深刻理解融化到了他的画作之中，既突出中国元素，又讲好中国故事，无论是青花系列、古风系列、童戏系列，还是现实题材的新疆系列，都是画的中国元素、中国人物和中国故事。

艺术家就是要用艺术方法、艺术作品来讲述中国故事。有些画总是一般的景物和人物，只是追求画面的美感，而萧和先生的画有历史、有文化、有人物、有故事，更为生动形象，更具有思想深度。

三是"精"。萧和老师长期以来默默无闻地进行艺术创作，他追求的不是名利、不是市场，而是艺术的精益求精。

在萧和的画中，我看到了"三个融合"：

工写融合。一般的工写结合通常一部分如人物是工笔，另一部分如山水则是写意，或者近处是工笔，远处是写意，但萧和先生把工与写有机地结合起来，实现了工中有写，写中有工。

古今融合。萧和先生的作品绝大部分都是古代题材，用的笔墨、笔法也是相对传统的，但充满着现代的美感、现代的思想内涵。

中西融合。萧和先生吸收了许多西方的绘画方法和理念，并与中国传统绘画方法相融合，特别是在造型、色彩方面，吸收了许多外来的东西，绘画方法非常广阔。

为人师表

参加毕宝祥教授的师生画展，最大的一点感受就是"为人师表"。他是一位好画家，也是一位好教师。好就好在他用自己的人品与艺术，培养和影响了他的学生，并取得了丰硕的成果，正如这次画展的名称"硕果"一样。

在我眼里，毕宝祥是个好人，我说的好人，不是那种老好人和老实人。老好人往往缺乏原则性，老实人往往缺乏能动性。而好人则不同，善于做事，诚以待人。这正是毕宝祥的最大特点。

我与毕宝祥的相识相知，是缘于多次参加"悲鸿精神全国画展"。这个展览是徐悲鸿研究会主办的。徐悲鸿研究会是一个体制外的社会组织，人力物力财力都不足，要主办一个全国性的大展，其难度和工作量是可想而知的。而作为徐悲鸿研究会会长的毕宝祥，为了弘扬徐悲鸿的艺术精神，为了打造"悲鸿精神全国画展"这个品牌，带领一帮人，不计利害得失，克服重重困难，出于公心地做，持之以恒地做，精益求精地做，专注专业地做，终于做出了成绩，做出了影响，做出了品牌。

在我看来，做人在于做事，做人寓于做事之中。做好事的人才能做好人。所以，我说毕宝祥先生是一位善于做事的好人。当然，他的为人也特别好。他是大学教授，故而他的为人主要在于为师。他长期兢兢业业从事绘画教学，为人师表，提携后学，培养了一批批优秀的绘画艺术人才，可谓桃李满天下。去年，江苏有两位青年画家在全国获得大奖，都是他的学生。这是很了不起的。前不久他的师生画展，我们既看到了他几十年的教学成果，也看到了他优秀学生的优秀作品。这是他教学的成功，也是他为人为师的成功。

毕宝祥作为教授和学者，长期以来一直孜孜不倦地进行艺术理论研究，撰写了大量的学术论文和著作。我看过他写的文章和书籍，不仅有理论的广度与深度，更有艺术创作的实践性和艺术思潮的针对性。比如他在《我对传统山水画审美观的理解》一文中，从理论与实践两个视角，提出了传统山水画创作和鉴赏的三条重要标准，即：气韵生动、超凡脱俗、自然天成。又如他在《再识悲鸿写实主义》一文中，在论述了徐悲鸿写实主义的艺术主张后，一针见血地指出：它是中国美术弊病的最好良药。在这次出版的论文集中，汇集了他的主要学术文章，皆有深刻思想与独到见解，正如专家所评论的：他的论著着重研究山水画，多能切中要害，而且条分缕析，有所发挥，颇有见地，绝无时下断章取义等陋习。这一评述是中肯的。切要害、无陋习，尤为宝贵。

科班出身的毕宝祥，一生从事教画、画画，说到底，他是一位画家。我认为，一个好的画家，应当三者兼优，即人好、文好、画好。而画好是必须的、重要的。毕宝祥在画画上有天赋、有功底、有追求，达到了"外美"与"内美"的高度统一。

一是平中见奇。画如其人，他身上有浓郁的文人气，平和，安静，内敛。画亦如此。他以平静的心态、虔诚的笔墨、真实的感受进行创作，画作中充溢着文雅、静气和真情，看似平淡却奇崛，细看耐读，总有飞来之笔、独到之处。

二是墨中有诗。他的山水画，多以江南山水为创作对象。他常常运用工写结合、水墨交融的方法来表现江南的美好景致，积染成叠，墨气含润，温婉而清爽，云游而静谧，一幅幅充满诗意的江南山水图景跃然纸上。

三是古中出新。毕宝祥尤重传统下过很大功夫研究黄宾虹，对明末清初松江派、虞山派以及八大山人、石涛、龚贤的画皆有深入研究，故而，在他的画作中，可以明显体味到传统的精神和古代大师的影迹，但是，他对传统有融合、有取舍、有改造、有添增，进而自出机杼、独成面貌。我观其近作，更有创新举动，在理念、主题、构图、墨彩等方面都有创新，凸现时代性与生命力。

做一个画家并不难，难的是做一位好画家。只有真正成为一位好画家，才能创作出精品力作和经典之作，才能成为时代画坛的名家大师。

我相信，毕宝祥会的。

毕宝祥毕竟是毕宝祥。

以真求真　不断攀登

　　徐善先生担任过傅抱石纪念馆的馆长，谈到徐善先生的画，就会讲到傅抱石。他的画风和傅抱石先生也有很大的渊源。傅抱石是我国 20 世纪伟大的画家之一，是近现代的一座艺术高峰。

　　在艺术上，既要构建高峰，也要攀登高峰。我认为，要像徐悲鸿、齐白石、刘海粟、傅抱石、吴冠中那样，但要真正成为艺术高峰是非常难的，我们更多的是要努力攀登艺术高峰。徐善先生就是在努力攀登傅抱石这座艺术高峰。

　　如何去攀登高峰？如何向大师学习？齐白石对自己的弟子说过："学我者生，似我者亡。"学习可以，模仿不行。徐善先生在这方面作出了有益的探索。

　　我以前看过徐善先生很多的画，但像今天这样集中展出近 100 幅作品，还是第一次看到。我认为徐善先生学习傅抱石是下了功夫的，我从以下方面做一点概括。

　　从笔法到精髓。学傅抱石不光是学笔法、皴法，而且要领会傅先生的学术观念、美学思想、创新精神。

　　从形似到神似。南京博物院收藏了几百幅傅抱石先生的画，我看得比较多，所以对傅抱石先生画的特点和风格有所了解。今天看徐善先生的画，一看就是傅先生的风格，但是徐善的每一幅画没有一幅是与傅先生完全一样的，而是有傅抱石的特点和画风。

从画品到学养。书画家的创作不仅是技巧问题、熟练问题，而且与自身的修养、眼光、知识都有很大的关系。徐善先生在做傅抱石纪念馆馆长的时候，一边画画，一边追随新金陵画派，做了大量的学习研究工作，有许多自己的思考和研究，所以他才能达到今天的高度。

有人说，徐善的画与傅抱石的画放在一起，可以达到以假乱真的程度。我不同意这种说法。而应当说，以真学真，以真求真，以真达真，从而真正向大师学习，向高峰攀登。

能够站在巨人的肩膀上，那就是巨人；能够攀登上艺术高峰，本身就是高峰。徐善先生经过几十年的努力，在攀登艺术高峰上作出了艰苦卓绝、持之以恒的努力，取得了很大的成果。我相信并期待他更加努力，继续不断攀登艺术的高峰。

云卷云舒　清心骛远

陈国欢和刘灿铭是我的朋友，同时也有着密切的工作关系。国欢先生是江苏省民间文艺家协会主席，灿铭先生是江苏省书法家协会副主席，他俩以自己精湛的艺术和出色的工作，为江苏文化艺术事业作出了贡献。

他俩一个画国画，一个写书法。国画与书法是两个不同的艺术门类，但这两门艺术有相近相通之处。刚才，我先到展厅看了他俩的作品，觉得有三个共同的特点：

美：审美是艺术最基本的功能。追求美、创造美、传播美是艺术家使命所在。国欢先生和灿铭先生的作品，都有很强的视觉美、意境美，置身于这个展览，是一种美的享受。

特：特点是艺术的标识。艺术家要有自己的面孔，艺术作品要有自己的特点。他俩的艺术创作有传承、有创新，都是从传统中走来，而且传统的基因都很强烈，但都形成了自己的艺术面貌，一看就知道是国欢的画，一看就知道是灿铭的字。

味：艺术不仅要有美感和特色，还要有味道。如果说美感和特色是外在的，那么味道则是内在的。艺术要让人反复品味。不同的艺术、不同的作品有不同的味道。国欢先生和灿铭先生的作品有什么味道呢？苏东坡有这么一句诗："人间至味是清欢。"元代王冕也有一句诗："不要人夸好颜色，只留清气满乾坤。"这两句诗中都有一个"清"字。我觉得国欢和灿铭的作品中也都透出一个"清"字：清新、清静、清气、清欢。我想，他俩的作品放在一起，如此匹配、如此和谐、如此融合，正是一个"清"把他俩和他俩的作品连在了一起。

任尔花开花落、云卷云舒，我自云淡风轻、清心骛远。这正是艺术家应有的态度和定力。

自然之美　生命之美　艺术之美

在鲜花盛开的季节，赵治平、赵怡文父子带着他们的两束鲜花来到宜兴，一束是"心顺花开"，一束是"花见随形"，给我美丽的家乡增添了新的美丽。

赵治平是江苏著名的花鸟画家。据我所知，比起山水画、人物画，其实花鸟画更难画，或者说是更难突破。讲到花鸟画，人们自然想到的是小花、小草、小鸟，没有那么壮观、那么宏大。而且，自然界的花鸟千年不变，正所谓，年年岁岁花相似。其实，年年岁岁鸟也相似。所以，花鸟画的创作对象没有什么变化，这样，表现的空间、创作的余地也就小了。所以，花鸟画相对于山水画、人物画，似乎更难创新。

但是，在江苏，在花鸟画的创新上，我特别推崇两个人，一个是吴冠南，他的大写意花鸟是一座高峰，在全国很有影响；一个是赵治平，他在花鸟画的创新与探索上，是执着的、大胆的，而且是卓有成效的。具体表现在：

一是大气象。一般来说，花鸟画容易落入小情、小趣、小品的境地，更多的是自我玩赏。而赵治平笔下的花鸟，不仅是大禽大鸟居多，而且是大画面、大格局、大视野，具有很强的视觉冲击力和艺术震撼力，实际上，这是一种蓬勃的自然力，一种雄健的生命力，给人以生活与生命的鼓舞。

二是多元素。花鸟画一般分工笔、写意和工写结合三种。赵治平的画属工写结合、以写为主。但他并没有仅仅满足于此，而是调动更多的元素与手法进行创作。他的画，有工笔的精细，有写意的洒脱，有油画的构成，有水彩的成分，有泼墨的手法。而且，这些元素与手法，不是简单相加，而是有机融合。语言的多样性带来了画面的生动性，手法的多变性带来了作品的创新性。所以，他的画，既好看，又耐看。

三是新思维。吴冠中说过，我们的画家不一定是思想家，但一定要是思想者。也就是要善于思考，要有想法、有思想、有见地。从赵治平的画中，可以看出他是在动脑筋的，在思考着的。思考什么？思考自然之法，思考生命意义，思考天人合一，思考道法自然。并把这种思考融入画面之内，体现在作品之中，引导我们体悟丰富的世界、美好的生活和宝贵的生命。

总之，赵治平的画有技术的难度、艺术的高度、思想的深度，开拓了花鸟画的新境界，提升了中国画的新高度。

对于赵怡文的画，我以前看得不多，这次看了一些。有一点是值得肯定的，他子承父业，热爱艺术，但不重复父亲的艺术。他的画展名称表达了他的艺术追求，是"花见随形"，而不是"花开随父"，所以，他的画虽然不可避免地受到他父亲的影响，但有自己的想法、自己的构成、自己的艺术语言，开始形成自己的风格。这才有可能、也一定可能超越他的父亲。我想，这肯定是他的父亲赵治平所期待的。当然，也是我们所共同期待的。只有青出于蓝而胜于蓝，只有长江后浪推前浪，我们的事业才能永远兴旺发达，我们的艺术园地才能百花齐放、长盛不衰！

书法艺术的色香味

我和刘灿铭秘书长有着密切的同道关系和同事关系。

先说同道关系。我们都走在书法之路上，他是书法家，我是书法爱好者。我一直记得这样一件事，20年前，我在书法报上看到一幅章草作品，特别喜欢，就打电话给灿铭，问他有没有章草的字帖。他一口答应帮我找找。第二天就把一本1982年出版的史游的《急就章》送给了我，至今没有归还，因为我现在还经常用来临习。

再说同事关系。这几年，刘灿铭担任江苏省书协副主席兼秘书长，在孙晓云主席的领导下，他尽心尽责，在组织创作、开展活动、策划展览、培养人才等方面做了大量卓有成效的工作，办了许多有特色、高质量的书法展览，取得了突出的工作成绩。同时，诚心诚意、踏踏实实地为书法家服务，做好各方面的协调作用，使省书协呈现出积极向上、团结和谐的良好氛围，受到各方好评。由于他工作业绩和艺术成就突出，被省委省政府授予紫金文化奖章。

接着转入今天的正题，讲讲这次展览。这个展览的名称是"借古开新"。说到书画艺术，几乎都会用到这句话，关键是怎样"借古"、如何"开新"？我看展览的前言中已经就此做了阐述。这里我从微观的角度、观者的视角谈点个人的看法。

刘灿铭的书法作品我看过很多，非常熟悉。看了他今天展出的 60 多幅作品，我觉得又有新提升、新风貌。打个比方，看他的作品，就像到了淮安品尝刚刚起锅的一道道淮扬菜，色香味俱佳。

所谓色，就是墨色。墨分五色，清淡浓重焦。灿铭在书法创作中十分注重墨法的掌握和运用，尤其是在浓与淡、湿与枯的处理上很自然、很精妙，自然天成，所以每个字、每幅作品的墨色都具有层次性和丰富性，增加了作品的美感。

所谓香，就是书香。墨香里透着书香。书香就是书卷气。刘灿铭是书法博士、书法教授，是学者型书法家。他善于读书、善于思考、善于作文，有较高的文化素养，这必然渗透到他的书法创作之中，使作品显得文气和儒雅，从某种意义上说，灿铭的书法亦属文人书法。

所谓味，就是味道。就像吃菜一定要有味道，书法也要有味道，这味道要与别的味道不一样，这就是书法作品的个性。没有个性，书法作品的艺术价值就不会很高。灿铭书法作品的个性很突出，把众多的书法作品放在一起，一眼就能看出灿铭的作品。这里需要说明的是，书法不能光讲个性，还要讲共性。个性蕴含在共性之中，也就是说，要在遵循书法法度和一般规律的基础上形成自己的个性。灿铭的书法，字字有来历，笔笔有法度，而且从传统碑刻和帖学中兼收并蓄，又把写经体、章草、小草、标草有机融合，承古开今，借古出新，写出了自己独特的、强烈的书法风格和书法面貌。所以，我们对他作品要慢慢看、细细品，越看越有看头，越品越有味道。

灿铭的"铭"字，可以解释为"铸刻的文字"。希望他人如其名，字如其名，用灿烂的文字，书写时代，服务人民，为我省书法事业和文艺繁荣作出新贡献。

岁岁年年画不同

常言道，年年岁岁花相似，岁岁年年人不同。而今天参加赵治平画展，看了他的新作，我强烈地感受到，年年岁岁人相似，岁岁年年画不同。赵治平还是赵治平，还是那样精神，而他的画又有新变化，具体地说有"三个不同"：

一是心境不同。赵治平先生虽然年过六十，但精神状态一直非常好，保持着一颗年轻的心，乐观开朗，谈笑风生，积极向上。境由心造，画由心生。正是怀有这样的心境，这样的热情，所以充满着创作的活力和动力，而且渗透到创作和作品之中。

二是意境不同。德基美术馆做的这次展览的预告短视频最后留了一句话：什么是一切事物的尺度？古希腊智者普罗泰戈拉有句名言："人是万物的尺度"。意思是说，事物的存在是相对于人而言的。人的感觉怎样，事物就怎样；对同一事物的感觉，因人因时而异。在同一个画家笔下，不同的时间、不同的地点、不同的心境，会画出不同的花鸟、不同的意境、不同的思想情感，因而也具有不同的审美价值。赵治平先生十分讲究立意，它不是为了画花而画花，不是照抄自然，而是紧紧抓住动植物与人们生活的关系和思想情感的联系，反映社会生活，记录人事变迁，表达人们志趣，体现时代精神，这反映了当今的美好而和谐的生活，也表达自己的艺术情操和精神追求。

三是画法不同。在花鸟画创作上，很容易"花相似"进而"画相似"，而赵治平在画法上不断创新、不断变化。在造型上，更重视形似而不拘泥于形似，追求"似与不似之间"，突出大鸟、大美、大气象；在构图上，删繁就简，强化主体，虚实相间；在笔墨上，有工有写，工写结合，淡墨重彩，尤其是在墨色和彩色上大胆探索，形成独特的彩墨效果，既富于变化，又有视觉上审美感和冲击力。实话实说，花鸟画容易程式化，容易俗气，这是花鸟画的最大缺陷与难点。要避免这种现象，走出这一窘境，除了在造型上、构图上、画法上的创新以外，关键在于重视花鸟画的立意，做到有思想、有文化、有精神，不能依葫芦画瓢，不能就花画花、就虫画虫。为此，赵治平独辟蹊径，在花鸟画上走出了一条新路，可以并称为"意象花鸟画""彩墨花鸟画""现代花鸟画"。

看了这次展览，我还要加一个"不同"，那就是展陈环境不同。我倒并不是指这里展厅的高档，而是德基美术馆一贯重视策展，在展示方式、展示环境上非常讲究，独具匠心。人要衣装，佛要金装。绘画也是这样。好的装裱，好的展示方式、展示环境，就会给作品增色加分，取得更好的展览效果。

作为江苏省花鸟画协会会长，赵治平是江苏省花鸟画领域的领军人物之一。希望赵治平先生在花鸟画创作中不断创新、不断完善、不断跃升。同时，团结带领全省花鸟画画家，用手中的画笔，描绘鸟语花香，讴歌美好生活，多出优秀作品和精品力作，努力构建我省文化艺术的新高峰！

油画中国化的新探索

南京艺术学院是江苏省乃至全国油画创作的"重镇",一直处在中国油画创作的前沿,尤其是在油画的中国化方面发挥着重要的引领作用。从南艺的创始人、老校长刘海粟到苏天赐、徐明华、沈行工、冯健亲等,以及现在的中青年教师,几代艺术家在油画中国化的道路上进行了积极的探索。

几年前,南京艺术学院原院长,江苏省美术界领军人物,著名油画家冯健亲先生与我说过,他一直致力于油画中国化的理论思考和实践探索。今天在这里举办的我省油画家张五力、崔雄油画作品展《初心如磐》则是油画中国化的新探索、新成果。

油画也称西画,是舶来品,传入中国已经有百余年的历史。经过几代人的努力探索,油画已成为中国绘画、中国美术的重要组成部分。油画如同中国画等文化艺术一样,也有一个"创造性转化,创新性发展"的问题。油画如何转化、如何创新?这是中国油画家的共同课题。而张五力、崔雄在这方面的探索可以提供积极而有益的启迪。

从张五力和崔雄的油画作品中,我们可以看到他们坚实的造型能力和色彩表现能力。这两种能力是油画的基本功。没有这两种能力,油画就无从谈起。但是,光有这两种能力,还很难实现油画的中国化,或者说,还不能称作"中国油画",所以,张五力和崔雄尤为注重油画的创造性转化。

一是题材内容的创造性转化。一般来说，这一点比较容易做到，就是以中国风景、中国建筑、中国人物、中国故事等中国题材为主要创作内容。而张五力、崔雄在题材内容上注重时代性，做到以采风写生为主，以现实题材为主，以时代风貌为主，使之具有更高的时代审美价值。

二是表现方法的创造性转化。既然是油画，当然在创作中还是要运用油画的基本创作方法，但他们没有拘泥于这些方法，而是进行大胆的转化与创新，在艺术实践中努力融入本土文化的艺术元素，采用了许多中国画的表现手法，尤其是运用中国画的写意手法，把写意与写实相结合，构建中国油画的语言体系和表达图式，显现出画面优美、意韵生动、简洁纯朴的艺术魅力和中国味道。

二是艺术精神的创造性转化。艺术精神是艺术创作中所体现出来的一种独特的精神境界。它是艺术家在创作过程中所表达的情感、思想和灵感的集合体。艺术精神最重要的是创造力和创新性。这正是张五力和崔雄两位油画家倾力追求的。他们对待西方油画坚守而不固守，拿来而不照搬，借鉴而不重复，而是通过自己的创造力和创新精神，将西方油画和中国绘画相融合，创作出全新的中国油画，创造出独具个性和独特风格的艺术作品，倾注中国情感，形成中国风格，体现中国精神，进而推进油画的中国化、现代化。

经过创造性转化的中国油画，就不再是西画了。当然，油画的中国化是一个漫长的过程，是一个没有做完的课题。中国油画还在成长和发展之中。只要坚持探索、不断追求，中国油画必将同中国画一样，双蒂并茂，在中国艺术的百花园里尽情绽放，成为绚丽多彩的艺术之花。相信张五力、崔雄一定能够初心如磐、壮心不已，在油画中国化之路上永续前行，取得新的突破和成就。

没有情感的笔墨等于零

丁杰是从江苏走出去的画家。几十年来，他以不懈的努力，在中国画创作方面卓有建树。从他的身上，从他的画作之中，我感受到丁杰先生是一位有情怀的艺术家。这情怀主要体现在：

家乡的情怀。丁杰是我们江苏南通如东人，出生于文化世家。他一直牢记父母对他的嘱托，要像先祖那样，用画笔描绘出自己精彩的人生。虽然离开家乡已久，但他对家乡怀着深厚的情怀，总想着回报家乡。记得前年我们举办"乡愁展"，丁杰踊跃参加，不仅送来了他的精品力作，还在百忙中特地赶回来参展，发表热情洋溢的讲话。从他的言行当中，从他的作品当中，我们体味到他浓浓的乡情。

山水的情怀。丁杰是我国当代著名的山水画家。冯远主席说他的画集南北两派的风格，其中南派风格我看更多的是新金陵画派的风格。具体表现在两个"写"字。一是写生。不难看出，他的画，许多是写生作品，或者说经过大量写生之后创作的作品，以生活为源，以自然为师，带着激情、带着情感、带着灵感去创作，因而他创作的作品，体现出道法自然之顿悟、天人合一之境界、天地壮阔之大美。二是写意。我讲的写意是指写意精神。我认为，无论是工笔画还是写意画，都要倡导写意精神。丁杰的创作，工写结合、以写为主，更注重有感而发、真情流露，在客观物象和主观情感之间找到一个表达的"度"、审美的"点",进而形成自己的个性语言和作品风格。一个写生、一个写意,正是新金陵画派的精髓,丁先生悟得透、学得深、运用得好。

人文的情怀。丁先生对中华传统文化有很深切的体悟、很深厚的感情,这与他的家庭背景有关。中华传统文化的核心是"中和"二字。中者,中庸,适当适度也。和者,和谐,和而不同也。丁先生的艺术创作很好地体现了中华文化中的"中和"思想,既纵横恣肆、挥洒自如,又收放自如、把握住度;既张扬个性、尽显风格,又追求山水的和谐、和顺之美。所以,他的山水画,既有自然之美,又有人文之韵。

可见,丁杰先生是带着情感、充满情怀去创作的。讲到情怀、情感,我自然想到我的同乡吴冠中先生的一句话:"笔墨等于零。"这曾引起书画界的争论,甚至对此有许多非议。而我在吴冠中自己的一篇文章中看到:"我提出的'笔墨等于零'是有前提的,那就是:没有情感的笔墨等于零,是毫无意义和价值的。"我十分赞同吴冠中先生的这一观点。不仅是书画创作,扩大到一切文学艺术创作,都必须是有情感的创作。从古到今的文学家、艺术家、书画家,为什么总是会寄情于山水、热衷于生活,道理就在这里。

丁杰先生正是充满着家乡的情怀、山水的情怀、人文的情怀,才会创作出生机盎然、意趣隽永、清正大气的优秀作品。我们相信,他带着这三种情怀继续在艺术之路上"墨索"前行,一定会进入更加深远、更加宏阔的艺术境界。

题外话　画外音

陆越子教授的画，学院派、文人画的特质十分明显：笔墨雅致、气韵生动、简约意远、清新自然。

这样的画，非大家不能为。对于陆教授的画，我不能也不敢从专业的角度作更多的评论，只能由此生发，说一点题外话、画外音。我想讲三个"传"字：传统、传播、传承。

先说传统。中华民族拥有悠久的传统文化，其中中国书画最具代表性，是中华传统文化的精华所在。从形式上讲，中国书画是一门独特的艺术。书法是以笔墨为工具，以宣纸为载体，以汉字为对象的造型艺术；国画是以笔墨为工具，以宣纸为载体，以自然为对象的造型艺术。这在世界上独一无二。中国书画不仅具有独特性，而且具有很强的生命力。许多传统文化的东西随着时代的发展和技术的进步而失去了昔日的功能和光彩，而中国书画艺术不是这样：有了电脑技术，字不用手写了，但书法却更加红火；有了照相技术，中国画的写意性、艺术性反而更具优势。

这说明中国书画的确是了不起的艺术样式，是其他艺术样式所无法比拟的。从内涵上讲，中国书画也最能体现中国文化的内涵、哲学思想和人文精神。"中庸之道""天人合一""无为而治"等思想，都能融化到中国书画之中，并成其内在精神。故而，中国书画表象简约，而内涵高深。

再说传播。任何艺术都必须以传播为前提，并以传播增强其生命力和影响力。书画艺术也是这样。现在各类书画展很多，已成为当今书画艺术传播的主要途径之一。但我认为，书画艺术的传播，应当以展厅为中心，向两头延伸：一头向传统延伸，也就是要让书画作品回归书房和客厅；一头向现代延伸，也就是让书画作品通过新兴媒体，如互联网等，得到更为广泛的传播，扩大其受众面。同时，还要让中国书画走出去，让外国人看懂并喜欢中国书画，认识其艺术价值。

最后说传承。中华文化几千年生生不息，始终保持旺盛的生命力，这是世界上任何文明和文化所没能做到的。中国书画艺术为中华文化的继承和发展作出了贡献。我们有责任把中华优秀文化保护好，传承好。现代教育对于传统艺术传承具有重要作用，因此，我们既要重视社会书画家，也要重视学院书画家。因为他们不仅有自己的艺术成就，而且培养了许多学生，这些学生正是中华文化和书画艺术的传承者和开拓者，未来的艺术家和书画大师就在他们当中。

这些题外话、画外音都是受陆越子之画的启示有感而发。

艺术作品不仅给人以美的享受，还给人许多启迪，引发思考，那是难能可贵的。

马到成功

马年未到，鞍马先行。在农历马年即将到来之际，赵文元先生鞍马画新作展在中国美术馆成功举办。赵文元先生是南京军区的专职画家，长期工作和生活在江苏，所以他既是部队的一匹"战马"，也是地方的一匹"宝马"。

赵文元先生的作品以马为主题和主角，是一次马的大聚会、大集合。看着这些画，我突然觉得，赵文元先生是一匹"不用扬鞭自奋蹄"的马。他十八岁从军，成为一名"小战士"，与此同时成为一名"小画家"，开始了军旅生涯和艺术生涯，至今已近五十个年头。在长达半个世纪的时间里，赵文元先生一手紧握"枪杆子"，一手拿着"笔杆子"，始终坚持国画创作，笔耕不辍，从业余到专业，从"一专多能"到"多能一专"，从"专而宽"到"专而精"，在艺术之路上"千里之行，始于足下"，孜孜不倦，奋力前行，终于取得了令人瞩目的艺术成就，成为当今画坛的一匹"千里马"。

"千里马"画马，"人马相通"。在赵文元先生笔下，"马就是人，人就是马"。那些驰骋疆场的英雄豪杰，个个充满着马的力量、马的精神、马的气概，而英雄胯下的那些战马，通达人性，知晓战局。赵文元先生既画战争年代的人与马，也画和平时代的人与马；既画战场上的人与马，也画生活中的人与马。在和平年代，在日常生活中，人总是那么喜悦、那么和善、那么自信、那么美丽，马总是那么健壮、那么高贵、那么从容、那么亲和。人与马和谐相处，构成一幅幅"天人合一""悠然自得"的美好图景。

古人云：画乃我自画，书乃我自书。赵文元先生与其说在画马，不如说在画自己，画自己的感受、自己的情感，正如他自己所言："其实，马只是作品中的一个载体，通过这载体表达作者内在的情感。"赵文元先生将自己的喜怒哀乐、爱憎好恶倾注在画作之中，充分体现出自己的性情，而自身的性情又造就了艺术的个性风格，进而使自己的画作既蕴含深厚的民族精神和文化内涵，又给人以雄浑而古朴、苍劲而奔放、灵动而秀丽的审美享受。

无限风光在险峰

看到李一的作品，真是别开生面，大开眼界。我用三个字来形容：高、大、上。

高：就是高山。把文字刻在高山之上，就是摩崖。摩崖有广义和狭义之分。广义是指在山崖上雕刻的所有内容，包括图案、佛像、文字等。狭义就是指雕刻在山崖上的文字。摩崖既是石刻艺术，也是文化现象，具有历史内涵、文化内涵和艺术价值。李一的摩崖作品是对石刻艺术和传统文化的最好继承与弘扬。

大：就是大字。古代书法，以小字为主，鲜有大字。大字一般都是以摩崖石刻的形式呈现。如《瘗鹤铭》，乃大字之祖。大字难写，在高山险峻上写大字更是难上加难。我原以为摩崖是先写在大纸上，后拓印到山崖上，再进行凿刻而成。昨天才知道，李一先生是吊着安全绳，攀附在山崖上，用大笔直接在山崖上写，因地制宜，顺势而为，一挥而就。这真是太难了——了不起！了不得！

上：就是上品。雕刻在大山之上的大字必须是书法上品。我看李一先生的摩崖作品，许多是用章草来写的。我也写章草。有人以为我姓章，写的草书就叫章草。其实，章草是一种古老的书体，是草书的源头。章草由隶书的简捷写法演变而来，是为了书写的方便与快捷，但章草非常讲究书写规范，法度严谨。章者，规范也，法度也。章草一直在发展演化之中，发展为小草、大草、狂草。到近现代，有两位书法大师对章草情有独钟，一位是王蘧常，把古代章草发展为现代章草；一位是于右任，把章草与今草融合为标准草书。而李一的书法作品，更多地融合了王蘧常和于右任的笔法笔意，又有自己的风格特征，不愧为上品之作。

请允许我用毛主席的两句诗概括李一先生的书法精神和书法艺术：

一句是：世上无难事，只要肯登攀。李一的书法精神，就是一种向上攀登的精神。

一句是：无限风光在险峰。李一的摩崖书法艺术，就是当今书坛的一道靓丽风景，景中有无限风光。

仰而视之

我们观自然界的山水，从下往上看，那是仰视；从前往后看，那是远视；从左向右看，那是平视。我今天看许钦松的画，那是仰视。不仅因为他画得特别大，而且画得特别好。好在哪里？我作为一名观者，有这样的印象与观感：

厚重而灵动。许先生的画，都是画的大山、石山、群山，非常厚重和雄浑，同时在画面中还有汹涌的水、流动的云、飘散的雾，这就让画面动起来、活起来了。这一重一轻、一动一静，组合成丰富而生动的画面。

广大而精微。许先生的画大多是大画，视野开阔，场面广大，环境宽阔，从远处观之，极为壮观。而再从近处仔细看，他的笔墨点线非常讲究，绝无大而化之的粗陋之处，而是相当精到、精妙与精湛。正所谓，远处取势，近处取质。这一点，与我们新金陵画派有相同相通之处。

自然而人文。山水画的对象是自然，是自然中的山山水水。许先生经过大量写生，描绘各地的名山大川。但他笔下的山水，是经过他思考过、加工过、创作过的山水，既有客观性，也有主观性，体现了人对于自然、对于山水的视野、情感与胸怀。写景抒情，以境立意。竖画三尺，立天地之高；横墨八丈，荡浩然之气。所以，我认为许氏山水，既是自然山水，也是意境山水，更是人文山水。

优秀的艺术作品，尤其是经典之作必须具有隽永之美、永恒之情、浩荡之气，而许先生的画，有大好河山之美、天人合一之情、高远豪迈之气，堪称我们这个时代山水画的经典之作，让我由衷地钦佩与赞叹。

广东与江苏共处改革开放的前沿，经济上在全国数一数二，在文化艺术上也都走在全国前列。我们一定要进一步加强两省之间的文化艺术交流，扩大艺术家的往来，像关山月与傅抱石的合作那样，谱写艺术佳话，创作艺术佳作，共攀艺术高峰。

书法的气质

常言道："字如其人"。此言亦是亦非。比如李啸其人其字就并非如此。吾观其人，巍峨健壮、敦实厚道；而观其字，清新俊逸、舒缓灵动，两者相去甚远也。当然，此仅就"外貌"而言，假如深入其中，不难发现其人其字的相似之处。

相似者何？气质也。

气质，既指人的姿态、长相、穿着、性格、行为等元素结合起来给别人的一种感觉，又指人的生理、心理等素质。简言之，气质是一个人外在与内在的综合，是由内而外、无以名状的东西。

人的外貌可以通过服饰、化妆品、整容等手段加以改善，而气质则要靠丰富的学养和长期的修炼才能获得。气质比外貌更重要，也更难得。

字又何尝不是这样呢？字有字的外观，字有字的气质。作为书法的字，属独特的造型艺术，也是作者借以表达其内在精神之美的艺术。其形态美观自是必然，但仅美观是远远不够的。字如其人，主要在于人与字有相通、相融的气质。这气质，既表现为线条的质地、造型的质感，更体现在书法内在的东西，即渗透在字里行间的内涵、学养和精神。现代哲学家、美学家宗白华先生曾说，中国书法写字时是用笔画结成一个有筋有骨有血有肉的

"生命单位"。字不仅仅具有人所有的筋、骨、肉等特征，在表现上同样具有人所有的特点，如情感、气质等。在书法的点画勾勒、闪转腾挪之间，风格气韵、神采蕴藉皆一览而尽，作者的性格、情感、趣味和思想等也随之显现。清人有言，书道妙在性情，说的就是这个道理。

如此观之，我便看到了李啸"字如其人"的那一面，就是人的素质与字的气质的高度吻合。以书法家的年龄来衡量，李啸属中青年书法家，但他个人的素质和书法的气质都已达到一定的高度，为书界和书家所公认。个中原因，不仅在于他将内在丰厚的文化艺术学养融会于书法创作之中，进而形成纯熟超逸的书法风貌，还在于他在长期的艺术实践中所积淀的处世哲学和艺术精神，正如他自己所言："书法其实是我的一种生活方式，智慧临帖、快乐读书、感恩时代，是我艺术生活的'三部曲'。"这种人生姿态和艺术状态，无疑决定了他的个人素养和书法气质。

永恒的情怀

陆庆龙可以说是我们江苏的一条"藏龙"，他默默无闻、非常低调。

这次展览的名称为"永恒的情怀"，我理解，永恒不是"鹜远"，情怀不是"情调"。陆庆龙把他对时代的深刻理解，转化为画中的温度和暖意，在画布上抒写他对大地的情怀、对人民的情怀、对艺术的情怀。

对大地的情怀。陆庆龙是一位从苏北乡村走出来的画家，广袤的盐阜大地养育了他，里下河地区的乡土文化滋养了他，他用饱含深情的画笔描绘着对故乡的眷恋、对大地的热爱。和一些类似题材创作中展示的落后、愚昧和破败的景象不同，在陆庆龙的画笔下，冬雪覆盖的农田和水塘，金色的草垛和乡间小路，苏北农村温暖宁静的气息扑面而来。他始终用温情的目光仔细打量着故乡的一切，画布上的苏北大地浓缩了丰富的情感、精神和文化信息，那么富有诗意、让人感动。

对人民的情怀。陆庆龙热爱大地，更热爱大地上的劳动人民，他将发自内心的感动、感恩流于笔端，"原生态"式呈现劳动人民的生存状况、情感状态与精神风貌。不是丑陋，不是茫然，也不是苦难，他在同情、歌颂和赞美中，塑造了憨厚善良的农民工、勤劳朴实的渔民。从陆庆龙的作品里，我们能感受到他善良悲悯的心灵，感受到劳动人民蓬勃向上、阳光朝气、为自己未来打拼的积极一面，这种真情打动人心。

对艺术的情怀。陆庆龙远离喧嚣、默默无闻地奋斗与耕耘，在艺术道路上的每一步都走得沉稳坚定。他不是为艺术而艺术，为创新而创新，而是遵循艺术规律，用专注的态度、敬业的精神、踏实的努力创作出高质量、高品位的优秀作品，自觉努力做到"三讲三精"，即讲品位、讲格调、讲责任，努力创作思想精深、艺术精湛、制作精良相统一的精品力作，把精益求精当作永远的人生信条。

危谷出新境

聂危谷是一位典型的学院派画家，这并非因为他是南京大学的教授，而是因为他的艺术创作具有学术性、创新性和独到性，有着明显的学院派特征。纵观他的艺术创作之路，可以了解他试图从哪里走向哪里。

从山水到都市。中国画分山水、花鸟和人物几类。显然，聂危谷的画属山水一类。大家知道，自然界的山山水水，总体而言，大致是相同相近的，是亘古不变的。这就使得中国画在题材上有一定的局限性。画家们遇到并要解决的两大问题是：画什么？怎么画？画什么是创作题材问题，怎么画是艺术语言问题。画家首先碰到的是创作题材问题。聂危谷进行了长期的寻觅、探索与思考，他把眼光投向了都市，投向了建筑。都市与建筑密不可分，共同构成人类文明进步的重要文化标识，承载着历史时间的风雨侵袭，承载着人类社会的沧桑变化，承载着各类人群的悲欢离合。于是，聂危谷毅然决然地在题材上突破，从山水中突围，把都市建筑作为自己艺术表达的主要对象，作为自己国画创作的重要题材。正所谓：咬住建筑不放松，题材就在都市中。置身危谷出新境，横看侧观各不同。

从水墨到彩墨。当国画遇上都市，水墨遇上建筑，问题就来了，难度就大了。为什么？传统山水画中没有现成的东西可用，没有现成的答案可循。这就给聂危谷设置了难度。难度就是高度。聂危谷迎难而上，向高度艰难攀登。他没有丢掉中国画最基本的东西，坚持用笔墨语言描绘都市，描绘建筑，同时又对水墨语言为主的语言体系进行积极的创新，使之更适合现代都市元素的艺术表达。于是，他借鉴其他画种包括西画的手法与经验，经过大量实验性摸索，形成他所独创和掌握的彩墨表达方式，解决了怎么画的问题。他把彩墨作为表达现代都市与建筑的主要艺术语言，并在水墨与彩墨之间寻找到最合适的比例关系，通过浓淡、色彩、光影的变化，使画面富有层次性、肌理性和律动性，具有厚重感、立体感和灵性。所以，聂危谷的作品，既是主观可感的现实都市和文化标识，又是超离客体的精神世界和生命存在。

从有界到无界。这次展览的名称叫作"无界"。我想，这是聂危谷对于艺术、对于世界、对于人生的感悟所得。有就是无，无就是有。这是宗教观、哲学观、人生观，也是艺术观。无论何时何地，无论何人何物，都是从无界到有界，再从有界到无界。艺术也是这样。从传统到现代，从继承到创新，就是这个过程。聂危谷的艺术之路，正是从零开始，步入传统，继而突破传统，进而进入"无界"之境，即从解构传统水墨固有范式，创建现代彩墨的艺术语言，打破传统与现代的界限，消融东西方艺术的界限，跨入力图突破物理时空和思想观念的疆域，进入了更为宏远、更为自由的艺术天地。

从山水到都市，从水墨到彩墨，从有界到无界，聂危谷还在路上，他还在探索，还在创新，还在前行。无限风光在险峰。相信聂危谷一定能够坚守艺术理想，登上艺术巅峰。

鲁迅、版画、思想

鲁迅是我最崇拜和敬仰的近现代文学家和思想家，不是之一。我也曾以"鲁迅主题"办过一个书法展。鲁迅的诗句"横眉冷对千夫指，俯首甘为孺子牛"是我的座右铭，我把它书写悬挂在我的书房和办公室。

鲁迅一生在文学创作、文学批评、思想研究、文学史研究、翻译、美术理论引进等多个领域具有重大贡献。他对于五四运动以后的中国社会思想文化发展具有重大影响，蜚声世界文坛，被誉为二十世纪东亚文化版图上占最大领土的作家。

毛泽东主席曾称赞："鲁迅的方向，就是中华民族新文化的方向。"

鲁迅不仅进行了大量的文艺创作，而且对文艺有深刻的阐述，他说，文艺是国民精神发出的火光，也是引导国民精神前途的灯火。这是对文艺功能极其深刻的论述。

鲁迅就是文艺工作和文学艺术家的灯火与楷模。著名画家吴冠中在回忆录中说，他青年时代的偶像是鲁迅，曾立志以鲁迅为榜样，做一个文学家和思想家。他还说，画家不一定是思想家，但必须是一个思想者。

鲜为人知的是，鲁迅对于版画，可说有一种痴迷，一种情结，他晚年致力于倡导新兴版画创作，被称为"中国新兴版画之父"。

刘春杰先生以木刻版画的形式，以鲁迅为主题，进行艺术创作和展示，这不仅是对鲁迅先生的深切缅怀，更是以此弘扬鲁迅精神和他的版画艺术。

我刚刚提前过来看了展览。展览展出刘春杰《私想鲁迅》《让他说话》等代表性作品，以及他在《持续刷屏》等作品基础上二次创作的《一以贯之》系列，共205幅作品，集中呈现了他最新的创作和思想。

我不懂版画，但看了这个展览，有三个突出印象：艺术性强，写实、写意、抽象相结合；思想性强，不仅刻画出鲁迅思想家的形象，而且表达了艺术家自身的许多想法；创新性强，策划、装裱、布展都很有新意、有质地。

我一边看，也一边在"私想鲁迅"。我想，如果要"让他说话"，鲁迅会说什么呢？他不一定会说很好，也许会说不错，也许会说这个展览给人以"永不忘却的纪念"，也许鲁迅什么也不说，只是用深邃和期待的眼光表示，请艺术家们"一以贯之"地努力创作下去吧，把版画艺术继承下去，弘扬光大！

艺术元宇宙

"彤管流芳"展早已成为我省书画界的一个品牌。我已记不得参加多少次、讲过几次话了，但我记得是有请必到，到了必讲。

这是因为，参加"彤管流芳"展的书画家，虽然会有不同的组合，但都是江苏省最优秀的女性书画家。最优秀可不是随便说说的，是用其人其作品来确认的，代表人物除这次展览的主角胡宁娜、喻慧外，还有孙晓云、徐乐乐、杨春华、吴湘云等。她们不仅是女性中的佼佼者，在男性艺术家面前，也绝对是巾帼不让须眉，其艺术成就绝不在男性艺术家之下。尽管今天有许多男性艺术家在场，我还是要这么说。

尤其是胡宁娜和喻慧，她们是"彤管流芳"的创立者、组织者、策划者。她们利用这个平台、这个品牌，举起了一面旗帜。

什么旗帜？就是她们给我的电子邀请函中的一句话：推动女性群体在当代艺术创作领域的发展。这里面有两个关键词：女性群体、当代艺术。这是她们的宗旨，这是她们的追求，她们为此身体力行。

胡宁娜和喻慧，不仅同为女性，而且有共同的艺术经历、共同的艺术理念、共同的艺术追求。她们的艺术追求，如同她们的衣着打扮一样，求新求异，不断翻新，不断变化，与众不同，风情万种。我看她俩的画，给我一种独特的审美体验。

艺术作品的主要功能是审美功能，给人以美的享受。书画作品之美，往往体现在题材之美、造型之美、线条之美、色彩之美。而胡宁娜和喻慧的中国画，除了拥有这四种美的共性外，还有她们强烈的个性，我称之为奇异之美和想象之美。

所谓奇异之美，就是区别于一般的、普通的美，具有独特的、神奇的艺术语言和艺术色彩，给人以不一样的审美体验。如胡宁娜的异国风情画和外国美女图，如喻慧的太湖石、鹦鹉和铿锵玫瑰等，都具有独特的、神秘的美感。

所谓想象之美，就是看了一幅画，不仅印象深刻，回味无穷，而且能引发你的想象力，想象出许多新的事物、新的画面，如喻慧的铿锵玫瑰，我看了之后，会让我想到宝石之美、玻璃之美，甚至会产生一种破碎之美的感觉。再如胡宁娜的古代美女和外国美女，会使人产生高贵生活与现代生活的一系列联想。

除了美感，胡宁娜和喻慧的画还具有动感和立体感。她俩笔下的花鸟与人物都充满活力，充满动感，栩栩如生，在飞翔，在舞动，而且具有油画、雕塑的光影与造型，画中的太湖石、鹦鹉、舞女等，看上去都是立体的。

这使我想起了一个热词：元宇宙。元宇宙原本是科幻小说的一个词，而现在将成为现实，即：现实世界虚拟化，虚拟世界现实化，两个世界共存交互。

元宇宙的构建，当然主要靠高科技、新科技、超级智能，但也离不开文化与艺术。前两天，南艺有个学院集结了一批人，搞了一个团队，在研究艺术元宇宙，很有眼光和超前意识。我还在手机上看到，徐乐乐搞的个展，让她画中的动物与人物动起来了。

这给我们艺术创作以新的启示。艺术无止境。未来的艺术，也许可以用这样的公式：创作＝艺术＋技术。进而创造和构建一个全新的艺术元宇宙。

所以，我希望胡宁娜、喻慧和你们的女子团队，利用你们先锋、新潮的勇气，发扬你们敢于创新、善于创新的精神，寻找艺术暗物质，构建艺术元宇宙，使书画艺术美起来、立起来、响起来、动起来，构建一个全新的书画世界和艺术空间，引领当代艺术的新发展。

文人书法的要义

　　吴国平先生的书法明显是文人书法。文人书法，是指文化人所书写的、富有人文内涵和气韵的书法作品。《论语》有言："志于道，据于德，依于仁，游于艺。"真正的文人书法，修养是基石，笔墨是技巧，更是性情的自然流露。修养、笔墨、性情，可以说是文人书法的要义所在。

　　吴国平先生虽然一直在部队工作，但主要从事文学创作，在诗词、歌词、剧本等方面都很有建树。他的文学创作、文人气质自然而然地渗透到他的书法创作中来。我看到言恭达先生为他写的一篇书法评论，这是书法大家的评论，当然很专业、很精当、很深刻，而我不是专业书法家，难以从专业的角度来点评，只能凭自己的感受谈谈对国平先生书法的认识。

　　我看国平的书法，觉得眼熟，有一种亲近感。为什么呢？我不知道他有没有临习过章草，但我从他的行草作品中，看到了章草的笔法，王蘧常的笔意。不知我说得对不对，但我就是这么看的。而且，我看他的书法还有三点感受：

　　一是自然。道法自然，书法亦然。"自然"是什么？有多种解释，可以指自然界，也指人的自然本性和自然情感。吴先生的书法就写出了自己的样子，不做作、不刻意、不局促、不勉强，自然而然，自然天成，妙趣横生。

二是质朴。因为自然，所以质朴。吴国平先生的书法既不做作也不炫美，朴实无华，质朴中有质感，尤其是浓淡枯湿的自然形成，看着很舒服、很耐看。

　　三是轻松。同样因为自然，所以写得很轻松。胸有成竹，信手拈来，轻松自在，不费劲，写得顺手，看得顺眼，给人一种洒脱闲适的享受。

　　自然、质朴、轻松，三个词，其实差不多是一个意思。这似乎不是对书法的专业评论、学术评价，但书法要写到这样很不容易。没有文人的气质、学养和性情，是写不到自然、质朴、轻松的。能写到这样就是大家。你们去看大家的书法，无一不是这样。做作、生硬、炫美并不是书法的上乘之作。

　　所以，我认为吴国平先生是一位有思想、有学养、有书法想法的人，他的书法充满文气，是真正的文人书法，是书法上品。

学而优则"事"

　　我曾经为赵彦国的展览和作品集写过一个序言，标题是："博而专，专而精"。我是希望他作为一个书法博士，既要有广博的知识，又要有过硬的专业，更要有精品力作。因为当时他是专业书家，所以我对他主要是从书法创作上提这样的要求。而这几年，彦国不但在书法艺术上不断精进，而且在"仕途"上一路前行，先是当了江苏省书画院副院长，后任江苏省美术馆副馆长，现在又担任江苏省文化馆馆长，算是真正"当官"了。

　　对此，我是支持的。但不是支持他谋个官位，而是支持他做更多的事情。古人云："学而优则仕。"我要把这个"仕"改成"事"，主张一个优秀的人、有学问的人，不要只想当官，而要专注做事。俗话说，当官不为民作主，不如回家卖红薯。这里的"作主"就是指"做事"，就是说，做官就要做事。

　　其实，做事不仅是对做官人的要求，也是对书法家的要求。从古至今的大书法家，很少是职业书家，大都是有其他职业的，其中不乏是当官的，如颜真卿、王羲之、苏东坡等，到近现代的康有为、于右任、郭沫若等，他们都是当大官、做大事的人，还有林散之，也当过副县长，分管水利。我把这些人列举出来，并不是鼓励书法家都要去当官、当大官，而是要说明，做官必须做事，而做事成就事业，也成就书法。为什么这样说呢？

做事有利于扩大见识。大家知道，一个优秀的书法家必须具有广博的知识和深厚的学养，而知识和学养源于书本也源于实践，正如毛主席所说："读书是学习，使用也是学习，而且是更重要的学习。"通过做事，通过实践，我们不仅可以把书本知识用于实践，而且可以在实践中获得许多书本上学不到的知识，正所谓"实践出真知"。

做事有利于增长才能。做任何工作都要有多方面的才能，书法亦然。一般来说，读书增长知识，做事增长才能。没有社会经历，没有做事的经验，就不可能具备多方面的才能。这样，工作做不好，书法也搞不好。我们看到，一个成功的书法家，一个有影响力的书法家，不光是书法写得好，还有很强的社交能力和社会活动能力，从而使自己的书法更多地走向公共文化空间，更好地服务社会，扩大其社会影响。

做事有利于开阔胸怀。搞书法的人，如果整天写字，眼睛就只能盯在笔尖上、宣纸上，看不到或者不关注更为广阔的天地，长此以往，就会形成极大的局限性。须知，眼界决定境界，胸怀决定格局，格局决定高度。有大视野、大胸怀、大格局的人，才能写出书法的大气象、新高度。而做事、做大事，可以接触到广阔的世界，可以接触到更多的人与事，进而开阔自己的视野，开阔自己的胸怀，提升自己的境界，提升自己的格局。字如其人。人有境界了，有格局了，自然而然，你的书法就会有大境界、大格局、大气象。

做事有利于实现大我。实话实说，有些艺术家包括书法家比较有个性，比较自我。我知道，这与他们长期从事的职业特点有关，因为他们的创作大都是单个劳动，而且竞争尤为激烈。解决这个问题，一个有效的方法，就是让他们跳出自我的小圈子，多做事，多参与社会工作，增强他们的大局意识、协作意识、服务意识，在服务社会中实现大我，在成就他人中成就自己，携手共进，相互成就。

我今天基本上没有讲书法本身，而是扯开来主要讲做人做事。在我看来，这也许是真正的"书外功夫"。我希望彦国，也希望所有的中青年艺术家，在人生的高峰期、艺术的高峰期，练好内功和外功，做好工作和创作，使两者有机结合，相互促进，做到两不误、双丰收，最大程度地实现自己的社会价值和人生价值，努力为文化建设、文艺繁荣多作贡献。

书法里的哲学

今天，"张其凤师生书画篆刻汇报展"在雨花美术馆开幕。看了这个展览，我很高兴与欣慰。不仅看到了张其凤教授的新作品、新面貌，而且看到了他学生的作品，看到了他的教学成果。

我也当过教师。记得当时有这么一句话："要让学生有一滴水，教师自己要有一桶水。"张其凤先生有一桶水，而且是满满的一桶水。他的学术水平高，二十余年中撰写了《刘墉研究丛稿》等七部专著，在学术界有较大影响；他的思维活跃，对历史、对艺术、对教育有较深的思考，常常发表独到的见解；他涉猎广泛，对文史哲颇有研究，且常有诗词和散文作品出炉。

当然，他的专业、他的强项是书法。书法是他的安身立命之本。

关于他的书法，评论者诸多，其中不乏有名家大师的评论。而令我印象最深的是他的老乡、著名文学家莫言先生的评论。莫言毕竟是莫言，他不仅写书法，而且懂书法。他对张其凤书法的评论独辟蹊径、入木三分。他在评论中写道，古罗马有一尊两面神，有两个朝向完全相反的面孔，一面指向过去，一面指向未来，意谓只有把握好了"过去"与"未来"才能更好地把握"现在"。这里面蕴含着深刻的哲学思想。接着，莫言先生从哲学的层面对张其凤书法进行了深入的分析与阐述。

在这里，我循着莫言先生的思路，以张其凤书法为例，谈一谈书法里的哲学。

一是对立统一。这是唯物辩证法的根本规律，它揭示了客观世界都包含广泛的矛盾性，矛盾无处不在，无处不有。矛盾是事物的两个方面，既对立又统一，在对立中统一，在统一中对立。这一矛盾规律在书法中也得到了充分的体现。比如，书法中的虚实、大小、黑白、刚柔、急缓、疏密、轻重、俯仰、奇正、方圆等等，无不体现着对立统一规律。张其凤在书法中对此运用自如，尤其是在书写的速度上，时快时慢，时急时缓，在静止的画面中表现出明显的时间性和运动感，让书法作品在律动中充满生机和活力。还有是，在张其凤的书法作品中，墨色的浓淡、干湿、燥润，差距拉大、对比强烈、变化多端，但又浑然一体，具有整体的美感。

二是中庸之道。这是中国人的传统哲学思想和思维方式。所谓中庸之道，就是反对走极端，在两极之间找到一种最合适、最恰当、最完善的方式方法，也就是"执两用中"。张其凤在把这一传统哲学思想运用到书法上，先在两极的各自一极上极力拓展，然后再回过头来，将相反的这两极融合起来，这样，既扩大张力，形成强烈的视觉冲击力，又收放自如、开合有度、守中致和，实现和谐、平衡之美。比如，他的小楷如花鸟般精微致美，草书如奔马般狂放跌宕，行书则将两者结合，做到开合有度、虚实相宜、动静相合，进而形成了雄健放达，飘逸多姿，雅俗共赏的艺术风貌。

三是天人合一。这是中华民族五千年来的哲学内核与精神实质。把天人合一的精神运用在书法创作中，就是要以自然为师，从自然界的物象、肌理、色差中找到书法的表达方式。怀素称："吾观夏云多奇峰，辄常效之，其痛快处，如飞鸟出林，惊蛇入草，又如壁坼之路，一一自然。"南宋姜夔《续书谱》称："屋漏痕者，欲其无起止之迹。"这些都是从自然中得到感悟，并运用到书法之中。张其凤提出"书法当师造化"这一主张，并努力让自己的书法回归自然，从江河奔流、万马奔腾、云遮雾绕、风吹杨柳、涓涓细流中得到具象与灵感，形成了他独有的"云烟气象""山水气象"，水墨淋漓，云雾弥漫，变化多端，气象万千。更为难得的是，张其凤先生的书法，得自然之感悟，取山水之灵气，挥洒自如，轻松自在，既稳如泰山又行云流水，达到了"道法自然、天人合一"的艺术境地。

哲学是世界观和方法论。哲学使人明智。哲学使人深刻。有了哲学的引领，书法才能进入更高的层次。我常常引用吴冠中先生的一句话：画家不　定是思想家，但必须是思想者。同样，书法家不一定是哲学家，但必须具备哲学思想、辨证思维，掌握正确的世界观和方法论。这对书法创作极具意义。因此，搞书法的人要像张其凤那样，学一点哲学，懂一点哲学，用一点哲学。

风华依旧

改革开放已经整整 40 个年头。40 载岁月风华，40 年春华秋实，中国发生了翻天覆地的变化。个人的命运总是与祖国的命运联系在一起。我们这代人有幸亲历和参与了改革开放的历史进程，于之成长，于之奋斗，于之收获。

我与宜平是从小学一直到高中的同班同学。我是班长，他是宣传委员。我喜欢写字，他喜欢画画。我们经常在一起出黑板报，他设计版面和图案，我板书，可以说是黄金搭档，老师和同学都会给予好评。学生时代的这种合作，培养了我们共同的兴趣，也增进了我俩的友情，不是兄弟，胜似兄弟。

恢复高考第一年，我被高校录取而离开家乡外出求学，之后又到省里工作。我俩从此各自走向社会，踏上不同的工作岗位，几十年少有联系。直到几年前，宜平到南京看望我，久别重逢，格外亲切。叙谈中，他说在工作的同时一直坚持学习和创作国画，并将带来的作品展示给我看。我仔细欣赏，颇为惊讶，他竟画得如此之好。

我虽不画，但多年来与画家接触多，看的画展也多，所以对画作水平之高低还能看出几分。我不带任何感情色彩地说，宜平的绘画绝对达到了专业画家的水平，且有自己的风貌与优长。他告诉我，他从芥子园山水画谱入手，对古代宋元明清诸如巨然、李唐、马远、黄公望、王蒙、文徵明以及"清四僧"等或多或少均有研习，而近代山水画大师黄宾虹是他研习的重点，其"五笔七墨"让他体悟到传统书画艺术语言之奥秘。

而我看他的画，觉得他受宋画影响较多，在此基础上形成自己的东西，把客观物象与主观意趣、创作图式、笔墨语言有机地糅合起来，达到了一定的艺术境界。我更喜欢他工写相宜、墨彩相间、古今相通的新探索，既有传统笔墨，又有艺术创新，形成了自己鲜明的艺术个性与特色。

我与宜平一样，在繁忙的工作中从未放弃自己的艺术爱好与追求，长期坚持书法理论研究和书法创作实践。我的书法论文多次在全国和省级权威刊物登载，并获得书法学博士学位。书法创作从高古入门，从"二王"入手，沿孙过庭、赵孟頫、文徵明、董其昌一路循序渐进，又旁及米芾、张瑞图、苏东坡，后回溯古代章草，再研习于右任标准草书，并将二者结合，加入自己个性化的笔法，形成独特的书法面貌，被书界誉为"新文人、新章草"。

我与宜平殊途同归，联袂书画，40年之后，由同学成为同道。从年龄上讲，我们芳华不再；从艺术上讲，我们风华依然。我们将以此为新的起点，以艺术为伴，与书画同行，升华人生境界，实现自我价值，用新的成绩回馈社会，回报家乡。

何勇之有？

何勇是我的宜兴老乡。他今年虚岁 50。家乡宜兴那边一般都是按虚岁算年龄的。其实，如果把在娘肚子里的时间算进去，虚岁不虚。人到 50 岁，年过半百，过去就算老年人了，现在顶多算是中年人。但不管怎么算，孔子说"五十知天命"，那是人生的规律，古今不变。"知天命"可以有不同的理解、不同的解释，但肯定不是听天由命、无所作为，而是知道了天的意志，知道了自然规律，更是知道了人生的使命、人生的艰难、人生的不足。人贵有自知之明。知道自己要做什么，知道自己的不足，这很重要。知不足而后勇。我想，何勇在 50 岁的时候，便有了这种勇气：

首先是放下的勇气。放下过去所取得的成就，放下已有的名利地位。何勇出道很早，加入中国书法家协会多年，后任无锡市书法家协会副主席，江苏省青年书法家协会理事，宜兴市文联副主席，宜兴市书法院院长。曾经多次获得全国和省级书法奖。现在他要放下这些，把 50 岁作为新的起点，而今漫步从头越，在书法之路上轻装上阵，勇毅前行。

其次是创变的勇气。最近一段时间，连续有三个书法个展，我都要参加，都要讲话。讲什么呢？有一条是必讲的，那就是创新。但我这几天思考了一下，讲书法的创新不如讲书法的创变。

从书法艺术的特点来讲，很难创新，但创变是可以的，必须的。我们看古人的书法，不一定都在创新，而更多的是因时而变、因文而变，每一件作品、每个时期的作品都在变化。王羲之是这样，颜真卿是这样，苏东坡是这样。今天我看何勇的作品，也是在不断地变，书体、风格、章法、墨法都有变化。何勇的书法创作，是在宋唐的基础上，特别是研习了苏轼、米芾等名家，得其精髓，变其风格，形成了自己的书法面貌，在当今书坛有着相当的知名度和影响力。但他并不满足于此，而是有志于继续创变。怎样创变？各有各的方法，何勇是融合性创变。近几年来，他把目光投向各种书体，尤其注重研习明清书法家如王铎、张瑞图等的作品，并力求将之与他原先擅长的米芾风格相融合，使书风随之一变，产生了新的特点和新的效果，其新作与他以前的作品相比，明显奇特得多、洒脱得多、老练得多。说实话，我也曾动过这样融合创新的念头，但一直没有动作，而何勇勇敢地跨出了一步，而且很成功。向他学习。

再次是自在的勇气。书法有法。书法创作必须遵循法度，要讲究字法、墨法和章法，可谓是"戴着镣铐跳舞"，要做到无拘无束、自由自在很难。但这次展览的名称叫"笔耕自在"，何勇解释说，要做到三个自在：一是心境更为自在，无欲无求，专心研习书法；二是状态更为自在，追求更为自然的书写方式，更能表达书法的情性；三是书风更为自在，可以按照自己对书法审美的理解，追求书风的变化。这个想法好。书法创作要达到这样的自在状态，既要有很深的书法功底，也要有良好的文化学养，还要有成熟的心态。功到自然成。何勇基本上具备了这样的条件，相信他能够真正进入自在的创作状态。当然，自在不是目的，而是为了进行更加自信、更加自由、更加自然、更加放松的创作，进而使自己的书法创作达到新境界、新水平、新高度。

但愿何勇继续勇字当头、勇敢行动，在书法之路上勇立潮头、勇往直前。

"青出于蓝"怎样"胜于蓝"?

"陈三石、张星星双个展"属于江苏紫金文化优青系列展。这表明他们两位都是省里评定的"文艺优青"。

讲到优秀青年，我们自然会想到荀子《劝学》里的一句名言：青出于蓝而胜于蓝。

今天，我就围绕这句话讲讲我的一些看法。

先说"青出于蓝"。前不久到南通做文化讲座，顺便参观了吴元新的蓝印花布博物馆。在那里学到了一个知识，就是蓝印花布的染料是天然的，是从蓼蓝草中提炼出来的靛青。这应该是"青出于蓝"的最初出处吧。我想在文艺界、书法界讲"青出于蓝"，应包含两层意思：一是学生是老师带出来的，二是艺术是要从传统中走出来的。无论是陈三石的国画，还是张星星的书法，无疑都是师出有门，都是有传统功底的。这个用不着我多讲了。

这里重点讲"胜于蓝"。"青出于蓝"是"胜于蓝"的前提，"胜于蓝"是"青出于蓝"的结果。那么，是不是"青出于蓝"就一定能够"胜于蓝"呢？未必。所以，就提出了这样一个问题：青出于蓝怎样胜于蓝？我以陈三石、张星星为例来回答这个问题。

我对陈三石不太了解，今天才知道是赵绪成院长"名师带徒"的高徒。今天又看了他的作品,知道他重采风写生、重传承创新、重现实题材、重主题创作,从内容到手法再到形式,初步形成了自己的艺术面貌,达到一定的艺术水准。

对于张星星,我就很熟悉了,他曾经是省文联办公室的秘书,在我身边工作过一段时间。他的文字和书法基础好,具有一定的公文写作和书法创作能力,工作态度和为人处事也不错,我很喜欢他这个人,也喜欢他的书法。他的书法取法古帖,道统纯正,恬静文雅。这次他展出的作品又大有长进,尤其是他写的章法很地道、很文气。

但是,实事求是地说,用高标准来衡量,陈三石和张星星还都没有"胜于蓝",也就是说,他们都面临一个怎样才能"胜于蓝"的问题。这个问题当然要由他们自己来回答,我只能提点参考答案。

一是专业上更创新。书画的创新,真是天天讲、月月讲、年年讲,你讲、我讲、大家讲。创新难,难于上青天。正因为难,所以创新少,创新成功的更少。但是,要成功就必须创新。我讲三个创新的成功例子:第一个是古代的米芾,他是临帖高手,临什么像什么,达到以假乱真的地步,可他一直没有成名,甚至有人取笑他,后来他下决心创新,终于自成一体,成为书法大家。第二个是赵绪成院长,关于他的艺术创新大家有目共睹、有口皆碑,他的精神不会老、艺术不会老,永远在创新,永远在前行。第三个是当代的曹俊,他是江苏人,长期旅居国外,20 年前我当省文化厅厅长时,他曾回江苏办画展,是我为他操办和主持的。20 年后,我看到中央电视台做了一档节目,专门介绍曹俊和他的绘画艺术,前不久我们又见了面。他现在的绘画,从观念到手法，从内容到形式，从材料到色彩，进行了大胆的甚至可以说是彻底的创新，因而画风大变，非常现代，非常时尚，尤其是他独创了一种蓝，称为"曹俊蓝"，真正做到了"曹俊蓝胜于蓝"，闻名世界画坛。我举这三个例子，就是进一步强调创新的重要性。陈三石和张星星要"胜于蓝"，唯有创新，别无他途。

二是学术上更精进。现在在绘画和书法上，还有一个普遍的问题，就是学术性不够，或者说，创作与学术两张皮。好在陈三石在苏州画院工作，张星星在攻读南航的博士，都有条件搞学术。以后对文艺优青，我建议既要搞创作又要搞学术，既要出作品又要出论文，既要办展览又要办研讨会。这样才能双促进、双丰收，成为名副其实的优秀文艺人才。希望陈三石和张星星在这方面下功夫，见成效。

三是思维上更活跃。相对来说，青年人思维活跃，但我讲的思维活跃，不是指想法多多、看法多多，而是要善于思考，有自己的思想，有独到的见解，有正确的价值观和艺术观，并用以指导艺术创作。

四是事业上更出色。这是我对青年人尤其是对青年书画家的忠告。画家与书法家可以是职业，也可以是非职业。不管是职业的还是非职业的，都要有事业。我讲的事业，是指创作以外的工作。我不主张长年累月天天埋头搞创作，即使在书画院，也要参与和做好单位的工作、社会的工作，这样才有经历、有实践、有见识、有视野、有胸怀，这样才有可能成为大画家、大书法家。我就非常支持张星星到社会上去闯一闯，去搞自己的一份事业。虽然很艰难、很辛苦，也会占用他很多创作时间，但这样反而有利他的成长与成功。在他身上，我已经看到了他成功的端倪。我为他高兴。

　　我今天的讲话有点长，而对陈三石和张星星的肯定和鼓励并不多。不是他们做得不够好，而是我希望他们做得更好，真正做到"青出于蓝而胜于蓝"，三石成为画坛的"宝石"，星星成为书坛的"明星"，为新时代江苏文化强省建设作出新的贡献。

　　这也是我对所有"优青"的希望。

将军书法之我见

多年来，"将军书法"似乎越来越成为当今书坛一个十分抢眼的关键词。"将军书法"不仅进军营，而且进展厅、进厅堂、进公共空间，人们皆以挂一幅将军书法作品为骄傲、为幸事。那么，何谓"将军书法"？为什么会形成"将军书法热"呢？

前不久，我到甘肃敦煌参观考察，观看了一场《又见敦煌》的大型情景演出，其中一个场景是索靖与现代人的时空对话。索靖是守卫边疆的大将军，又是一位大书法家，著名的《出师颂》章草作品就是他创作的，多年前故宫博物院用几千万元收藏了一幅《出师颂》，那还不是原作，是隋朝书家的临摹作品，可见索靖在书法史上的地位之高。在情景剧中，现代人对索靖说："你是一位伟大的书法家。"索靖说："不！我是一位伟大的军事家。"现代人又对索靖说："你是一位伟大的军事家。"索靖又说："不！我是一位伟大的书法家。"从这段对话中可以看出，只有懂军事的书法家，只有懂书法的军事家，才能称得上"将军书法家"。从古至今，在书法史、军事史上有重要地位的将军书法家和将军书法作品数不胜数，如索靖、王羲之、颜真卿、岳飞等，近现代如毛泽东、朱德、舒同等，经典之作有《兰亭序》《祭侄文稿》《满江红》《人民解放军占领南京》等。

金陵是古今军事要地，解放后南京军区、东部战区总部设在南京，南京自然就成为众多将军驻防和寓居之所，因而也涌现出了许多将军书法名家，如向守志、武中奇、方祖岐、朱文泉等，徐承云将军也是其中的一位。这里，我以徐将军书法为例，扼要地阐释一下"将军书法"的三大特点：

一是正大。这不是指字型的大小和形体的端正，而是说路子正、气象大，将军书法总是坚持从传统出发，从正书入手，表现大格局、大气魄。

二是厚重。将军书法家往往视书如战，视墨如海，视纸如场，视笔如枪，因而创作出来的作品厚而不肥、重而不滞，充满着无穷的力量和满满的正能量。

三是风骨。书法不仅是汉字的造型艺术，同时也是抒情言志的人文载体。将军的理想信念、浩然正气、爱国情怀、英雄本色都会自然而然地渗透到自己的书法作品之中。所以，"将军书法"总是有风骨、有精神、有热度，正如习近平总书记所倡导的那样，充满着"隽永之美、永恒之情、浩荡之气"。

重返大地　重拾认知

　　今天是一个特别的展览。首先这个展览的名称就有点特别：重返大地。人们不禁会问，我们天天生活在这个地球上，天天脚踩大地，为何还要重返大地？这正是这个展览为我们引发的思考。

　　随着时空的轮回，我们的地球已不是过去的地球，我们的人类已不是过去的人类。我们进步了，我们发展了。我们改变了许多、获得了许多，但我们也忘记了许多、失去了许多，我们甚至忘记了地球本来的样貌，忘记了大地给我们带来的种种滋养，忘记了我们"从哪里来，到哪里去"，因而失去了人与自然的和谐关系，失去了人类生存与发展的未来空间。20 世纪末，全世界 75 位诺贝尔奖的获得者在巴黎集会，探讨 21 世纪人类的生存与发展问题，最后他们得出一个共同的结论：人类在 21 世纪想要生存与发展下去，必须回到 2500 年前的中国，去孔子那里寻找智慧。

　　周小平先生没有去请教孔子，而是去了澳洲，到了阿纳姆丛林，并与澳大利亚中部的土著部落建立了良好而深厚的关系。这里的土著部落和土著文化可以追溯到数万年前，更难得的是，这里还保存着土著人的原生态生活和原生态文化，土著人还过着一种守望历史、融入大地的生活，还处在人、神、自然交感的意识状态之中。前不久，一位犹太人写的《人类简史》这部书很畅销，他提出在人类历史上发生了三次重要的革命：大约 7 万年前的"认知革命"，大约 12000 年前的"农业革命"和大约 500 年前的"科学革命"。周小平一下子回到了几万年前的"认知革命"时代，在澳洲腹地的荒原深处，融入当地土著人的原始生活，探寻古老文化与文明的源头，重拾人类对于大地、对于自然、对于自身的认知与初心，并跨越时空、跨越民族、跨越文化，用艺术的形式，用绘画的语言，向我们描摹和展示了大地与人类的本来，追述那些充满迷人魅力和饱含传统的寓意与故事，为我们现代人了解地球上最古老的文明打开了一扇窗户，引领我们进行了一次奇异的历史文化之旅。

所以说，周小平的作品与他的展览是独特的、难得的，也是历史的、文化的、艺术的。

但求清气在人间

在离开省广电总台 15 周年之际，我应总台荔枝艺术馆的邀请，回到这里举办"新文人新章草"书法作品展，可以说是一次"回娘家"的汇报展。

本次展览共分为 5 个部分："章草流变"，是我临摹的历史上的章草名作，展示从古到今章草书体的演变过程；"诗书圣贤"，是我创作的一百首歌颂圣贤的诗词中的八首；"禅言佛语"，是我选择的经典佛教语录；"自作诗文"，是我个人多年来创作的诗歌、对联、散文、博文等；"大有文章"，是我长期以来创作和出版的十部著作的书名。

展览有 3 个方面的特点：一是书写内容以自作诗文为主；二是展出的作品以小型精致为主；三是书写字体全都是章草，有古章草，也有新章草。

现在正是自然界的秋天，对于我来说，已经步入了人生的秋天。在这自然之秋和人生之秋，我举办个人书法展览，既是汇报，也是展示，更是请教。我还有一层意思，就是要在我人生的秋天里，实现我自身的一个转变，即从领导干部逐步向媒体人、文化人转变。

我不是专业作家和书法家，我只想真正成为一名媒体人和文化人。我做过很长时间的新闻媒体工作，曾经在广电系统工作十年，后来虽然离开了媒体领域，但对新媒体情有独钟。这么多年来，我紧跟新媒体发展潮流，很早就办了个人网站，后来开通了微博，现在又有了公众号"章剑华人文空间"，坚持发表文艺批评、人生经历、生活感悟等，我还要不断紧跟新媒体发展步伐，把公众号做得更大更好，发表好文章，传播正能量。

同时，我也一直从事文化艺术工作，在工作之余进行文学创作和书法创作，这也是我个人的兴趣特长。以后我的时间相对比较充裕，我将重点做两件事：一是继续做好文学创作，完善提高扩充《故宫三部曲》，使之成为经典之作；二是继续加强对书法的创作、研究和实践，提高书法创作水平。

不需人夸颜色好，但求清气在人间。我要靠自己的不懈努力，用自己的兴趣专长，为江苏的文化艺术事业继续多作贡献，同时实现更大的人生价值，为社会出力，为百姓服务，使自己活得更有意义。

别样绘画别样美

今天，我一边看展览，一边在心里嘀咕：丁捷这家伙，真的聪明，太聪明了！

聪明是褒义词，有时也有贬义。而我今天说的聪明，绝对是褒义，是由衷的赞扬。

聪明，一般是说一个人智商高、记性好、理解力强、听觉和视觉灵敏。这里面有天生的成分。但真正的聪明，不仅仅是天生的聪明，还要有后天培养起来的聪明。后者更为重要，更为聪明。这种聪明表现在，对学习有极大的兴趣，对事物有极强的好奇心，能在一件事情上极为专注，具有极强的概括和拓展能力。

丁捷就是这样的聪明人。他具备了聪明人的所有特点，尤其是他有很强的拓展能力。正如《重塑大脑，重塑人生》这本书的作者所说：我们的大脑就是演化来对新奇的东西起反应的。如果要让自己聪明，就必须给大脑找新鲜的事情做。丁捷就是在给自己的大脑不断找新鲜的事情做。从诗文到小说，从虚构到非虚构，从文学到绘画，总在尝鲜，总在探索，总在突破，而且，每件事都做得那么漂亮、那么成功。小说《依偎》让人读得依依不舍，报告文学《追问》问得发人深省，都成为"现象级"作品，发行量、影响力让我们望尘莫及！现在又弄出个《白话胶囊》。这"胶囊"里藏着什么呢？

在创造了文学的奇迹之后，他又一次华丽转身，确切地说，不是转身，而是从文学走向艺术，走向绘画。文学与艺术、文学与绘画是相通的。文学是以语言为手段塑造形象，艺术则是用形象来反映现实。文学是艺术的前端和基础，艺术的产生往往需要坚实的文学做基础。比如一部好的戏剧，一部好的电影，一部好的电视剧，需要有一本好的文学著作、一部好的文学剧本。同样，绘画作品也要有一定的文学基础。有文学基础的人来绘画，就会把文学语言转化为艺术形象，把文字转化为画面。这样呈现出来的绘画作品，就是一首朦胧的诗、一篇优美的散文、一个生动有趣的故事。

所以，丁捷搞绘画，是一个聪明的选择，也是有基础和优势的。

那么，丁捷的绘画作品怎么样呢？仁者见仁，智者见智。在我眼里，他的作品充满了灵感与美感。

先说灵感。灵感是指文学艺术创作中瞬间产生的富有创造性的突发思维状态。丁捷的作品就是创造性思维的灵感之作——灵气、灵巧、灵动。正如丁帆评丁捷：他的画是一种活性了的心灵驰骋、性灵传达。而我称丁捷的画是心灵图画，或者称之为"心电图"，给人以心灵的感悟、心灵的慰藉、心灵的启迪。

再说美感。艺术作品的一个主要功能是审美，也就是给人以美感。当然，美有各种各样的美，每个人对美的感受也是不一样的，正所谓：美美与共，各美其美。丁捷绘画作品给我的感受，不是画面之美、色彩之美，而是线条之美、简约之美、意境之美。

丁捷作品还有两种特别的美，一是说不出来的美——妙不可言。虽然作者本人也常常以"无题"而名之，却给人以无限的想象和思想空间。二是看不懂的美。一看就懂的美往往是普通的、普遍的美，而有些美是需要反复看、反复琢磨、反复欣赏，才能感受到它的妙处和美感。那也许是一种高级的、高深的美。所以，我们需要好好地看、细细地品，从中欣赏到别样的绘画、别样的美。

在现场，记者采访我，要我从非虚构文学的角度评论一下《白话胶囊》。我说，从某种层面来讲，《白话胶囊》和非虚构文学也存在着一定的联系："非虚构"可以从内容和写作方法两个方面来理解，前者强调题材的真实性，后者试图用纪实的方法进行文学创作。《白话胶囊》属于后者，是用非虚构的表现手法，用独特的文学语言和绘画语言来描写和评述一些社会现象。这也是文学创作的一种新尝试。

奔向何方？

一元复始，万象更新。在新年第一天，我们带着辞旧迎新的愉快心情，参加"奔无——张六弢、李双阳书法双个展"。

大约 15 年前，我在江苏省文化厅任职期间，与管峻院长一起策划和筹建了江苏省书法院。张六弢和李双阳就是省书法院面向全国招聘的第一批书法家。当时他俩就很优秀，是百里挑一的青年艺术人才。十多年来，他俩坚持不懈、孜孜以求地在书法艺术之路上探索、跋涉、奔跑。

今天他们"奔无"而来。"奔无"的含义很明确，就是奔着无锡而来；"奔无"谐音"奔吴"，也有继承弘扬吴文化之意；还很有哲理，用老子的话来说，有就是无，无就是有，"无中生有"。所以，"奔无"就是"奔有"——有方向、有目标、有信心。具体地说是"三奔"：

奔向经典。何谓经典？是指具有典范性、权威性的；经久不衰的万世之作；是经过历史选择出来的最有价值的、最能表现本专业精髓的、最具代表性的、最完美的作品。古代先贤为我们留下许许多多书法经典。这些书法经典就是教科书，甚至可以说是书法的标准。学习和创作书法，首先就是要走进传统，走进经典，以传统为镜，以经典为师。在这方面，张六弢和李双阳都是这样走过来的，他俩坚守书法传统，长期坚持临摹历史上各类书法经典之作，进而打下了坚实的传统功底。看他俩的作品，晋唐法度、宋元意趣、明清态势融为一体，传统书法经典的影子或隐或现。因此，他俩的书法作品守正道、有底蕴、现古风。

奔向高峰。我一直认为，书法的高峰在古代历史上就已经形成了，而且是很高很高的高峰。我们今天学习书法、创作书法，就是要努力攀登这座中国独有的艺术高峰。书法这东西，入门容易登高难，越往高处越难。没有一定的天赋，没有一定的功底，没有一定的毅力，是很难在这座艺术高峰上不断攀登的。世上无难事，只要肯登攀。张六弢、李双阳几十年如一日，持之以恒地努力攀登，即使遇上艺术的险阻、人生的曲折，也是不折不挠、苦苦求索、勇往直前，进而形成了潇洒自如的书法面貌和鲜活生动的浪漫书风。正是他们的刻苦、坚持和付出，他俩已经到达了书法艺术高峰的高处，当然，离最高处还有距离。

奔向未来。正因为还没有到达最高处，所以他们还有未来，还要继续努力。为什么这次展览放在新年第一天开幕？显而易见，新的一年就是新的起点。我今天之所以没有对他们两位的书法作很高的评价，是因为我对他们有很高的期许。我希望他们也相信他们能够成为我省乃至全国最有潜力、最有实力的新生代书法艺术家，在未来的书法之路上奋力前行、勇攀高峰，为传统书法的传承、当代艺术的发展作出贡献！

群峰迭起

第二辑

有界　跨界　无界

　　把书法和摄影放在一起办展览，那是一种新的尝试，正如著名作家赵本夫先生说的那样，是跨界，是混搭，是创新。

　　我认为，把书法与摄影结合起来，是一个从有界到跨界再到无界的过程。

　　首先是有界。书法和摄影有非常明显的界限，它们不是书画之间的关系，不是同一种艺术门类。书法是最传统的艺术，而摄影则可以视为现代艺术，是随着科技的发展而出现的一门新兴艺术；书法是抽象艺术，而摄影则是写实的具象艺术。

　　其次是跨界。所谓跨界，就是把两种或两种以上不同的艺术放在一起，结合起来。比如舞蹈与书法结合，武术与音乐结合，杂技与歌舞结合，等等。把书法与摄影放在一起展览，也是一种跨界。

　　再就是无界。无界比跨界又进了一步，深化了一步。跨界还是有边际的，是物理反应。而无界是无边际的，是化学反应。今天的展览名称是"无界"，可以看出策划者与创作者的用意，是想进行一种全新的尝试，达到"无界"的境地。所以，我们看到今天展出的作品，不是简单地把书法作品与摄影作品放在一起展览，不是两张皮，而是把书法与摄影揉到一幅作品、一个画面之中。这不是结合，而是融合。

一是内容的融合。就是书法的内容与摄影的内容要搭界。我看到有些摄影作品是佛教题材，书法也是佛教的内容；摄影作品是山水题材，那么书法也是与山水相关的内容。总之，摄影的内容与书法的内容完全是一致的。

二是形式的融合。有的作品是以摄影为背景，有的作品是以书法为背景，摄影和书法并不是简单地相加，而是把两个画面、两种艺术样式融合在一起，实现画中有字，字中有画。

三是色彩的融合。摄影色彩比较强烈，而书法则是白纸黑字，本不易融合，但今天书法的色彩做了变化，有暖色调，有冷色调，与摄影作品的彩色相吻合。

四是意境的融合。这也是最主要的、最深度的融合。作品要表达什么主题？要传递什么样的意境？书法和摄影作品要营造出同一个氛围，才能表达同一种心情。在这一点上，刘灿铭下了一些功夫，他在理解摄影者意图、意境的基础上，再将书法艺术融合进去，达到一种更新更好的艺术效果。

说实话，要把书法与摄影真正融合到一起，进而达到"无界"的境界，是非常不容易的。我不能说今天的展览已经完全达到了这样的效果、这样的目的，但至少他们进行了一次有益的尝试与探索，单凭这一点就值得肯定，更何况他们的这种尝试与探索已经有所突破、有所成效。

艺术需要创新。我非常赞同跨界的艺术交流和融合。艺术的融合是艺术创新最普遍、最有效的方法与途径。刘灿铭先生和伍韬先生的这种融合创新给我们提供了一种思路、一种愿景。创新有风险，但是，无限风光在险峰，让我们在不断创新中攀登艺术的新高峰！

交流　合作　共进

　　有位哲人说过，你有一个苹果，我有一个苹果，两人交换之后还是一人一个苹果；而你有一种思想，我有一种思想，我们交换以后每人就有两种思想。我想，艺术的交流与思想的交流是一样的，都会产生新的收获、新的效果。

　　艺术的交流古已有之。古代交通很不发达，四川与江苏相隔千山万水，但艺术家还有交流。大诗人李白在金陵创作了200多首诗，大文豪苏东坡在江苏也创作了多首诗词，晚年还准备在我的老家宜兴安度晚年，留下了"苏东坡买田"的故事，并亲手制作了东坡紫砂壶。宜兴丁山那边有一座小山，苏东坡看了以后说"此山似蜀山"，从此这座小山就叫"蜀山"。

　　我们今天的艺术交流比古代容易多了、频繁多了。这种艺术交流很有必要、大有好处。为什么这样说呢？我们常说，一方水土养一方人。同样，一方水土也养一方艺术。比如江苏与四川，自然环境大不相同，两地的艺术就有不同的特色。就拿山水画来说，江苏这边画的是青山绿水，而四川李兵先生画的是冰山雪水；我们这里的画家一般是画青绿山水、水墨山水，而李兵的画则可称之为雪域山水、圣洁山水；我们江苏画家画出来的山水总是秀丽温润，有朦胧感和想象力，而李兵画出来的山水往往雄浑险峻，有立体感和震撼力。总之，两地在艺术表达、艺术风格上有很大差异性，这种差异性，这种不同的特点与风格，在一起交流，就会有碰撞，就会互补，就会产生新的效果和收获。所以，我们应当经常地、更多地举办这样的书画交流展。

艺术交流的同时还可以进行艺术的合作。其他艺术门类，如舞台艺术、影视作品等，两地或多地合作比较多，相对来说，书画艺术交流多而合作少。其实书画艺术也可以合作。我们就有这样成功的例子，如关山月与傅抱石为北京人民大会堂创作的《江山如此多娇》巨幅国画，就是合作创作的典范之作。我们应当为异地艺术家的合作创作创造条件。我们目前正在进行的"画说运河"大型美术创作工程，我看就可以邀请李兵、陈承基这样的外省画家与我省画家进行合作创作。这种合作也许比一般的交流有更好的效果，或者说是更深程度的交流。

交流也好，合作也好，都不是最终的目的。最终的目的是要推出精品力作。经济的合作注重"共赢"，文艺的合作要追求"共进"，通过交流与合作，我们共同进步、共同创新，创作出属于这个时代的精品力作。因此，今后我们和兄弟省市之间的文艺交流，一方面要"请进来"，一方面也要"走出去"；一方面要办展览，一方面也要组织合作性的大型创作，共同推进文学艺术的繁荣兴盛。

悲鸿精神　历久弥新

　　两年一次的"悲鸿精神——全国中国画作品展"又一次开幕了。我已经连续几次参加这个展览并讲话。每次都很有感慨。

　　在上一届画展开幕式上，我作了四句话的评价：一是出于公心地做，二是持之以恒地做，三是精益求精地做，四是规范专业地做。今天我再加上一句，紧跟时代地做。这次画展突出了礼赞祖国、歌颂人民的主题，而且，入选作品形式丰富、手法新颖，展示新时代新风采，可以说是主题性、思想性、艺术性、欣赏性俱佳。

　　我的家乡宜兴，在当代出现了两位在国内外有着广泛影响的伟大画家。一位是徐悲鸿，一位是吴冠中。他们不仅在绘画艺术上取得了无与伦比的成就，而且在艺术之外也有卓越建树。徐悲鸿的精神，吴冠中的思想，更是广为称颂。

　　对悲鸿精神有许多阐述，而我认为，毕宝祥教授概括的悲鸿精神，即"四爱"：爱祖国、爱人民、爱艺术、爱人才，最为全面、最为朴实，也最为精准。这是徐悲鸿先生一生的写照，也是我们每一位艺术家在艺术之路上必须追求与践行的目标。

　　所以，画展活动以"悲鸿精神"为名，具有导向与引领意义。有许多东西会时过境迁，而悲鸿艺术、悲鸿精神永不过时，历久弥新，值得我们永远弘扬光大。

我的书房里挂了一幅高仿的徐悲鸿"奔马图"。这是一匹在黑暗中战斗、艰难中奔腾、光明中奋进的永不停歇的马。它的筋骨、它的精神、它的奋勇向上的生命姿态，给人以力量与鼓舞。我想，这样的艺术作品，既能给人以美的享受，又能给人以正能量。这才是不朽的经典作品。

我们高兴地看到，在这次展览的作品中，有许多优秀的作品，如《灿烂阳光》《心中的远方》《江南雨》《国粹》等等。不难发现，这里面蕴含着徐悲鸿的艺术思想和艺术精神。这足以证明"悲鸿精神"展览活动的效果与意义。完全可以肯定，"悲鸿精神——全国中国画作品展"已经成为一个艺术品牌。但是，一个艺术品牌要长盛不衰，不光要维持、要巩固，更要发展与提高。

我希望这个展览的主承办单位和策划者、组织者、实施者继续努力，大力弘扬爱祖国、爱人民、爱艺术、爱人才的悲鸿精神，把画展活动打造成在全国有更大影响的优秀知名品牌，起码与"百家金陵画展"平起平坐、相得益彰。这样，江苏仅在美术上就有两个全国知名品牌。我们就不愧为美术大省，进而成为美术强省。

兰亭奖之兰亭展

2016 年以来，江苏省现代美术馆举行了一系列很重要的展览。今天的邀请展集中了历届兰亭奖获奖者的作品，是全国性的兰亭奖获得者的作品展。可以说，本次展览不仅是兰亭奖之兰亭展，同时也是精品展之精神展。

为什么说是精品展之精神展呢？我觉得书法展览不仅是看作品，还要看作品所反映的精神。我们为什么举办兰亭奖和兰亭展？其中一个很重要的原因就是要弘扬兰亭精神。兰亭不仅是书法圣地，也是历史上的重要文化现象，现在我们讲到兰亭，最主要的还是要弘扬兰亭精神。那么，什么是兰亭精神呢？我以为主要包括四个方面：

一是包容精神。兰亭聚会，"群贤毕至，少长咸集"，体现了文人墨客们不拘一格的包容与团结。

二是交流精神。文化艺术需要交流，文人墨客们相聚兰亭，"畅叙幽情"，共同交流艺术，启迪思想。

三是治学精神。这些文人墨客们对艺术无比执着，表现出很高的学养、艺术素养和人文品德。

四是开放精神。在古代，文人墨客们不仅要"仰观宇宙之大"，还要"俯察品类之盛"，关注社会，关爱人生，不断地开放胸怀，开放眼界。

兰亭精神到今天还具有强烈的现实意义。本次展览来自全国的 120 多位书法家的精品力作参展，还有全省各地的书法界人士和参加 2016 年江苏省书协书法篆刻创作班的 100 多位学员相聚江苏省现代美术馆，这也是一件喜事好事。希望当代的书法家们深刻理解兰亭内涵，进一步弘扬兰亭精神，包容、交流，自觉、开放，把书法艺术推到新的高峰。同时，我们还希望这一次书法展览，不仅能够让江苏观众看到目前书法界的精品，同时还能够看到当代文化艺术界的精神！

交流：不同一般的意义

在中国历史上，江苏、浙江历来为两大文化重镇。两地地缘相接，文脉相连，同为江南文化、吴越文化，都具有水文化的特质，而水文化的显著标志就是刚柔相济、开放包容。这一独特而深厚的文化积淀，造就了两省相对稳定有序的书法传承脉络与书法风格特征，同时也孕育出一大批引领书坛的书法大家。

苏浙两省虽然同处江南文化圈，但在近现代以来的书学发展中，苏浙之间却有着一定的区分和特点。大体而言，浙江书坛重传统帖学，传承有序，加之拥有书法圣地绍兴兰亭和西泠印社、中国美术学院、浙江省书法家协会等组织机构，促成了浙江书法繁荣发展的基本动因与载体。而江苏书坛除了重视帖学之外，更强调碑帖结合以及个性化书风对传统精神的解悟，形成了浓郁的继承创新氛围和创作实践群体。故而，苏浙之间既有"同"，也有"异"，异同相参的发展之路，有利于彼此相互镜照，这样的两地交流也就具有了不同一般的意义。

这次江苏、浙江书法交流展，汇集了两地老中青三代的代表性书家 180 人、作品 200 余件，囊括了篆隶真行草各种书体，风格多样、形式丰富，显示出两地书家对于传统的理解和对继承创新的探索，体现了相对独特的地域书风和宏阔正大的时代气象。

中国书法是一种古老的艺术，更是永不衰竭、生命力持续旺盛的时代艺术。今天，我们站在新的起点，如何在继承传统的基础上创作出既有历史深度，又有时代特色的书法作品，这是摆在苏浙两地书家面前的共同课题。通过这次两省联展的深度交流，两地书家对于书法发展的思考与实践将得到有力的推进和深化。我们相信，中国书法伴随着中华民族伟大复兴的进程，必将高原出高峰、蓬勃而繁荣，苏浙两地则一定会各领风骚，风景这边独好。

江南意蕴

又是秋风秋雨时。

人们常说，一年四季在于春。而我以为，一年四季在于秋。秋天，云淡风轻；秋天，硕果累累；秋天，丹桂飘香；秋天，层林尽染。

在这美丽而成熟的季节，"江南意蕴"2017 江苏油画展在江苏省现代美术馆隆重举办。

当江南遇上秋天，当油画遇上江南的秋天，无疑饱含着自然的意蕴、人文的意蕴和艺术的意蕴。

江南不仅是一个地理概念、历史概念，同时也是一个有着丰富内涵的文化概念。江南以其独特的审美气质与诗性精神赋予了历代文人无穷的想象力与创造力。

自古以来江南就有兼容并蓄、开怀包容的特点，这在江南的经济、文化、艺术等领域的发展中都得到了很好的体现。"江南意蕴"作为本次展览的主题，体现了艺术创作形式和风格的多样化，也体现了这次展览的时代性、学术性和创新性。

本次展览的作品风格多样，形式丰富，异彩纷呈，从中反映了近年来江苏乃至全国的油画创作的丰硕成果和繁荣面貌。

特别值得一提的是，本次展览设置了邀请板块，特别邀请了十几位在中国油画领域有影响力的油画名家参加展览，如靳尚谊、詹建俊、全山石、钟涵、范迪安等，都是全国美术界的名家大师，同时也有江苏省老一辈的油画艺术家参展，如冯健亲、张华清、徐明华、沈行工、陈坚等，他们在全省乃至全国油画界都有重大贡献和重大影响，这为本次展览加重了分量，提高了层次。

文艺是民族精神的火炬，是时代前进的号角。在十九大召开前夕，举办今天这样的展览，也是我省艺术家为十九大召开献上的一份厚礼。

我衷心希望我们的艺术家积极响应党中央的号召，自觉地树立以人民为中心的创作导向，深入生活、扎根人民，创作出更多无愧于时代、无愧于人民的精品力作。

书法的价值

社会主义核心价值观是社会主义核心价值体系的内核，是社会主义核心价值体系的高度凝练和集中表达。富强、民主、文明、和谐是国家层面的价值目标，自由、平等、公正、法治是社会层面的价值取向，爱国、敬业、诚信、友善是公民个人层面的价值准则。这三方面的具体内容，是全社会也是我们文艺工作者必须遵循和践行的。

书以载文，文以载道。本次书法创作巡展活动以书法的名义和形式，引导全社会积极培育和践行社会主义核心价值观，艺术化地展现中华优秀传统文化的魅力，展出的作品内容多为中华传统经典名句，创作形式多样，参展特邀书家既有当代书坛的名家大师，又有历届全国获奖书家和活跃在当代书坛的中青年书家，可谓高手云集、精品汇展。

我们曾承办过中国文联组织的大型画展《向人民报告》，这次又承办中国文联组织的以社会主义核心价值观为主题的书法大展。两个展览都突出了时代主题，实现了内容与形式的完美结合，这为江苏书画界和江苏书画家给予了引领，提供了启迪。书法是形式与内容高度统一的艺术，书法的价值在于它的艺术性和实用性。无论时代如何变化，书法如何发展，书法的内容和形式须臾不能分离。没有形式的书法不能称其为书法，没有内容的书法也就失去了灵魂。因此，我们的书法家在注重书法艺术性和形式美的同时，一定要高度重视书法的内容，书写具有时代精神、人文内涵的书法作品，弘扬真善美，传播正能量。充分发挥书法艺术的审美功能、教化功能，努力提高书法艺术的艺术价值和社会价值。

本来与未来

金秋十月，是自然界成熟与收获的大好时光。在这美好的季节，徐利明先生与他创办的书法创作人才培训班喜获丰收，并在上海图书馆举办结业作品展。

这个项目、这个展览是徐利明教授一手策划、主导和打造的。徐利明先生是我国著名的书法家，也是南京艺术学院的杰出教授。我曾为徐利明的书法展写过一篇序言，标题是："他才是书法家。"因为在他身上，具备了优秀书法家的所有特质：一是真草隶篆皆精，二是诗书画印皆通，三是德才皆备。这在当今书法家当中是极为难得的。更为难得的是，他长期以来热心于公益事业和社会教育。徐老师在南京艺术学院承担了硕士生、博士生以及省级机关领导干部书法研修班等教学工作，兼及社会办学的书法课程教学，摸索出了一套独具创意、成效突出的"徐氏教学法"。在教学实践中，他提出了"各体与篆刻全能，巨制与小品兼工，学识与功力并进"的指导思想，以及"悟内理于法度之中，开新境在陈式之外"的创作目标。

30年来，他培养了大量优秀人才，桃李满天下，有不少学生在各种全国性、国际性重大书法展赛中摘金夺银，成为在当代书坛甚获好评的中青年名家。从去年开始，他又策划实施了"书法创作人才培养"项目，并获得国家艺术基金的资助，现在这个项目如同金秋时节的累累硕果，丰收在望，今天的展览就是最好的见证。这个展览，不仅让我们看到了 24 名学员的培训成果和优秀作品，而且也让我们体悟到徐利明先生的培训宗旨和书法理念，那就是：扎根传统，开拓未来。这正符合习近平总书记关于"不忘本来，吸收外来，面向未来"的文艺思想。

书法是中华优秀传统的"本来"与精髓。今天的书法是从"本来"走来，再走向未来。我们应当看到，书法是一门"低门槛、高屋顶"的艺术。所谓"低门槛"，是指书法的"书"，即书写，人人皆可为之；所谓"高屋顶"，是指书法的"法"，即法度，个个难以企及。在未来的书法发展中，我们既要普及，更要提高，努力攀登书法的"高屋顶"，构建我们这个时代的书法艺术的高峰。为此，要像徐利明教授那样，高度重视书法创作人才的培养，把书写上升为书法，把书法上升为艺术，把艺术上升为高峰，进向开拓书法艺术的光辉未来。

展示时代风采　彰显永久魅力

　　江苏美术奖是我省与"中国美术奖"相衔接的美术最高奖项，是发现和推出江苏优秀美术人才的重要平台。这次评选，江苏省文联高度重视，省美协认真组织，全省美术界积极响应，从征稿、评选到展览的每个环节，我们高起点谋划、高标准推进、高质量打造，严格评选程序，坚持公开公正，决不容许暗箱操作，确保评选和展览的权威性和公信力。因此，这次获奖作品和参展作品具有较高的水准和质量。

　　彰显人民性和时代性。"社会主义文艺，从本质上讲，就是人民的文艺。"此次展览的作品，都是江苏美术家深入生活、扎根人民的成果。他们满怀豪情，用画笔反映人民生活，反映时代风貌，反映中国精神。他们从生活中发现美，创造美，充分体现人民群众对美好生活的需要与向往。

　　彰显丰富性和包容性。本次展览充分展示了江苏省美术的繁荣局面，各画种争奇斗艳，各门类共同发展。入展的400多幅作品，题材广阔、内容丰富，多角度表达了美术家们的社会责任和人民情怀，既有对历史事件的当代解读，也有对百姓民生的敏锐把握，还有对自然生态的生动展示。

　　彰显探索性和创新性。文艺贵在创新，创新是文艺的生命。此次展览的作品不同流俗，新意迭出，体现了江苏美术家对艺术的大胆探索和创新。难能可贵的是，许多作品既有独特的个性风貌，又有鲜明的中国精神中国气派，这为中国画的现代转型，为油画、版画、水彩等外来艺术的民族化做出了有益的尝试。

"文化兴国运兴，文化强民族强。没有高度的文化自信，没有文化的繁荣兴盛，就没有中华民族的伟大复兴。"十九大报告中将文化发展提到了更加重要的位置。我们要认真学习贯彻党的十九大精神，坚持"一个中心"，做到"三讲三精四讴"，即坚持以人民为中心的创作导向，倡导讲品位讲格调讲责任，创作更多思想精深、艺术精湛、制作精良的优秀作品，不断用精品力作讴歌党、讴歌祖国、讴歌人民、讴歌英雄，让艺术作品展现出永久魅力和时代风采！

色彩中华

百家金陵画展从 2005 年策划到创办，至今已经连续举办了 13 届，是江苏乃至全国很重要的一项美术活动。在各方面的共同努力下，特别是在中国美协的直接指导关心下，百家金陵画展已逐步成长、成熟，并日趋完善。

一是成为主题创作的阵地。百家金陵画展不同于一般的展览或活动，它每年确定一个主题，紧跟时代、记录时代、歌颂时代。

二是成为出人出作品的平台。画展不仅出作品，而且通过评选，推出优秀的艺术人才、美术人才，尤其是新人新作。十多年来，一批画家在百家金陵画展上走出去并成名成家。

三是成为全国性的美术品牌。成为品牌不是一朝一夕的事，要同时具备四个"性"：即名称的固定性，从开始到现在画展的名称一直是百家金陵；时间的规律性，每年举办一次；质量的稳定性，每年的画展、每一幅作品都有很高的艺术质量；影响的广泛性，虽然画展在江苏举办，但在全国已经产生了重大影响，并且这些获奖作品多次送到国外展览，受到诸多好评，有一定的国际影响力。

今年百家金陵画展出现了新的变化与提高：

一是主题新。本次展览主题是"色彩中华"，紧扣时代，用色彩体现美丽，用美丽反映时代。

二是作品精。本次参展作品是从 4000 多幅作品中精选出来的，来稿不仅数量多，质量也在提高。在好中选优的基础上，评委会评选出 100 件入展作品，确定了 10 件典藏作品和 10 件收藏作品，这些作品基本都达到了金奖水平。

三是画风正。百家金陵画展在美术界具有一定的导向性，画展创办之初就强调要高举现实主义的旗帜，反映生活。本次画展的来稿都体现出深入生活、贴近人民。同时，画展也不乏创新之作，可以说百花齐放。

百家金陵画展已经持续了 10 多年，如何把这个品牌打造得更好？我认为最主要就是做到：讲品位、讲格调、讲责任；思想精深、艺术精湛、制作精良；讴歌党、讴歌人民、讴歌祖国、讴歌英雄。这正是艺术创作特别是主题创作必须遵守的原则。

经典家训　精品书法

　　"家和万事兴"，一个人最初生活习惯的养成、道德品行的塑造和爱国情怀的培养都与"家"息息相关。修身、齐家、治国、平天下，这是中国人最推崇的人格理想。家庭教育作为人生的第一课堂，对于人的成长，家庭的建构，乃至一个国家的精气神都至关重要。优秀的家风、家训，作为传统教育的最好形式，是中华民族传统美德和优秀文化得以薪火相传、生生不息的有力保障。历代经典家风、家训是在无数家庭教育的提炼中生发的最闪亮的智慧结晶，是中国传统文化的瑰宝，它蕴含着古代中华民族的教育理念和主流价值观，体现了中国精神、中国智慧。

　　历代家训中大多语句不乏至理名言，语言深入浅出，朗朗上口，为百姓所喜闻乐见，常被后世旁征博引，广为流传，如春雨润物，滋润心田。

　　中纪委网站推荐的第一篇家训，就是《章氏家训》，里面有这样两句话："传家两字耕与读，兴家两字勤与俭。"我小时候，父母就是这样教育我的，对我的影响极大，终身牢记。

　　家训这种传统家庭式的教育模式，历经世代相传，经过内化于心，外化于形的长期熏陶，已普惠成为中华伦理、道德文化的重要组成部分和传承方式，在当下形成新时代新风尚，为培养中华民族新生代、建设和谐家庭和美丽社会发挥着积极作用。

本次展览以历代家风家训为书写内容，以传统手卷为主要形式，涵盖篆、隶、草、行、真多种书体，丰富多样地展示了各时代家风、家训的风采和艺术魅力。相信此次展览的举办，一定会让人们重温传统经典，坚定文化自信，让书法的形式与内容相得益彰，让书法艺术进家庭、进客厅，让那些久远的文化精华在当下活起来！亮起来！成为新时代家庭和谐、人民幸福、社会安定的精神食粮！

科学的新春　艺术的新春

前不久，在 2017 年度国家科学技术奖励大会上，两位科学家荣获中国科技界的最高奖项——国家最高科学技术奖。这两位中国工程院院士都与江苏有着密切的关系，一位是中国著名火炸药学家王泽山先生，他是南京理工大学的教授；一位是中国分子病毒学开拓者侯云德先生，他是江苏常州人。他们是江苏人民的光荣，是我们的楷模与榜样。

我们同时感到无比自豪的是，在国家科学技术奖励大会上，江苏省共有 54 个项目荣获国家科技奖，获奖总数位居全国各省份之首。这些非凡的成绩，饱含着江苏的著名科学家以及广大科技工作者的聪明才智和辛勤劳动，展示了江苏科技界强大的创新能力和创造活力！

科学技术与文学艺术都是人类独特的创造。科学与文学、技术与艺术在助推社会进步和实现人类文明的进程中发挥着巨大作用。它们看似两个独立的门类，却存在着密不可分的关系。物理学家、诺贝尔奖获得者李政道先生指出："科学与艺术是不可分割的，就像一枚硬币的两面。它们共同的基础是人类的创造力，它们追求的目标都是真理的普遍性。"法国作家福楼拜曾经说过："科学与艺术在山脚下分手，在山顶上会合。"

在人类文明发展中，把科学和艺术之间的关系表现得淋漓尽致的人不计其数，让科学与艺术实现完美融合的例子举不胜举。在奋进与兴盛的新时代，科技与文化成为综合国力和国际竞争力的重要组成部分。想要实现科技硬实力与文化软实力的同步提升，就需要大力促进科学技术和文学艺术的融合与交流，做到携手并进、两翼齐飞，让两者在山下相遇，在山顶会合，共筑高峰。

我们欢聚一堂，用文艺联欢的形式表达对科学家和广大科技工作者的尊重与敬意。江苏省内著名的艺术家还将在现场为科学家捐赠书画作品，感谢他们为江苏的经济社会发展和科技事业进步作出的突出贡献。我们衷心希望进一步加强江苏文艺界与科学界的密切合作与联系。让我们坚持科学与艺术融合，推动科学与艺术的繁荣发展，努力攀登科学与艺术的新高峰，为建设"强富美高"新江苏作出更大的贡献！

书法的文化性创新性人民性

自古以来，江苏一直是书法艺术的热土和重镇。近五年来，江苏的书法事业又取得了长足进步和丰硕成果。从省级层面来说，我们进行省书协的换届工作，较好地实现了新老交替，新一届主席团在原有良好的基础上开创了新局面；我们成立了江苏省书画院，搭建了书法创作平台，扩大书法人才队伍；我们在2014年，经江苏省委宣传部批准，创建了与中国书法兰亭奖相衔接的江苏书法最高奖——江苏书法奖，并创新性地进行首次评选和首届展览，获得书界热烈反响和社会广泛好评，在省内外产生较大影响。

2018年，我们又开展了第二届江苏书法奖的评选工作。总的来看，这次评选工作在首届江苏书法奖的基础上，又有新突破、新成果。老将新秀广泛参与，篆隶楷行草全面丰收。今天在这里举办获奖和入选作品展览，既是对江苏省书法发展成果的展示，也是接受社会的检阅和人民的评判。

书法评选活动是手段而不是目的。我们进行书法评奖的初衷是为了引领和推动：引领书法创作的时代方向，推动书法事业的健康发展。具体体现在"三个性"：

一是文化性。书法是中国的国粹，是中华文化的核心，是最具中国特色的文化符号。因而书法具有很强的文化性。书法的文化性体现在书法的形式和内容之中。虽然书法的形式就是书法的内容，但绝不是书法内容的全部。书法所书写的对象，即文字内容，应当成为书法内容的重要部分。无论是王羲之的《兰亭序》、颜真卿的《祭侄文稿》，还是岳飞的《满江红》、毛泽东的《沁园春·雪》，都是书法形式美与内容美的典范。书法的文化性必须充分体现在形式与内容的有机结合上。最近中央电视台推出的一系列综艺栏目，如《诗词大会》《经典咏流传》《信中国》等，一改以往综艺栏目形式大于内容的套路，既注重节目的形式，更注重节目的内容与内涵，大大增强了栏目的文化性，受到社会广泛认可和好评。书法艺术在形式与内容上更具有文化性，应当更加注重它的文化内涵，实现形式与内容的完美结合，既要书写好传统经典内容，也要多创作现实题材的作品，反映我们这个时代，代表我们这个时代，成为我们这个时代的经典之作和文化高峰。

二是创新性。创新是艺术的生命，书法也不例外。应当承认，书法艺术的创新要比其他艺术门类难得多。因为早在古代，书法艺术就已发展到了相当成熟的程度，确立了标准，构建了高峰，而且古人已在书法艺术上进行过多方面的创新和探索，就连我们现在所谓的"丑书"和"现代书法"，其实古人也都尝试过。所以，书法要进行新的创新是非常难的。但我们不能因此望而却步，还是要倡导创新、推动创新，特别是在书体风格上的创新，通过继承创新、借鉴创新、融合创新，实现新的突破。就书家来说，形成自己的个性特征；就书界来说，形成新时代新书风，使之成为当今时代的文化标识。

三是人民性。社会主义文艺就是人民的文艺。在中国，书法是最具有人民性的艺术。它最接近人民，最接近社会，因而也最受人民群众的喜爱和欢迎。坚持书法艺术的人民性，一方面要多书写人民群众喜闻乐见的内容，多创作雅俗共赏的书法作品，反映人民群众的情感和生活，另一方面，要用优秀的书法作品和书法活动为人民群众服务，开展更加经常和广泛的书法惠民活动，大力推动书法进客厅、进书房、进公共空间，满足人民群众不同层次的文化消费。我建议，这次江苏书法奖的作品展，在江苏省现代美术馆展出以后，还可以到全省各地尤其是到基层去展览，发挥更大的效应，更多更好地为人民服务，为社会服务。

意象＝意＋象

　　江苏国画的高地高峰主要在省国画院，而油画的名家大师基本集中在高校，如南京艺术学院、南京师范大学、南京大学等。可以说，今天参加展览的油画家们及其作品，代表了江苏当今油画艺术的最高水平。

　　本次展览的主题是"意象"。意象实际上是"意"和"象"两个词。"意"是意识、认识，也就是主观世界；"象"是现象、物象，也就是客观世界。什么叫意象绘画？我个人是这样认为的：人之所以为人，是因为人具有"想象现实"的能力，并使之变成自己的"行为模式"，这是人与动物的根本区别所在。而艺术家呢？我们普通人只能在生活中发现美、欣赏美，而艺术家们能够记录美、表现美，还能创造美，即把客观世界里的物象，通过自己的认识、情绪、思维表达出来。这就是意象绘画。所以，人们通过艺术作品，既能看到客观世界的美丽景物，也能感受到艺术家的思想情感。我们看到的是眼中的世界，而艺术家们画出来的是心中的世界。艺术家们对于客观世界的事物景物，都是通过他们的大脑思考后，以某种情绪表达出来，所以，艺术家的创作，源于生活、高于生活、创造生活。这正是艺术的价值所在。

　　油画创作分为具象、意象和抽象三种形态。意象绘画则在具象与抽象之间，把两者有机地结合了起来。但这不是一般的结合，而是一种融合与创新，通过艺术家的情趣、情感来描绘客观世界，从而达到更高的艺术层次，不但给人以美的感受，还能给人以思维的空间和情感的感染，这正是江苏油画家的新探索、新境界、新追求。

图画新风貌　描绘新时代

"新时代新色彩"是我经过反复斟酌后为本届扬子晚报艺术节提出的主题。在艺术节书画展览开幕前，我欣赏了全部作品，觉得这些作品很有时代气息和时代色彩，与这次艺术节的主题非常吻合。

我们讲新时代的新色彩，主要是在艺术作品中体现三种强烈的色彩：

大地的色彩。大地、大自然是书画艺术作品创作的源头活水和主要对象，我们要用中国山水花鸟画、油画的风景画来直接描绘大自然，在大自然的变化中反映社会的变迁，用自然之美映衬生活之美。

大众的色彩。艺术创作要以人民为中心，为人民造像，为人民服务，我们要用艺术创作特别是人物画来塑造人民群众的新形象，从人民的喜怒哀乐中反映他们的精神面貌和现实生活。大众也包括英雄。我们要大力提倡塑造典型形象，讴歌英雄人物。

大爱的色彩。艺术不仅要有形象，还要有思想，有精神，有大爱。我们要通过书画作品来歌颂人间真情，用身边人和身边事反映人间大爱，弘扬真善美，倡导正确的人生观、价值观，给人们提供正能量。

描绘新时代新色彩，必须要以创作为中心，用作品来说话。

艺术家们要按照习近平总书记的要求，努力创作出优秀作品、精品力作和经典之作。所谓优秀作品是思想性、艺术性、观赏性三性统一，这对于艺术家来说是最基础的要求。所谓精品力作就是思想精深、艺术精湛、制作精良，这是对艺术家的更高要求。而作为艺术家，必须要有志于创作经典之作，"经"就是经久不衰，"典"就是典范意义，即具有隽永之美、永恒之情、浩荡之气。它是艺术之高峰、时代之标识。艺术创作要有高的追求、新的突破。总之，描绘新时代新色彩，必须创作出更多的优秀作品、精品力作和经典之作。

无论是优秀作品还是精品力作以及经典之作，都必须进行有效的传播，才能增强社会影响，产生社会效益。传播包括传统的人际传播，如办展览、个人交流等，也包括大众传播。大众传播需要借助于媒体。媒体分为传统媒体、现代媒体和新兴媒体。传统媒体是报纸、刊物，如扬子晚报、新华日报等。现代媒体是广播、电视等。新兴媒体依托于网络，如微博、公众号等。艺术传播要充分运用好这三种媒体。当前，传统媒体也在尝试新兴载体，如《扬子晚报》和《新华日报》的网站、公众号等，都是传统媒体和新兴媒体的有机融合。

我毕业于新闻专业，曾做过媒体工作，同时也从事文化艺术工作。我觉得文艺要有影响力，就必须与媒体相结合。艺术作品是传播的内容，必须通过媒体插上翅膀，才能让更多的人欣赏。对于扬子晚报艺术节，我一直非常支持和肯定。从第一届到第四届都取得了很好的效果。扬子晚报艺术节之所以得到了艺术家的重视并积极参加，正是艺术家们看到了艺术传播的作用与力量。而且，长期以来《扬子晚报》等媒体也一直努力地传播文化艺术，真诚地服务艺术家，实现了艺术与媒体的融合与双赢。

文艺最能代表一个时代的风貌，最能引领一个时代的风气。新时代需要新文艺，新文艺需要新高峰。让我们用高质量的艺术作品，图画新风貌，描绘新时代，构建新高峰。

大字如山

　　在秋天这个丰收时节，我们在这里举办全国性的大字书法艺术展，意味着大字书法创作的丰收。

　　大字艺术展的缘起是《瘗鹤铭》，打的招牌是《瘗鹤铭》。《瘗鹤铭》是为葬鹤而写的一篇铭文，并用大字雕刻在镇江焦山西麓断崖石上。原《瘗鹤铭》石刻遭雷击崩落于长江之中。后经过打捞重现于世，却只是残片。

　　所以，关于《瘗鹤铭》有很多故事，也有很多谜团。其究竟出自哪个年代？是何人所书？共有多少字？等等，至今仍是谜。但我认为，有故事、有谜团就是文化。我们在有文化底蕴、有艺术传承的镇江焦山举办大字艺术展很有意义。

　　大字艺术展不仅是镇江的名片，还应当将其打造成全国性大字艺术创作的品牌，就如"百家金陵"画展，虽落户江苏，但面向全国，已成为全国性美术品牌。大字艺术展成为全国性书法品牌是有可能的：首先是有"靠山"，焦山是书法之山、大字之祖，这个文化传承便是最大的资源。其次是有优势，大字展是由中国书协参与举办的。再次是有条件，本次展览省市联手，多部门参与，全国响应。

　　当然，真正成为艺术品牌非常不容易，要经过长期的努力。具体来说，我认为必须同时具有以下四点：

独创性。大字艺术展有一定的独创性和创新性，全国书法展览、比赛很多，但专门针对大字作品的展览却不多。要在内容、形式、组织等多方面进行创新。

引领性。品牌要对全省乃至全国的艺术创作有导向作用。大字艺术展就要引领大字艺术的创作。大字如山。大字不仅仅是大，还必须高古、正大、雄浑、厚重、稳健，有大气魄、大格局、大气象。

规范性。作为一个品牌，公平、公正、公开很重要，所以入展作品都是请全国有名的专家学者评选。此外，还有一个"公"，即公认，评选程序、评选结果、评选出的作品要经过大家公认、一致认可。

持续性。形成品牌最重要的要素是要有持续性。作为一个品牌，必须有周期，有相对固定的时间，不是办一两次即可，而是要办十次、二十次，才能真正成为品牌。

衷心希望大字艺术展能背靠焦山、立足镇江、依靠江苏、面向全国，真正成为大字艺术创作活动的标杆，成为大字书法创作的高峰。

春华秋实

本次展览，既可以说是江苏省书画院画家们的写生汇报展，也可以说是年度总结展。一年一次检阅，一年一个脚印，一年一个台阶，从中我们可以看到他们采风写生的成果，看到他们的探索与改变，看到他们的进步与成长。

在参加展览之前，我收到了江苏省书画院交给我看的一张"成绩单"，上面汇集了他们今年以来的创作情况，以及在国家级、省级美术展览和评比活动中的参展与获奖情况。看了之后还是令人欣喜的：一个成立才三年的书画院，一个以青年艺术家为主的群体，能够在国家级和省级艺术活动中崭露头角，取得骄人的成绩，实属不易，值得点赞。

为此，我欣然为本次展览题写了"春华秋实"四个字。虽然现在是寒冷的冬天，但用"春华秋实"来定义这个展览十分贴切。

"春华秋实"这个成语有三个方面的含义，或者说蕴含三种关系：

一是时序关系。"春华秋实"相当于"春去秋来"，指时间的流逝、岁月的变迁。

二是因果关系。"春华秋实"即春天开花，秋天结果。引申为先耕耘播种，后收获成果。

三是知行关系。"春华秋实"还指有文采、有知识的人，才能德才兼备，品行高洁。

这三层含义正是江苏省书画院成立以来的最好写照，也是对江苏省书画院未来发展的良好期许。

时间过得真快，春去秋来，春华秋实，不知不觉中，江苏省书画院成立已近三年。一分耕耘一分收获。近三年来，在江苏省委宣传部和江苏省文联的领导下，在社会各界的关心支持下，在江苏省书画院全体人员的共同努力下，书画院取得了长足的进步和丰硕的成果，无论是采风写生、书画创作、惠民服务，还是在国家级、省级各类展览和评比中，都有省书画院的积极参与，都有书画院青年艺术家的身影与作品，有的还拿了国家级和省级的大奖以及艺术基金项目。

更可喜的是，江苏省书画院年轻的书画家们迅速地成长起来，各个方面都有很大进步。前不久，我随省书画院一起到延安采风写生，在现场体验了他们的创作状态，还连续两个晚上召开座谈会，讨论艺术创作和省书画院的发展问题。总的感受是，他们很认真、很刻苦、很努力，也很团结，并且有思想、有追求、有热情，也有规划。总之，在我眼里，他们可以称得上是"燃系青年"。

这是最值得肯定和欣慰的。只要有平台、有人才，只要肯努力、肯奋斗，就一定能够成就一番事业，就一定能够把省书画院办成江苏又一个艺术创作的重要平台。

当然，江苏省书画院毕竟成立的时间不长，还处在初创和起步阶段。人们常说"前人栽树，后人乘凉"，其实，并不是这样的，应当是"前人栽树，后人栽培"。树栽下去之后，不可能立即成材。正所谓"十年树木，百年树人"。树也好，人也好，没有长期的培育是不可能真正成材的。如今，江苏省书画院还是一棵小树，还需要精心地培育，才能更快更好地成长与发展。

我在这里需要特别强调的是，江苏省书画院的成长与发展，主要还是靠内因、靠自己。应当说，现在江苏省书画院有成绩也有不足，有优势也有弱势，尚需下更大的功夫，作更大的努力。我希望江苏省书画院在江苏省文联党组的领导下，坚持既定的办院方针，咬定青山不放松，坚定不移地朝着建设一流书画院的目标迈进。

江苏省书画院的全体人员，尤其是年轻的书画家们，一定要始终把创作作为自己的中心任务，坚持艺术方向，坚定艺术理想，坚守艺术阵地；不忘初心，潜心艺术；深入生活，扎根人民；加强学习，提升素养；努力创作，大胆创新；用作品说话，以艺术立身，拿成果示人。有作为才有地位。有名作才有名家。只有不断出作品、出人才、出成果，只有培育出精品力作、名人名作，江苏省书画院才能越办越成功、越办越兴旺。

"春华秋实"既是自然规律，也是人生规律，同时还是艺术规律。我相信，江苏省书画院这棵艺术之树，在各方的共同努力下，一定能够茁壮成长、健康向上，一定能够枝繁叶茂、春华秋实，为建设"三强三高"文化强省，为江苏文艺大发展大繁荣作出积极贡献。

灵感源于自然

年终岁末，我们举办"笔墨当随时代"弘扬新金陵画派精神江苏美术采风作品展。这是继 2016 年启动采风活动以来的又一次成果展示，同时也是这次活动的总结性展览。

2018 年年初在中国美术馆举办采风作品展览时，我写的前言中讲了三点：

既是"纪念"，更是弘扬。虽然新金陵画派的写生活动已经过去半个多世纪，但他们的举动、他们的作品、他们的艺术精神，至今仍有重要的借鉴作用。我们组织这次"重走"，不仅仅是为了纪念当年新金陵画派的写生活动，更重要的是学习新金陵画派的创作方法、美学思想和人文品格，弘扬他们"紧跟时代、贴近生活、勇于创新"的艺术精神。

既是"重走"，更是探索。时代变了，笔墨不得不变。这是新金陵画派写生创作的动机和宗旨。如今，时代又有了新的更大的变化，因此我们的画家并没有满足于"重走"与"寻觅"，而是在"重走"中探索，在"寻觅"中发现，从时代变迁中摄取新题材，从生活源头里激发新灵感，从先贤之路上探索新方法，着力描绘新时代的新风貌。

既是"回访"，更是开启。这次活动中，我们的画家回访了当年新金陵画派的写生之地以及人与事，感慨系之，顿悟良多，同时又在原有的写生路上，扩展了写生的范围，在写生方法、创作内容、艺术语言上也有新的突破，因而，这次活动不光是"回访"之旅，更是在新的历史背景下面向未来的开启之旅。

两个月前，我随江苏省书画院的画家们到延安采风写生，近距离现场观察画家的采风写生过程。他们告诉我，面对大自然，不仅能够直接获取创作的画面与素材，更主要的是能让他们激动起来，激发出创作的欲望，而且会有一种莫名其妙的灵感，产生一种奇特的构思，甚至突然跳出一种从未尝试过的艺术语言和方法。我听了颇受启发，深感采风写生对于艺术创作有着不可替代的作用。

最近，我偶然又翻到了黄名芊的《傅抱石率团二万三千里写生实录》，更加深入地了解到傅抱石等老一辈艺术家在写生路上的所作所为。他们一边采风写生，一边进行创作，每天晚上还要交流、点评甚至开展批评。可以说，每幅作品后面都是一个故事。这种艺术态度着实令人敬佩。

前不久，我又到省美术馆老馆参观了"百年宋文治"展览，看到了宋文治老先生的一百多幅原作，有些就是二万三千里写生的作品，从中可以看出艺术家在大自然、大时代面前的那种激动、那种虔诚，正是这样才会创作出如此生动、记录时代的经典之作。

由此，我对采风写生活动又有了新的认识与体悟：

一次活动，成就一个团队、一个画派。当年参加新金陵画派写生的都是已有名气的老艺术家，但是真正在全国打响品牌，产生影响，得到全国认可，二万三千里写生活动起到了关键性的作用。我们这次组织的采风写生活动，也成就了一支很好的艺术创作团队，相信这支团队会坚持下去，进而成为一支中坚力量，成为名家大师。

　　一次活动，创作一批精品、一些经典。二万三千里写生，老先生们留下一大批作品，许多已经成为经典。我们这个活动一共创作出了一百多幅精品之作，其中必定还会有经典，能够流传于后世。

画坛音乐剧

　　我与江苏省水彩（粉）画作品展是有缘分的、有感情的。记得我在江苏省文化厅的时候，范保文先生来找我，谈水彩水粉画展的事，我给予了重视与支持。从此，我几乎每届展览都参加。至今已是第八届了。

　　一路走来，风雨兼程，风雨无阻。我为什么要强调风雨两个字，是因为办展不容易，小画种办展更不容易。最不容易的是坚持与坚守。我们现在的许多展览、许多活动都只有首届，神龙见首不见尾，轰轰烈烈地办了首届，之后最多有个二届、三届，后来就不了了之、杳无音讯了。而江苏省水彩（粉）画作品展是一代接着一代做，一届接着一届办，坚持办了八届，而且是越办越好，规模在扩大，质量在提高。这真不容易，应当予以充分肯定。

　　我对水彩水粉画是外行，但非常喜欢，因为好看。在我眼里，水彩水粉画，就像舞台艺术中的音乐剧。音乐剧相对来说是一种新兴剧种，结合了歌剧、舞剧、话剧等舞台表演形式，融合了歌唱、舞蹈、对白、肢体动作等多种艺术因素，丰富而时尚，好懂又好看。我觉得水彩水粉也是这样，它与油画、国画甚至版画等艺术语言结合，水彩中有油彩，水粉中有水墨，写实中有写意，具象中有抽象，造型中有变型，清新中有朦胧，高度融合，推陈出新。

由此，我想到了艺术创作的几个问题，或者说是几点想法。

一是融合创新。创新的方法很多。而现在更多的是融合创新。融合是我们这个时代的显著特色。科技的融合、经济的融合、文化的融合、媒体的融合，等等。艺术也要融合，不同的艺术样式、艺术语言、艺术风格相互借鉴，相互结合，往往会产生意想不到的艺术效果，而且可以拓展艺术作品的欣赏面和传播度。

二是主观表达。我们经常批判主观主义。我认为，观察事物、处理问题不能有主观主义；当领导不能有主观主义。而搞艺术创作，当艺术家，可以有点主观主义。也就是说，艺术家可以凭着自己的情感、自己的意志、自己的思考去观察事物，并进行主观的表达，即通过自己的理解、情感、思想来进行造型与变型、着色与变色，创造全新的画面和独特的意境。这恐怕就是绘画与摄影的根本区别。这也是艺术创作的无限空间和无穷魅力。

三是现代审美。艺术作品的主要功能是审美功能。不同时代有不同的艺术作品，不同的审美观念。现代审美是在现实生活和现实环境中所形成的对美的基本认识与看法，以及由此指导下的审美意识、审美趣味、审美心理等。我们今天的艺术创作与艺术作品，就是要满足现代人的现代审美需求。笔墨当随时代。我理解，这个笔墨，包括内容、情感、形式和语言。我看这次展览中的许多作品，如《红云》《机器》《工友》《东海晨辉》《运动员进行曲》等，不光是现实题材，而且有艺术创新、有现代审美，都是很优秀的作品。

总之，我们要坚持不忘本来、吸收外来、面向未来，在继承中转化，在学习中超越，创作更多体现中华文化精髓、反映中国人审美追求、传播当代中国价值观念，又符合世界进步潮流的优秀作品，让我国文艺以鲜明的中国特色、中国风格、中国气派屹立于世。

写生、灵感、创作

一年一度春华秋实，一年一次汇报展览。看了这次江苏省书画院写生创作展，我有特别的感慨。江苏省文联成立省书画院，既是为书画家们搭建一个艺术的平台，也是为艺术家尤其是青年艺术人才构建一个人生的舞台。

江苏省书画院成立才三年，但业已有所起色、有所成就、有所影响。特别是今年，成绩更是喜人。这么一个成立不久、规模不大的书画院，竟然在全国美展和百家金陵画展中崭露头角，屡屡获奖，取得不俗的成绩，实乃来之不易，可喜可贺！

我不光为书画家们获奖而高兴，更为他们的成长而高兴。尤其是对于青年艺术家来说，成功是一时的，成长才是长期的过程。无论是省书画院，还是书画院年轻的书画家们，现在才刚刚起步，必须树立更加远大的目标，并为之付出更多的努力，始终保持积极向上的成长态势。

书画院组织到延安采风时，我跟着去了几天，那是我第一次参加书画采风写生活动，在现场近距离地看画家写生，并与他们交流，得到很大启发。他们对我说，写生能产生灵感，产生画面，还能产生新的艺术语言和表现手法。

写生竟如此神奇。神奇主要体现在灵感上。灵感是瞬间产生的富有创造性的突发思维活动，此时人的注意力高度集中，思维意识特别清晰和敏感，想象力特别活跃和丰富，并伴有极度的情绪兴奋和喜悦。许多科学发明源于灵感，如瓦特改良蒸汽机，爱迪生发明电灯等。

文学艺术创作也是这样。我创作《故宫三部曲》，就是在担任文化厅厅长时，有一天到朝天宫地下库房考察工作，看到了上千箱故宫文物，突然就产生出创作冲动和灵感。再如南京长江大桥修复通车，几万人参观，我专门去看了长江大桥的展览，也在那时产生了冲动和灵感，写出《大江之上》。

书画艺术创作更需要灵感。这种灵感从哪里来？只能从生活中来，从自然中来，从写生创作中来。因此，我们一定要重视采风写生，要学会从大自然中获得灵感，以自然为师。

古往今来，但凡有成就的画家，都是非常重视写生的。我最近在研究吴冠中先生，他从事绘画创作六七十年，一生都坚持写生，直到去世前。所以他的作品，艺术成就高，创新点多，这都是从写生中来的。再比如冯健亲院长，他的作品很多都是写生作品，包括南京长江大桥，从大桥建设到建成，再到修复通车，冯院长通过写生创作把这个过程都记录了下来。还有周京新院长、陆庆龙院长也都高度重视写生。

我希望书画院能把写生这个好做法、好传统坚持下去，深入生活、深入人民，创作出更多具有生活气息和自然灵性的优秀书画作品。

喜看时代胜景

在中华人民共和国成立 70 周年的喜庆氛围中，在辞旧迎新之际，江苏省当代艺术创作研究会在省现代美术馆举办"时代胜景——2019 江苏当代艺术名家作品展"。

本次展览名称为"时代胜景"，有这样三层含意：一是描绘自然胜景，二是讴歌社会胜景，三是构建艺术胜景。今天的展览也可以说是一个胜景，来了这么多领导、艺术家和观众，展出的作品丰富多彩，而且都是精品力作。

江苏省当代艺术创作研究会自成立以来，主要做了一些基础性工作，包括完善手续、会员发展、机构建设等。同时，在各位艺术家的积极参与下，也开展了一些艺术活动，如组织文艺创作、承接省里重要理论研究、为艺术家举办个人展览等。

总体来说，"艺研会"一年来做了大量工作，但还是刚刚起步。今后，"艺研会"将在江苏省委宣传部和江苏省文联党组的领导下，充分发挥社会团体的作用，为江苏的艺术创作和繁荣多做工作。具体来说，体现在三个"重在"：

重在艺术创作与学术研究。顾名思义，"艺研会"的工作性质和工作内容就是抓创作、做研究，并为艺术搭台，为艺术家站台，做好服务工作，为艺术家服务、为艺术创作服务，让他们有更多更好的艺术创作和展示空间。

重在名人名作与精英精品。"艺研会"要做好人才的培养和使用，打个比方，已经成名的老艺术家是大树，要保护利用好，发挥他们的作用，而对青年艺术家来说，他们是小树，我们要培养培育，为他们成长成才创造条件。

重在当代繁荣与未来发展。当代艺术可以理解为当代的艺术，"艺研会"的宗旨就是要为人民立传，为时代画像，促进当代艺术繁荣，同时研究未来的发展动向和趋势，要超前、要创新，要通过我们的努力，使江苏文艺更加多姿多彩，创作更多的优秀作品、精品力作和经典之作。

"文"与书法

　　今天的这个展览由尉天池先生担任学术顾问，他亲自题写了展名《墨华》。这个展名好！华，就是花朵，就是精英。我刚才看了这次展览展出的书法作品，不愧为当今书坛盛开的艺术之花。而参展的6位书法家，也不愧为全省乃至全国书法界的精英。所以，这个展览名副其实，有着很高的艺术价值和艺术品格。

　　前来参加6位20世纪60年代出生的书法家的书法作品联展，又使我想起今年"五四"期间网上热传的一个短视频，叫《后浪》。

　　说到后浪，就有前浪和中浪。在我看来，在书法领域，20世纪四五十年代出生的书法家为前浪，20世纪六七十年代出生的书法家为中浪，20世纪八九十年代出生的书法家为后浪。

　　显然，今天参展的书法家就是"中浪"。

　　中浪就是中坚。他们几位都是我非常熟悉的书法家，是在书法艺术上取得卓著成就并在全省乃至全国颇有名气的艺术家，有的已成为我省我国书法界的领军人物，完全称得上是当今书坛的中坚力量。

　　既然是中坚力量，就要承载起中坚的使命。什么使命呢？我想就是在新的时代，如何形成书法艺术的新浪潮，如何创造书法艺术的新高峰。为此，我认为，要在"文"上下功夫、找出路。

一是以文字为对象。书法是以笔墨为工具、以文字为对象的造型艺术。书法首先是把字写好，要掌握字法、墨法、写法，讲究起笔、行笔、收笔，讲究提按顿挫，讲究枯湿浓淡，等等。总之，要讲究字的造型，把每个字写好。这是基础。

二是以文学为内容。书法除了写福、禄、寿、禧等之外，很少以一个字为单位，往往是一句话、一首诗、一篇文章，而且，除了手札信札之类，都带有文学的色彩，或者就是文学作品，如千字文、兰亭序、正气歌、古诗文、名言警句、毛泽东诗词等。所以，书法的内容往往带有文学性。带有文学性的书法作品，具有感召力和生命力，也更有艺术性和欣赏性。这就要求我们选好书法的内容，特别提倡书法家进行文学创作，把自己创作的优秀诗文作为书法创作的主要内容。这样的书法作品，更有特色，更有价值，也更能流传于世。

三是以文化为核心。书法说到底是一种文化表达。表达什么？表达文化的内容，表达文化的精神。文化的内容包括文字、诗文等等。那么文化的精神是什么呢？就是"中和"二字。中者，中庸，适当、适时也；和者，和谐，和而不同也。我们的书法创作，就是要体现中华文化精神和中国人的哲学思想，做到中庸与和谐。一幅好的作品，既不能四平八稳，又不能收放无度；既要相对稳定、形成风格，又要和而不同、富于变化。当然，文化内涵和文化精神远不止这些，我们必须慢慢地去领会和把握。

以上是我的几点很不成熟的观点与想法，说出来与大家探讨、共勉。我们寄希望于"中浪"，因为你们承前启后，是当今书坛的中坚力量，是书法艺术新浪潮、新高峰的推动者和创造者。

新时代新画卷

自"中国百家金陵画展"创办始，我就参与其中。参加 2020 年度的这个展览，我更是深有感触，概括成这样"四个百"：

一是"百家金陵"。这是由中国美协与江苏省委宣传部、江苏省文旅厅、江苏省文联共同创办的一个全国性的美术评选与展示的高端平台，至今已举办了 16 期。由于导向性强、参与面广、质量上乘、影响广泛，业已成为全国知名的文艺品牌。

二是"百年梦圆"。今年的展览是油画展，主题是百年梦圆，即抒写与描绘找国人民在中国共产党领导下走上了小康之路和取得的丰硕成果。这是一个宏大的时代主题，这是一幅壮美的小康画卷。

三是"百花齐放"。今年展览的作品从全国征集而来，从 3920 件投稿作品中，经过严格的评选，最终选出 10 件典藏作品、10 件收藏作品、100 件入展作品。这些作品，从题材上讲，内容丰富，有城市新貌，有农村图景，有典型人物，有普通百姓；从艺术上讲，风格各异，有工笔写实，有抽象写意，有工写结合，虚实融通，正可谓：美美与共，各美其美。

四是"百家争鸣"。这次展览，有名家大师的作品，更有中青年才俊的作品，涌现出一批新人。更难能可贵的是，在丰富的画面之后，有精妙的构思、深刻的内涵、独到的思想；在新颖的形式之外，有艺术的探索、多元的创新、学术的含量，展现了艺术的时代性、多样性和创造性，因而把艺术创作和艺术展览推向了一个新的高度，构建了一个新的高峰。

人才要"冷"下来

在江苏省第十次文代会刚刚胜利闭幕之时，在新的一年刚刚开始之际，一年一度的"春华秋实"展今天又在这里开幕了。这个展览与"春和景明"展相得益彰，都是新年展、成果展，也是惠民展，经过多年的培育，再经过几年的打造，将成为江苏省文联的艺术品牌。

这个展览名称当初是我给起的。春华秋实，既是自然规律，也是社会规律。它有两层含义：一是春天开花秋天结果；二是既有文采又有德行。这两层含义都很好。对于江苏省书画院的书画家来说，前者是最好的写照，后者是最好的期许。

先说写照。江苏省书画院成立只有五个年头，但年年岁岁有发展，岁岁年年有进步，在出作品出人才上取得了喜人的成果。尤其是前年，书画院的书画家在全国性评比中获得多项大奖，这对一个新的书画院来说，是了不起的，是难能可贵的。去年少有全国性的评比，但江苏省书画院在省级评比和展览中取得佳绩。据不完全统计，"小康颂·第三届江苏美术奖作品展"中，获美术奖三人，获奖提名两人，入选四人；入选"百年江苏"大型美术精品创作工程三人，"长三角视觉艺术青年艺术家作品展"三人，"江苏省全面小康主题优秀美术书法作品展"七人，江苏省美术、书法"同心战疫"主题作品展八人，"以艺战疫·江苏文艺

'名师带徒'共克时艰展"三人，"艺动青春——江苏省优秀青年美术、书法家提名展"两人，第十二届全国水彩·粉画作品展、2020江苏十佳优秀青年美术家作品展和第十一届江苏油画展各一人。这些并不能体现江苏省书画院工作与创作的全部，但足以说明省书画院在过去的一年中是努力奋斗的，是卓有成效的。

再说期许。总的来说，春华秋实，德艺双馨。而具体的希望与要求是什么呢？毕飞宇先生在接受记者采访时说，江苏作家要"静"下来。此言极是。由此，我希望江苏的艺术家尤其是中青年艺术人才要"冷"下来。有人肯定会问：不是要重视人才吗？你怎么能这样说呢？是的，"盖有非常之功，必待非常之人"，对于全社会来说，要高度重视人才，形成"人才热"，但对于艺术人才来说，不能被"人才热"所裹挟，不能为社会的重视而沾沾自喜，更不能为了名利成为热锅上的蚂蚁，而应当保持冷静清醒的头脑，专心致志从事艺术创作。在此，我向省书画院的书画家表达我的几点期许：

——善于冷思考。著名画家吴冠中先生曾经说过，书画家也应当是思想者。这个要求有点高。但书画家的确需要思考，做到热创作冷思考。思考人生，思考社会，思考艺术发展的方向，思考创作的题材和主题，思考创作的方法手段、个性风格以及存在的问题，如此等等，总之，要善于冷静地思考。没有思考出不了精品力作，没有思想成不了名家大师。

——甘于冷板凳。习近平总书记曾引用古人的话告诫艺术家，要有"板凳坐得十年冷"的艺术定力，要有"望尽天涯路"的追求，耐得住"昨夜西风凋碧树"的清冷和"独上高楼"的寂寞，力戒浮躁，静下心来搞创作。为此，我们一定要减少炒作，减少应酬，把全部心血用在艺术创作上，努力创作出更多更好的优秀作品、精品力作和经典之作。就在前几天，江苏省委宣传部公示了"文化英才、文化优青"入选名单，省文联包括书画院都有名列其中的，我们为此而高兴，但我要说的是，不是入选了就一定是英才、优青，英才不英才，优青不优青，关键看作品，看成果。如果没有优秀作品和过硬成果，最终还是成不了英才，成不了优青，更谈不上名家大师。

——勇于冷考验。说实话，受一系列因素的影响，现在的艺术市场冷下来了。这既是坏事也是好事，逼得我们艺术家更多地关注艺术本身，更多地进行艺术创作。我们要经受住严峻的考验，不做市场的奴隶，用创作来转危为安，用作品来实现"春华秋实"，开创"春和景明"的艺术新气象、新天地。

江苏省第十次文代会、第九次作代会就我省文艺事业提出了四个重要方面："有高原也有高峰，有素材也有人才，有个性也有规律，有责任也有义务"。这既是对我们的鼓励，也是对我们的鞭策与期许。我们要更加紧密地团结在以习近平同志为核心的党中央周围，用实际行动贯彻落实省第十次文代会精神，让文艺之花在大江南北绽放得更加绚丽多彩，让文艺成果在江淮大地上更加硕果累累，为江苏文化强省建设和文艺事业的持久繁荣发展作出更大贡献！

以青春之我创建青春之艺术

在五四青年节举办江苏省青年美术协会年度大展——"青春盛绘"，具有特别的意义。刚才看了这次展览的作品，我欣喜地看到，作品形式多样，主题鲜明，题材集中，主要以红色题材、现实题材为主。所以，这次展览，既是纪念五四运动102周年，也是庆祝中国共产党成立100周年。

前不久，电视剧《觉醒年代》热播，该剧就是写五四运动前后的这段历史。从这段历史中，我看到了四个关键词：初心、使命、爱国、奋斗。

100多年过去了，我们仍然要坚持这8个字，就是要坚持"为人民谋幸福，为民族谋复兴"，坚持爱国主义精神和顽强奋斗的精神。

现在时代不同了，我们面临的形势、环境、任务、要求都不同了，但爱国与奋斗永远是青春的本色，而且爱国要落实到我们的奋斗中去。

什么是青春？青春不是青年的专利，青春是奋斗者的标识，青春是奋斗的代名词。青春是用来奋斗的。无青春不奋斗，不奋斗无青春。

我们的青年美术工作者一定要始终保持奋斗者的向上姿态和顽强精神。青年艺术工作者不要急于称自己为艺术家，更不要自称著名艺术家。要通过自己的不懈奋斗，甚至终生奋斗，努力成为一名真正的优秀艺术家。

五四运动的领袖和中国共产党的创始人之一李大钊曾振臂高呼，以青春之我，创建青春之家庭、青春之国家、青春之民族、青春之人类、青春之地球、青春之宇宙。

今天，我们的青年美术工作者也要立下宏大志向，以青春之我，创建青春之艺术、青春之作品、青春之艺术高峰，让青春之光闪耀在为梦想奋斗的道路上。

敢于创新，更要善于创新

不知不觉，江苏省书画院已成立六年，时间说长不长，说短也不短了。这六年来，书画院的每次展览我都参加，每次都有不同的感受。

看了本次展览，我主要有三个突出印象：一是多样性。书画院规模不大，人数也不多，但作品题材丰富，形式各异，色彩多样，可以算是综合性展览。有的画家的作品呈现出不同的面貌，显示出不同风格。二是创新性。省书画院年轻书画家多，这是优势所在。据我观察，院里每次展出的作品都有新的内容、新的突破，证明书画家们一直在努力地进行尝试和创新。三是成长性。因为有了创新、有了突破，所以这些年轻的书画家们才能不断进步。我曾在多个场合说过，对年轻艺术家来说，成就固然重要，但成长更为重要。从本次展览的作品中，我很欣慰地看到了他们的成长。

最近这段时间，我也看了其他一些年轻书画家的展览，给我的感觉是，许多人都在努力地追求自我突破，努力地尝试创新。这种求新求变的精神当然是好的，但有些问题也需要引起注意：首先，不能为创新而创新。在一次和宋玉麟的访谈中，他表达了一种观点，即创新不是目的，而是手段，是一种水到渠成的过程。对此我很赞同，我认为追求创新不能形成负担，更不能把创新变成约束行为的条条框框。其次，不能老是在创新。真正的创新应当贯穿于整个艺术道路中，断不能"日日新、月月新"。在某个艺术阶段，如果自我感觉创新相对成功，且能得到业界肯定，那就要静下心来对创新成果进行梳理巩固，使之更趋成熟。再次，不能太过创新。中国人的处世哲学是中庸之道，但中庸并不是保守，而是反对走极端，尝试在两极之间找到最合适、最巧妙、最有效的点。任何事情包括艺术探索，一定要把握好度的问题，不能从一个极端走向另一个极端。

究竟如何创新？不同的艺术门类，不同的艺术创作，包括不同的艺术家，情况都不一样。总的来说，要做到五个方面：一是创新要有方向。艺术家可以自己摸索，也可以借鉴他人，乃至求教导师前辈指点，从而明确自己的创新方向。二是创新要有路径。创新不能想着走捷径，要踏踏实实、一步一步地推进，在提高技艺水平中实现创新。我觉得，立足传统，从传统发端去尝试创新是一条比较稳妥的道路。三是创新要有思想。自古以来，许多能够取得巨大成就的书画名家大家，都是有思想的。吴冠中先生曾说，画家不一定是思想家，但必须是思想者。这种思想是建立在读了很多书，走了很多路，有深厚的文化底蕴的基础上的。四是创新要有内容。这次展览的作品总体让我很满意，青年书画家们路子正、基础好，不仅在形式和笔墨上进行创新，而且在内容上也有创新，这点非常重要。有人提出笔墨和色彩就是内容，有一定道理，但当一幅作品什么都看不到，或者只有几个点、几条线时，那也就谈不上创新了。五是创新要有自己的风格。创新到最后，要形成独树一帜的标识，充分体现出自己的个性化特征，而不能人云亦云、邯郸学步。

至于创新方法，主要有这样几类：一种是继承创新，即追根溯源，在掌握传统方法的前提下进行创新，这也是我一直提倡的。一种是融合创新，比如将国画中的不同风格，乃至不同时期一些好的不同技法都融合起来，会起到化学反应。一种是跨界创新，即探索在不同艺术种类之间进行相互借鉴，或把某个门类内部元素相融合，比如把油画、国画、版画等要素打通，甚至还可以延伸到其他艺术门类。还有一种创新类似无中生有，即产生全新的艺术形式或艺术成果，这个难度极大，也很少见。

总之，在艺术创作道路上，我们要大力倡导创新，即便像冯健亲、赵绪成这样的名家大家，也在坚持创新。创新就像穿新衣服，人不能总穿同一件衣服，总要有几件新衣服，但新衣服首先要适合自己，同时式样好、色彩好、质地好，自己穿着舒适，人家看着漂亮。

创新是多方面的，现如今，书画院的最大优势就是新人新院新机制，如何继续创新，保持住优势，走在全省书画艺术界的前列，还需要我们年轻艺术家共同去思考和探索。

书画院取得目前的成绩很不容易，我很支持并鼓励大家继续积极创作，继续积极参加评选。同时，也希望大家摆平心态，获奖很重要，但千万不能为此背上包袱。对于年轻的书画家来说，要愿意花时间去探索、去提升，不急于求成。我最希望看到的现象，就是年轻书画家们每年都有进步，一直都在成长。

我认为，省书画院是个非常好的平台。平台建立起来不容易，巩固发展更不容易，需要大家和文联相关部门的共同努力。作为书画院的年轻艺术家，也要处理好创作与工作的关系，积极主动参与文联的活动，努力完成文联的任务。搞好创作与做好工作并不矛盾，一般来说，大凡有成就、有影响的书画家，绝大多数都是社会活动家，他们有开阔的视野和心胸，有丰富的见识和认知，只有这样，才能不断地攀登艺术高峰，推出更多的艺术精品。

江南再造，造什么？

"云海相望——江南再造艺术展览"来到常州西太湖美术馆。

来到美丽的西太湖之畔，我感到特别亲切。西太湖又称滆湖。确切地说，滆湖又称西太湖。西太湖是后来人给滆湖取的别名。我还是喜欢称之为滆湖，因为我的老家就在滆湖之滨，高中毕业之后，我就曾经在滆湖边的滩田里劳动。那时我们只知道滆湖，从来没有听说过什么西太湖的说法。现在称之为西太湖，也好，名气更大了，名字更响了。

不过，我对本次展览的名字，开始是有些疑惑的。先说"云海相望"。明明应该是"云湖相望"呀，因为这里是西太湖，而且在六七月份，天空的云彩特别漂亮，云在湖中，湖映云影，云湖之间，美不胜收，充满诗情画意，叫"云湖相望"多么贴切啊！而来到这里，我才感受到，现在的西太湖，开阔如海洋，清澈如海水，若把此湖比大海，也没有错。再说，常州是刘海粟大师的故乡，南艺是刘海粟创办的学校，我们在展览名称中嵌入"海"字，也有继承与弘扬刘海粟艺术精神之意。

再说"江南再造"，乍一听，以为是个工业展览，因为我们常说"江苏制造""江南创造"，一般都是指工业产品。但仔细琢磨一下，这个"再造"，并不单指工业制造，许多方面、许多东西都是可以"再造"的。

自然可以再造。原来的滆湖并没有那么漂亮，一段时期污染较为严重，通过多年的治理，现在的西太湖碧波荡漾、波光粼粼，一派"湖光云影共徘徊"的美丽景色。

乡村可以再造。过去滆湖边上都是湿地荒滩，坐落在附近的乡村比较落后，有些村庄很破旧，而如今，湖上架起了现代化大桥，湖滨建起了新村新区，我们现在所处的地方，俨然如小城市一般，还有这么好的文化设施。

艺术可以再造。今天这个展览冠以"江南再造"之名，就是说，我们的这个展览，我们的这些作品，是一次艺术的再制作、再创造、再探索、再发展。

参加这次展览的人，除了我，还有南京艺术学院、南京师范大学、苏州大学的 9 位资深而杰出艺术家。展出的作品包括油画、国画、书法、版画、漆艺、综合材料等各个门类。这是真正的学院派艺术、学院派作品。

我一直认为，"学院派"是当今艺术创作的生力军，他们的艺术创作可以说是全社会艺术创作的"先行者"与"风向标"。为什么这么说呢？

"学院派"的专业含量高。这一点毋庸置疑，他们都是科班出身，都有硕士、博士的学历，有的是资深教授和博士生导师，终生从事艺术创作、艺术研究和艺术教育。

"学院派"的创新含量高。在高校，艺术门类多，艺术氛围相对宽松，师生接触新观念、新知识、新东西比较早，也比较多，所以他们的创新意识和创新能力强，许多创新性的、新锐的作品往往出于"学院派"之手。

"学术派"的学术含量高。高校的艺术家比起社会上的艺家来，他们最大的优势在于学术，他们在艺术创作的同时，进行着大量的、持久的学术研究工作，具有很高的学术水平，他们又把自己的学术研究成果首先运用于自己的创作实践中，使自己的作品具有较高的学术性。

"学院派"的思想含量高。当代著名画家吴冠中曾经说过，"我们的书画家，不一定是思想家，但必须是一个思想者"。这是很有道理的，艺术创作要有想法，要有思想的引领与指导。相对来说，高校的思想比较活跃，高校艺术家的想法比较多，有些很奇特、很独到，这一定会直接影响到他们的艺术创作，并渗透到他们的作品之中。

这四个"高"，在本次展览的作品中都有所体现，这在一定程度上展示了当代"学院派"艺术的力量与风采，也表达了艺术家个体深厚的人文关怀与艺术修养。我有幸与他们为伍，向他们学习，是我重要的也是难得的一次艺术之旅。我创作的作品中有一幅是"只此江南 如此多娇"，既是对西太湖自然景色的赞美，也是对西太湖美术馆艺术展览和艺术作品的赞美。但愿我们的自然、我们的艺术、我们的人生永远如此多娇、永远如此美好！

让科技星斗闪耀中华

今天，我们在这里举办"科技星斗——致敬科技工作者主题雕塑创作展"。这既是庆祝党的二十大胜利召开的主题展，也是"2022 江苏雕塑月"开幕展。

这次展览策划得好！首先好在展览的主题：塑造科学家形象，弘扬科学家精神。

马克思曾经指出："生产力中也包括科学。社会劳动生产力，首先是科学的力量。"邓小平也曾提出重要论断："科学技术是第一生产力。"人类社会发展的历史充分证明，科技的发展推动了人类发展的进程，进而使人类有着崭新又美好的生活。

回首过去，我国古代四大发明，独占鳌头；天文历法，叹为观止；赵州拱桥，设计精妙；《本草纲目》，东方巨典；丝绸之路，通向世界……

再看今朝，"两弹一星"，壮我国威；长江大桥，飞架南北；杂交水稻，人民足食；神州火箭，直指苍穹；蛟龙潜海，冲向深蓝；"嫦娥"奔月，天宫遨游；北斗卫星，高悬太空；就在昨天，我国"梦天"实验舱发射成功！也是在昨天，《中国作家》杂志第 11 期头条发表我的报告文学《逐日之旅》，写的是紫金山天文台在党的二十大召开前夕，成功发射了我国第一颗综合性太阳天文台卫星。

我国的科技成果举不胜举，科技对于经济社会发展的推动作用不可估量。而科技的发展离不开科学家的奋斗。正所谓，非常之功，必待非常之人。科学家就是古今中外的非常之人，就是闪烁在浩瀚苍穹中的一颗颗星斗。钱学森、袁隆平、孙家栋、吴良镛、程开甲、屠呦呦、王泽山等著名科学家，他们用智慧之光，照亮人类前行的道路，给人们带来美好生活的无限希望。

科学家是人类的精英、民族的脊梁、社会发展的功臣。我们这次展览，就是要用厚重的雕塑艺术，塑造科学家的崇高形象，浇铸新时代民族之魂，向科学家致敬！

为此，江苏省雕塑家协会面向全国雕塑艺术工作者，广泛邀约，积极组织艺术家为获得国家最高科学技术奖的杰出科学家们塑像，进行精心的创作，完成了一大批作品，最后从应征的数百件作品中精选出 70 余件雕塑作品。

这些作品以艺术之美表现科学家的精神之美，精雕细琢，工写结合，形似神似，焕发出科学家的容光与神采。这些作品都是增强人民精神力量的优秀作品，其中许多作品是思想精深、艺术精湛、制作精良的精品力作，有的堪称具有隽永之美、永恒之情、浩荡之气的经典之作。

可以这样说，这些作品、这次展览，为科学技术插上了艺术的翅膀，为科学家树立了崇高的形象，也为世人存正气弘美德。让我们在党的二十大精神指引下，用艺术的形式，为科学家讴歌，为科技发展赋能；让祖国的上空，满天星斗，熠熠生辉，照耀中国式现代化的美好前程！

笔墨、人生、时代

　　我记得三届"大写兵心"展我参加了两次，参展书画家大都熟悉，熟悉人也熟悉作品。大而言之，可以用尉老题写的 4 个字"崇文尚武"，小而言之，可以用孙晓云主席题写的 4 个字"兵心墨华"。论其人论其作品，都有他们的独特性，而且可以给我们一些启示。

　　什么启示呢？我的感受是，书画创作是笔墨、人生、时代的结合体。

　　先说笔墨。这是书画的基本功，也可以说是技巧。无论是书法还是国画，笔墨都是最为重要的。不讲笔墨，无从谈起。吴冠中先生说过一句话，"笔墨等于零"。大家对他的这句话有误解，其实他的本意是，没有内容、没有情感的笔墨等于零。我是十分赞同的。从历史上来看，王羲之的《兰亭集序》，颜真卿的《祭侄文稿》，索靖的《出师颂》，都有精致的笔墨、精深的内容以及丰富的情感。再看今天展览的作品，虽然不能与历史上的三位书法大家相比，但也称得上笔墨与内容俱佳。再说人生。我这里讲的人生，主要指学历与阅历。学历不仅仅是文凭，而是一个人不断学习、终身学习的全过程。阅历不仅仅是经历，而是一个人在人生经历中获得的知识与经验。学历与阅历对于书画创作非常重要。学历决定学养，阅历决定胸怀。而一个人的学养和胸怀，直接影响他的创作能力、创作水准。今天参展的书画家有这样的水平、这样的成果，当然与他们的人生经历有关，不仅当过兵，而且在不同岗位上锻炼过，也一直注重自身的学养与修养。

后说时代。现在书画界最常说的一句话是，笔墨当随时代。这是清初石涛的名言。他的本意是不主张创作总是紧跟时风。我们现在借用这句话，并赋予了新的含义，就是艺术要紧跟时代，艺术要创新。也就是傅抱石先生说的，思想变了，笔墨就不能不变。为什么思想变了？因为时代变了。我主张书画创作应该紧跟时代，适应时代的要求，这包括笔墨、形式和内容。今天展出的作品，都具有一定的时代性和创新性。

党的二十大报告中向文艺界、文艺家提出，要创作更多增强人民精神力量的优秀作品。这就是时代的要求，内涵非常丰富而深刻。让我们按照这一时代要求，真正创作出能够增强人民精神力量的优秀作品和精品力作。

笔墨当随人

在中国传统佳节——中秋节到来之际，源·当代美术馆举办"笔墨当随人——徐悲鸿七十年纪念特展"。虽然规模不大，但意义重大，这是对徐悲鸿先生逝世70周年的最好纪念。

书画艺术界引用最多的一句话是"笔墨当随时代"，而今天的展名是"笔墨当随人"，很有新意，也富有含义。我理解，这个"人"字的内涵应该包括这样三层：

一是艺术家。盖有非常之功，必待非常之人。艺术家是艺术创作的非常之人。徐悲鸿就是这样的非常之人，一位非常伟人的艺术家。他是20世纪中国的美术先驱、艺术巨匠、一代宗师。他一生钟爱艺术，构建了绘画高峰、书法高峰和艺术教育高峰。尤其是他对中国画的改革创新发挥了巨大的推动作用。他把油画的构图、透视、造型和色彩与中国传统绘画相结合，在二维平面中展现具有三维感的形象，形成了独特的艺术语言，开山立派，开创了中国画的时代新貌，在中国画坛影响深远。

二是人民。徐悲鸿先生是真正的人民艺术家。他画人民。他的油画"愚公移山"，画的就是中国人民的形象和中国精神。他笔下的"奔马"和"雄鸡"，展现人民奋发向上、追求光明的形象和风貌。他爱人民。在抗日战争中，他创作了大量的作品，在国内外义卖，所得款项全部捐献用于抗战和救济灾民。我书房里挂着一幅高仿徐悲鸿先生的"奔马图"，落款是"辛巳八月十日第二次长沙会战。心急如焚。"表达了悲鸿先生对战争中的人民的关切之心和拳拳之情，一个人民艺术家的形象跃然纸上。

三是人才。徐悲鸿先生开创了新中国的美术教育，桃李满天下。他育才爱才，不愧为艺术的伯乐。我曾经听过这样一个故事：有一年，徐悲鸿先生在南昌拜见朋友。此时年轻的傅抱石也在南昌，极想当面求教，但与徐悲鸿素不相识，难以造访。后来经人介绍和推荐，徐悲鸿答应见面。本来说好谈半个小时，但徐悲鸿看了傅抱石的作品后，两人谈了一个多小时，还约好当夜继续谈。谈话中，徐悲鸿得知傅抱石没有出过国，就建议他出国留学。为了解决出国经费，徐悲鸿画了一幅"奔马图"，送给当时的一位政要，让这个政要解决了傅抱石的出国经费。可见，徐悲鸿对艺术人才是何等的关爱和提携。

"笔墨当随人"的三层含义，充分体现了悲鸿精神，这就是：爱艺术、爱人民、爱人才。我们今天纪念悲鸿先生，最重要的就是要继承和弘扬悲鸿精神，创作更多增强人民力量的优秀作品，构筑我们这个时代的艺术高峰，为创建中国现代文明作出新贡献。

中国画之江苏气象

今天举办的这个展览，既是江苏省中国画学会的年展，也可以说是江苏省中国画学会成立 10 年来的创作成果汇聚。这次展览，参与的画家多，创作的作品多，作品的题材和手法多，所以，在我看来，基本代表了目前我省中国画创作的状况与水平，展现了中国画的江苏气象。

万紫千红的气象。我们处在一个万紫千红的季节、一个万紫千红的时代。笔墨当随时代。所以，在画家的笔下也必然是万紫千红。今天的这个展览，题材特别丰富，尤其是突出主题性创作。这是我们这个时代的自然环境、人文景观和美好现实的真实写照和丰富表达。同时，展览的画种齐全，囊括了山水、花鸟和人物三个画种，给人以丰富多彩、美不胜收的感觉。这正是当今江苏省中国画创作的一片繁荣兴旺景象的生动写照与缩影。

守正创新的气象。这正是今天这个展览的名称"文脉与心迹"所表达的。守正的是文脉，创新的是心迹。中国画的创作必须源于文脉、继承传统，这就是守正。而心迹是画家在继承传统的基础上，面对现实，观照生活，经过自己的大脑思维和内心活动，抒情表意，创新创造，进而创作出优秀的艺术作品。这是中国画创作的过程，也是创作的规律。无论时代如何发展变化，艺术思潮如何波澜起伏，守正创新的艺术规律必须坚守。事实上，这已成为江苏画家的共识和自觉行动。

和而不同的气象。前几年，江苏省在中国美术馆办过一次综合性的大型画展，有一位著名的书画评论家对我说，整体上看，你们江苏的国画创作，既有明显的江苏特色、江苏风格，但又不像有些地方，展出的作品都是一张面孔、一副腔调，而是都有自己的追求、自己的风格。我听了之后非常高兴，这正是中国传统文化精神——"和而不同"在江苏国画创作上的体现。所谓"和而不同"，就像一片森林，没有同样的树木、同样的枝叶，但它们和谐共生，欣欣然向上生长。在艺术上，和而不同就是百花齐放、百家争鸣。具体地说，江苏中国画的"和"，在于精微、文雅、新颖；江苏中国画的"不同"，在于题材丰富、手法多样、风格不一，呈现出多姿多彩的景象。这是何等生机、何等美好的景象啊！这就是当今江苏画坛的喜人景象、美好气象。

风景这边独好！我们为中国画之江苏气象而自豪，而欢呼。同时，我们也衷心希望江苏的画家继承传统，紧跟时代，守正创新，用更多更好的精品力作，巩固这种气象，发展这种气象，努力开创中国画之江苏新气象、新局面、新高峰、新辉煌！

花相似而画不同

　　用优秀作品展和学术研讨会的形式来庆祝江苏省花鸟画研究会成立 35 周年，这个做法好。尤其是这次研讨会重点探讨"当代江苏花鸟画的现状与发展前景"和"江苏花鸟画的历史变革与传承发展"，突出了"发展"这个关键词。有发展才能繁荣。只有文化艺术的繁荣发展，才能满足大家的精神文化需求，才能实现人民对美好生活的向往。

　　江苏省花鸟画研究会成立 35 年以来，尤其是近几年来，积极组织艺术创作和艺术活动，涌现出许多名人名作和新人新作，开展了各种展览、学术惠民活动，取得了很大的成绩，在社会上产生了良好的反响。

　　关于花鸟画，我曾讲过多次，但都不是就笔墨技巧来讲的，因为我不是画家和文艺评论家，我只能从宏观的层面谈谈自己的一些意见，与大家探讨。

　　一是拓展花鸟彩墨新时空。有一句古诗大家耳熟能详："年年岁岁花相似，岁岁年年人不同。"如果用到绘画上来说，应该是"年年岁岁花相似，岁岁年年画不同"。怎样才能"画不同"？我想，应该把年年岁岁相似的花鸟，放到不同的时空中来表现，比如，从"自然时空"放到"社会时空"，从"现实时空"放到"虚拟时空"，从"过去时空"放到"未来时空"，或者进行"时空交错""时空穿越"。时空变了，视野也就变了，笔墨则不得不变。进入一个全新的时空，也许会豁然开朗，产生许多新的构思、新的题材、新的手法。

二是营造鸟语花香新意境。我曾经说过，中国花鸟画集中体现了中国人与自然之间的审美关系，具有很强的抒情性，直接表达审美取向和思想情感。画家通过对花鸟草木的描绘，寄寓自己独特的感受，类似于中国诗词中"赋、比、兴"的手法，缘物寄情，托物言志。同时，中国花鸟画十分讲究立意，它不是为了画花而画花，不是照抄自然，而是紧紧抓住动植物与人们生活的关系和思想情感的联系，反映社会生活，记录人事变迁，表达人们志趣，体现时代精神。比如八大山人和扬州八怪的花鸟画，往往以其独特的绘画语言，表达内心的忧伤与家国之痛。而徐悲鸿的马、齐白石的虾、李苦禅的鹰、李可染的牛，则抒发了他们这代人对社会、对人生、对生活的理解与追求。我省喻继高的工笔花鸟、吴冠南的大写意花鸟、徐培晨的猴、喻慧的太湖石、赵治平的大鸟等，则反映了当今的美好生活，表达了他们的艺术情操和精神追求。所以，花鸟画要特别注意抒情与立意，营造鸟语花香的新意境，既要"画花是花，画鸟是鸟"，又要"画花不是花，画鸟不是鸟"，赋予花鸟以人的情感、人的寄托，给人以美的享受，也让人产生共情共鸣。

三是描绘和谐共生新图景。中国式现代化的五大特征之一是"和谐共生"。和谐共生主要是指人与自然的关系，人与自然的和谐相处。在这方面，花鸟画有独特的优势。我们一方面要用画笔描绘美丽的自然景色，艺术再现花卉、草木、鱼虫、飞禽的生动情影，以此歌颂当今的美好生活。另一方面，也要针对经济社会发展中出现的环境问题、生态问题，用艺术的方式告诫人们重视生态、保护环境、珍爱生命、守护家园，为人与自然、人与社会的和谐共生鼓与呼。这对于推进中国式现代化建设将具有独特的作用和意义。

我们正处在中国式现代化建设的新时代。我们伟大的祖国就像是一个风景如画的大花园。这为花鸟画创作提供了丰富的题材和广阔的天地。全省广大花鸟画画家应立足时代，放眼自然，聚焦生活，描绘最新最美的壮丽图景，创作更多更好的精品力作，奉献给热爱生活的人们，奉献给日新月异的时代。

艺术的步履

不久前，我在南京大学仙林校区参加了为南大百年校庆而举办的南大收藏现当代书画作品展，我当时讲了三点感受：艺术与风尚，名家与名作，精品与经典。今天在这里参加南大雕塑艺术研究所教学18周年暨美术研究院专业学位教育10周年师生作品展，我又有了新的感受。无论是艺术研究所，还是美术研究院，无论是18年还是10年，从规模上来说，并不大，从时间上来说，都不长。但是，为什么南大雕塑艺研所、美术研究院能够迅速崛起，取得如此大的成就，产生如此大的影响？我想，不外乎三个主要原因：

一是文化底蕴。南大是百年老校，有着深厚的文化底蕴和艺术基础，早在100年前，就开设了图画手工科，开创了近代艺术教育之先河；在20世纪40年代，南大前身中央大学就设立了艺术系，汇聚了徐悲鸿、张大千、陈之佛、吴作人、傅抱石等名家大师。虽然后来因院系调整，南大出现了近半个世纪的艺术教育断层，但底蕴犹存，基础仍在。正是有这样深厚的艺术土壤，才有可能重新栽种上艺术研究所这棵艺术之树，并使其迅速生根、长大，成为一棵枝繁叶茂的艺术大树。

二是人文精神。据我所知，南大雕塑艺术研究所从成立之初就确立了"为人文而艺术"的宗旨。如果说文化底蕴是"根"，那么人文精神就是"魂"。人文精神的核心是以人为本，重视人的价值。南大美术研究院一方面尊重师生在艺术上的选择与风格，充分发挥他们艺术创作的积极性和创造性；另一方面始终坚持艺术面向社会，艺术服务人民，充分体现艺术的社会功能。

三是领军人物。这是根本之根本，关键之关键。当今社会，什么事能做，什么事不能做；什么能做成，什么不能做成，因素很多，但主要是看人，看谁来领头谁来做。南大的高明之处是识人用人，引进吴为山教授，让他组建雕塑研究所，让他当南大美术的领军人物。吴为山教授不仅有坚实的理论功底、过硬的创作能力，而且有很高的管理水平和社交能力，在不长的时间里，就将雕塑研究所发展成为美术研究院，又将美术研究院办成了在全省、全国有影响、有成果的艺术创作、艺术教育高端平台。

我在这里还要特别讲一下，南大不愧为学术的高地、艺术的宝地，引得进人才，用得好人才，留得住人才。吴为山先生虽然到北京高就多年，但还是"不忘初心""把根留住"，继续为南大、为江苏的文化艺术事业作贡献。在他的倡导下，以南大雕塑艺术研究所为班底、为骨干，在省文联成立了江苏省雕塑艺术家协会，在不到两年的时间里，迅速打开局面，成功举办了两届"江苏雕塑月"，开展了一系列雕塑艺术活动，组织了"江苏文化艺术名人"大型雕塑创作活动，得到业界和社会各界的好评。

翰墨青春

　　初冬的南京，细雨绵绵，寒意袭人。但是，今天的江苏省现代美术馆里却洋溢着热烈喜庆的气息——"翰墨情韵"江苏省优秀青年书法家作品展在这里正式开幕了。

　　今年是青年艺术之年。初春二月，省青年书协第三次代表大会隆重召开，开启了繁荣发展江苏青年书法艺术事业的新篇章；暮春五月，省青年艺术家协会正式成立，为全省青年艺术人才的成长发展搭建了一个新的平台。上个月，刚刚举办了"彩笔丹青"江苏省优秀青年美术家作品展，紧接着，今天这场优秀青年书法家的展览又拉开了帷幕。俗话说，春种夏长、秋收冬藏，有付出才有收获，洒下辛勤的汗水才能结出丰硕的果实。今天的展览，既是书法艺术交流切磋的盛会，也是全省青年书法创作成果的检验。事实证明，我们的青年书法家们不负众望、不辱使命，在创作上取得了令人欣慰的丰收，我省的青年书法艺术事业也出现了可喜的局面，今天的展览就是一个明证，也是一个缩影。

　　此次参展的近 60 位艺术家是我省优秀青年书家的代表，他们中的不少人都曾多次在国家级、省级重要书法展览上摘金夺银。此次展出的 100 余件作品，全面客观地反映了我省青年书法创作的整体风貌和水平，体现出他们在书法艺术形式技巧上的大胆探索和审美取向上的灵活多样。尤其是作为当代青年书法家，仿古而不一味拟古，创新而不盲目趋从，始终坚持独立的艺术思考和艺术追求，是特别难能可贵和值得点赞的。

然而，"居安思危，思则有备，有备无患"。我们既要为成绩而欢欣，也要看到差距和挑战。面对当今文艺发展的新形势和书坛的新问题，青年书法家们要时刻保持强烈的危机感和紧迫感，自我鞭策、自加压力，永不停步、不断前行。

要始终坚持以人民为中心的创作导向，深入生活、扎根人民，要为人民而创作，而不是为金钱而创作；要为百姓而创作，而不是为评奖而创作；要让书法进展厅，更要让书法进客厅，让书法艺术更接地气，更好地服务于人民。

要始终把创作作为中心任务，把作品作为立身之本，刻苦钻研、打磨技艺，找准艺术定位，潜心艺术实践，树立艺术追求，用优秀的作品实现艺术梦想和自身价值，逐渐成长为受人尊敬、当之无愧的优秀艺术家。

要注重自身素养的全面提高，坚持德艺双修，多吃"五谷杂粮"，以谦虚谨慎的态度、宽广从容的胸襟、坚持不懈的精神、认真扎实的行动，取长补短、博学精进，以德培艺、以艺润德，在风华正茂的青春岁月实现人生境界与艺术境界的共同提升。

要积极参与社会实践，在生活中汲取智慧、积累素材、激发灵感，在历练中开阔眼界、锻炼意志、砥砺身心，不仅要践行一个艺术家的职业精神，还要承担起一个当代青年应有的社会责任，考虑自身言行的社会效益和影响，多做传递社会正能量的好事善事，做到心正笔正、艺如其人、言行合一。

及时当勉励，岁月不待人。青年是人生中的黄金时代，也是一个民族的希望和未来。广大青年书法家要珍惜大好的青春时光，专注艺术，锻炼能力，百尺竿头，再接再厉，创作出更多无愧于时代和人民的优秀作品，为续写江苏书法事业的辉煌、推动江苏文化建设迈上新台阶贡献才华和力量。

以美为美　以文为文

　　我一直认为，中国的女性特别优秀。古人就说，巾帼不让须眉。用现代人的说法是，妇女能顶半边天。在各行各业，妇女同志都很能干，都很出色。前不久，江苏卫视、浙江卫视同步开播的电视剧《国宝奇旅》，是根据我的长篇纪实文学《承载》改编的。里面塑造了一个主要人物、女一号周若思，是故宫博物院里的一位非常出色的青年女性鉴赏家，她看字画，过目不忘。

　　今天参加这次展览开幕式，第一次看到那么多女性书家的作品，给我留下了突出的印象：

　　一是美，漂亮，好看。这样讲是不是说低了，讲俗了？一点不是。我评判书法的第一标准就是要美，要漂亮。艺术功能最主要的是审美功能。爱美之心人人有之，女性尤然。男性书家会搞什么丑书，但女性书家不会去搞，因为她们特别爱美。

　　二是文，文雅，文气。我一贯认为，书法是以文字为对象，书法是中华文化的精髓。所以，书法一定要文气、文雅，一定要有文化含量。我看这次展览的许多作品中有文人书法的影子，有的还写章草，这很好。今天的女书家当中，许多人就是搞文化工作、教育工作的，有文化功底和文化素养，所以书法中就蕴含了文化的因子。

　　三是新，新人，新意。今天参加展览的人许多是新面孔，而作品也有新面貌。有创新，有新意，有灵气，有时代气息，不是那么古板和老套。

书法是不能用性别来划分的，没有男性书法与女性书法之分。但书法家是可以用性别来划分的，可称之为男性书法家和女性书法家。今天，借此机会，对女性书家说几句话，谈几个观点。

第一，女性有女性的优势，女性要用好女性的优势。比如女人比较心细、勤奋、有韧劲等等，这用在书法上就有好处，就是优势。我们学习古人不能做古人，女人学习男人不能做男人，女人要用女人的优势做好工作。在艺术上，女人的优势往往比男人强。

第二，要用心用情去进行艺术创作。这是习近平总书记前几天在全国政协文化艺术界委员座谈会上讲的。女性的一个特点就是特别用心用情，这用在艺术创作上特别有效，特别能出彩。我省著名女书法家孙晓云有这么一句话，像做女红一样来做书法。我还听我省女苏绣大师姚建萍说过，用心灵用生命当好绣娘。我也希望在座的女书法家用心、用情、用心血去进行书法艺术的创作。

第三，女性书家的优势与特点必须体现到书法的特色上来。我一向以为，特色与标识是成为书法大家的最重要因素。孙晓云的字，一看就是孙晓云的。我在主持尉天池书法艺术研讨会时，有位知名专家对尉老的书法评论说，我们不需要看尉老的整幅作品，只要从中拿出一个字，无论放在哪里，都能一眼辨别出来。这就是个性，这就叫特色，书法家都要有这个追求。

我每次在不同场合讲文艺工作，都有一个关键词、中心词，那就是作品。用作品说话，用作品成名，用作品构建文化高地和文艺高峰。愿女性书法家用自己的辛勤创作，用自己的精品力作，为新时代文艺百花园增添更多美艳动人的艺术花朵，并让这些花朵永不凋零，永远怒放，永远生机勃勃！

用青春奋斗出一片崭新的艺术天地

今天来参加"青春时光"的展览，扑面而来的有"四个新"：新面孔、新作品、新群体、新展厅。

而今年"青春时光"展览的特点，不仅在于"四个新"，更在于它是在特别的时光举办的。今年是五四运动 100 周年，新中国成立 70 周年。所以，今年的"青春时光"展览有着特别的意义。

这个意义，就是省青年艺术家协会和青年艺术家们，以青春的名义，用艺术的成果，庆祝光荣而重大的节日，并以此向人民汇报，向祖国献礼。

习近平总书记在纪念五四运动 100 周年大会上作了重要讲话。我理解，在这个重要讲话中，有一个关键词，或者说中心词，就是奋斗。其中有三句话，令人印象特别深刻：

奋斗是青春亮丽的底色。

人生理想的风帆要靠奋斗来扬起。

奋斗不只是一句响亮的口号，而是要在做好每一件小事，完成每一项任务，履行每一项职责中见精神。

学习、理解、贯彻习近平总书记的重要讲话，就是要在"奋斗"二字上下功夫。青春是用来奋斗的。怎样奋斗？总书记讲了"三个一"：做好每一件小事，完成每一项任务，履行每一项职责。尤其是这个"小事"特别重要。一个人做点小事并不难，难的是做好每一件小事。小事不小，每一件小事加起来就是大事，就是事业。

对于青年艺术家来说，小事是什么？任务是什么？职责是什么？前不久，我在南京大学艺术学院硕士研究生毕业作品展上，对青年学生讲了"三个创"，即创作、创新、创业。

今天我着重讲讲创新。

创新是艺术的生命。创新是青年的优势。但实事求是讲，我省在艺术创作上，有两个明显的不足：一是青年人的作用发挥不够，二是艺术创新的气氛不浓。

这也是当初省文联为什么要成立省青年艺术家协会的主要原因。我们的初衷，就是要把全省的青年艺术家组织起来，发动起来，成为一支创作的主力军、创新的主力军。

省青年艺术家协会相当于一个"小文联"，它的好处是，不同专业、不同门类、不同界别的青年艺术家汇聚在一起，可以促成思想的碰撞、跨界的交流、艺术的融合。这正是艺术创新的必备条件和主要途径。

有人认为，如今艺术创新出现了一个新的趋势：从继承创新到综合创新，从相互借鉴到跨界融合，从形式改变到要素叠加。这个说法不一定完全准确，但它告诉我们，创新本身也在创新、也要创新。

比如美术，过去一讲到创新，总是讲写实、写意、抽象、变形，总是在自身的圈子里转，而现在的美术创新，不仅是继承创新，而且有综合创新、跨界创新，注入新思维，融入新元素，创造新方法，给人以全新的艺术体验。

我看，今天的展览，就有这样的作品。这很好。当然，艺术创新很难。创新有风险，但不创新风险更大，甚至可以说根本没有出路。所以，我们的青年艺术家，我们的青年艺术家协会，一定要坚持创新、支持创新，走出一条勇于创新、善于创新的奋斗之路，奋斗出一片崭新的艺术天地。

青春时光是宝贵的，也是短暂的。像我们这样的人，青春时光已成为过去时，也就更加觉得青春时光的宝贵与短暂。习近平总书记在纪念五四运动100周年大会上的讲话中，列举了许多青年时期大有成就的名人伟人，几乎都是在20岁左右。以此来对照，今天现场的青年艺术家也不是非常年轻了，或者说，你们的青春时光也不是太多了。

所以，你们一定要珍惜，一定要抓紧，做到只争朝夕、时不我待，用奋斗精神、用实际行动，在青春时光发出青春之光、艺术之光，谱写青春之歌、奋斗之歌！

90后：后生可畏

在不到一个月的时间内，我两次来到这里观看展览，一是因为南大，二是因为青年。南京大学十分重视青年文化艺术人才的培养，许多优秀的青年艺术人才在这里得到培养，并从这里走向社会，走向全国。

在前不久的"美育之路"展览上，我看到了多位艺术硕士研究生的美术作品；今天，我又看到了南大青年教师成懋冉的书法作品。看了之后，我不禁从心底里发出赞叹：90后，后生可畏！

看了小成的展览、小成的作品，我有几个没想到：一是没想到现在的年轻人能对传统文化的东西如此热爱，如此执着，如此持之以恒；二是没有想到90后的年轻人能把书法写得如此精到、如此老练、如此厚重；三是没想到她这个年龄已经办了多次高规格的展览，引起了教育界、文艺界的重视与肯定。

说实话，我们对90后年轻人其实不是太了解，有时会有些偏见，有些担忧，甚至有些看不惯。近来，我多次参加年轻人的活动，看他们的作品，与他们交流，已经改变了原先的看法，我看到了他们的聪明，看到了他们的努力，看到了他们的成果，更看到了希望！

就拿小成来说，她从小喜欢书法、学习书法，一直坚持下来，现在已经达到了相当高的水准。她的路子正，从传统开始，在碑帖上下足了功夫；她对传统、对书法有深入的了解与理解，不是肤浅地学些皮毛；她把学习、创作、展示结合起来。这很好，相互促进，利于提高，容易见效果、见成绩，一步一个脚印，在人生不同的季节里取得不同的收获。

我也喜欢书法，对书法有一些粗浅的认识。书法是中华传统文化的精华。书法是以汉字为对象、以笔墨纸为工具、以抒情表意为特征的独特造型艺术。这门艺术延续了上千年，古人把它写到了极致，达到了高峰，制定了标准。所以，我们要超越古人的书法很难，只能老老实实地向古人学习，向传统学习。怎么学习呢？有一句非常通俗的话，叫做进进出出。看了小成的书法，我谈几点认识与体会，有三句话：

第一句：先进后出。学习书法，首先要进得去，深入传统之中，老老实实地临摹，掌握扎实的基本功，没有捷径可走，只能下苦功夫、死功夫，否则写不好字，更谈不上书法。这个阶段主要是临帖。帖是最好的老师。

第二句：有进有出。进入传统之后，还要及时地跳出传统。不能一直沉浸在其中，不能完全对着古代碑帖依葫芦画瓢，要总结，要思考，要看看外面的世界，看看现代人的书法作品，并做一点自己的探索。然后，再回到传统中去，再去临帖，这时，你就会对传统有新的感悟、新的认识。这样进进出出、反反复复，既会有传统功底，又不至于深陷传统之中不能自拔。这个阶段主要要把临帖与读帖结合起来，记住它，理解它，融化它。

第三句：目标是出。也就是说，书法还是要跳出来，还是要去创新。书法的创新很难，因为古人创造了高峰，创造了标准。但我们还是要去创新，去突破。不创新，不形成自己的书法面貌，没有特色，没有标识，你临得最好，写得最好，也是没有用的，或者说艺术价值与艺术成就不会太高。当然，书法的创新，不可能离开传统，不可能另起炉灶，只能是在传统基础上进行创新。我主张，主要在书体风格、书法内容和表达形式上去创新。书法也要有时代性，要满足现代人的审美需求。

这样的书法创新，像小成这样的年轻书家是最有条件做的，也是他们最想做、最能做的。我衷心希望小成等年轻一代的书法家，在传统基础上大胆创新，创造新时代的新书法、新文艺、新高峰！

营造包容创新的良好环境

仲夏时节，江苏青年油画展又一次举办了。今年是新中国成立70周年。所以，这次展览正是青年艺术家用优秀艺术作品向祖国献礼。

江苏青年油画展是2016年创办的。当时创办的初衷是搭建一个新的艺术平台，以发现、培养、推出优秀青年油画艺术人才。第一届办得非常成功，吸引了来自全国各地青年油画家的踊跃投稿和积极参与，无论是评选还是展览，都做得很认真、很规范、很有新意，得到了广泛认可与好评。可以说是开了一个好头。

时隔3年，再次举办江苏青年油画展，得到了更为广泛的响应。本次展览共收到省内外投稿作品957件，比上届又有所增加，投稿画家主要是艺术院校师生和新文艺群体美术工作者。经评委会严格的初评与复评，最终评选出入选作品166件，其中优秀作品30件。这些入选作品和优秀作品，题材丰富，涵盖了现实生活、城乡景观、百姓情感、生存状态等许多方面，在艺术语言、艺术风格上也是多姿多彩、各展风骚，充分显示了青年艺术家的活跃思维和探索精神。

虽然是第二届了，但仍然只能算是开头，还在起步阶段。万事开头难，开头以后还是难，一直坚持办下去更难。我希望江苏青年油画展能坚持办下去。不光是办下去，而且要办成在省内外、圈内外有一定影响力的艺术品牌。说实话，现在还算不上品牌，甚至可以说与品牌还相去甚远，必须做长期的努力，加以精心的培育。

要培育成品牌，包括许多方面：名称的固定性，不要老变；定位的准确性，其宗旨就是发现、培养、推出优秀新人新作；质量的稳定性，要有标准、有门槛、有品质，只能提高，不能退化。这三条是一个品牌的基本要求。

这里，我对江苏青年油画展再提两条：

一是参与的广泛性。虽然名称是江苏青年油画展，但不局限于江苏，要面向全国；不局限体制内和协会内，要面向全社会包括体制外，尤其是新文艺群体中的青年油画家。这样有利于提高展览的质量和展览的影响力。

二是艺术的包容性。青年的特点就是创新。创新要有创新的环境与氛围。这环境与氛围很大程度体现在包容性上面。只要内容是积极健康的，其他方面尤其是艺术形式、艺术语言、艺术风格都可以放开些，鼓励大胆的探索、尝试、创新。我建议，江苏青年油画展在评选时，要拿出一定的比例，使一些创新性、探索性的油画作品入选，即使不够成熟、有争议的作品也可以入选。这样才能有生气、有活力，才能体现出青年油画展的特色与优势来。

习近平总书记曾在院士大会上提出，要在全社会积极营造鼓励大胆创新、勇于创新、包容创新的良好氛围。还曾对文化建设提出了"创造性转化、创新性发展"的要求。江苏青年油画展应当按照这个要求，在创造上做文章，在创新上下功夫，搭建艺术平台，做成优秀品牌，为江苏文化强省建设作出积极贡献。

书法犹如运河

当代中青年书法精英研究展不仅作者多、作品好，而且内涵特别丰富。一是立足当代，强调时代性。二是面向中青年，强调年轻化。三是关注书法精英，强调专业性。四是加强研究，强调学术性。

我对研究展尤感兴趣。现在，创作多学术少，作品展多研究展少。所以，强调一下研究与学术，很有必要。吴冠中说，画家不一定是思想家，但必须是思想者。同样，书法家不一定是思想家，但也必须是思想者，要思考，要研究，要有学术理论。言恭达先生在前言中提出了两个问题：中国书坛缺什么？我们将如何再出发？发人深省，值得深思。

前不久，我在北京参加南京书画院的院庆展览，在午餐时，我与灿铭等书画家边吃边聊，主要谈书法，大家笑称是"学术午餐"。交谈中，我们谈到究竟什么是书法，这是一个最基本的问题，但很难回答，很难说得准确、说得清楚。今天我借研究展的平台与氛围，谈谈我的看法。在书法专家、书法精英面前"班门弄斧"。

书法犹如运河。几天前，省人大常委会讨论大运河文化，我有个发言，我讲大运河是活遗产。我认为，文化遗产有活遗产与死遗产之分。活遗产是那些从开始出现到现在还保持和发挥着原有功能的文化遗产，比如大运河，它不仅千百年来奔流不止、生生不息，而且至今还发挥着航运和灌溉的原有功能，所以它还活着，还保持着旺盛的生命力，还在继续为人民造福。

而有些文化遗产，虽然还存在着，但已失去了原有的功能，比如长城，它已失去了防御的功能。比如故宫，它已不是皇宫。而书法就像大运河一样，是活着的文化遗产，它从产生的第一天起，一直到今天，它的实用与艺术功能一直保持着，而且不断蓬勃发展，成为中华传统文化和时代文化的精华与代表作。

书法如何定义。从古到今，书法的定义很多很多。定义是对一种事物本质特征和内涵外延的确切而简要的说明，是应当十分严谨、十分科学的。所以，我不敢给书法下定义，只能对书法谈点个人的认识。我认为，书法是以汉字为对象、以笔墨为工具、以中和为根本、以表意抒情为功能的造型艺术。

对此，我作一点扼要的阐述。第一，以汉字为对象，是讲书法内容的特定性。第二，以笔墨为工具，是讲书法工具的独特性。第三，以中和为根本，是讲中国书法体现中华文化精神，中者，中庸，适当适时也；和者，和谐，和而不同也。书法的文化精神特别重要，必须渗透到书法创作之中。从某种意义上讲，书法最能体现中华文化精神与哲学思想。第四，以表意抒情为功能，是讲书法的实用性和艺术性，表意是实用的，抒情是艺术的。最后归结为造型艺术，强调了书法的时间性、空间性和立体性。

书法有法无法。书法之法，一是指方法，即书写的方法。二是指法度，即书写的规范和标准。古人不仅创造了书法的方法，而且制定了书法的法度。所以说书法有法。但是，这个法有一个发展过程。老子的一个重要思想是无中生有，从无到有，从有到无。书法也是这样，先是无法，后来有法，再到无法。书法开始肯定是没有什么规范与标准的，后来在书法实践中逐步建立与完善起来。但这些规范与标准总要被突破、被创新，这就是无法。

需要强调的是，无法不是没有法、不讲法，而是上升到新的原点，创造新法，使书法有新的发展。所以，书法既要有法，又要无法；既要传承，又要创新。也就是习近平总书记所讲的，创造性转化，创新性发展。我们必须努力构建我们这个时代书法艺术的新内涵、新形式、新风格，使中华书法艺术犹如运河之水奔流不止、生生不息，不断推动新时代书法艺术繁荣发展。

奔涌吧，后浪艺术！

"春风"又绿江南岸。又一届"江左风流"青年书法篆刻展与大家见面了！

这是一个名副其实的展览。这个展览的宗旨、定位，以及参加展览的作者和作品，确实体现了"江左风流"。

"江左风流"是一个有历史底蕴又有浪漫色彩的词语。可分为"江左"和"风流"两个词。古人以东为左，以西为右。故而江左又称江东。确切地说，"江左"是指江南地区的东部。"风流"是指风度、仪表，特指遗风。如果抠字眼的话，用"江左风流"来做这个展的展名，并不十分确切，或者说不够全面。但我知道，"江左风流"是一个专有用语，有特定的含义，它指的是一种社会状态，一种人文风尚。所以，用作这个展览的展名也未尝不可。但我觉得展名可以不改，但展览应该拓展。

由"江左风流"走向"江南风骨"。从江左到江南，是地域上的拓展。从风流到风骨是内涵上的拓展。风骨既是风度也是气质，既是个性也是品格。前几天，我在宜兴讲座，讲到江南文化的特色、魂魄和品格，主要体现在四个方面：刚柔相济，开放包容，诗情画意，儒商同道。这些文化品格都可以体现到书法创作和书法事业上。即使是儒商同道，这个道也与书法之道有关。道可道非常道。这个道，就是正确的名利观和价值观。有了正确的名利观和价值观，书法就有了"江南风骨"。

再由"江南风骨"走向"江苏风采"。江苏包括了苏南苏北，地域更广，文化更多元。而"风采"则体现出时代的神采和时代的精神，我想这才是这个展、这个奖的价值和目标所在，即它的先锋性、敏锐性和创新性，充分展示青年书法艺术家的时代精神和时代风采。

讲到这里，我想到今年五四青年节期间在网上热传的一个朗诵视频，叫"后浪"。这个视频"一石激起千重浪"，千万人观看，百万人点赞。我看了这个视频，的确好，有共鸣，印象最深的有这样三句话：

一个国家最好看的风景就是这个国家的年轻人。

你们有幸遇见这样的时代，时代更有幸遇见这样的你们。

年轻人心里有火，眼里有光。

由此我认为，一个时代有一个时代的艺术家，一个时代有一个时代的艺术。青年艺术家可以说是"后浪"艺术家，他们的艺术可以称之为"后浪"艺术。同样，今天的展览，今天的展品，可以说是"后浪"书法艺术。

对此，我满怀羡慕，满怀敬意，满怀期许。

青春是用来奋斗的。青年是敢于创造的。

长江后浪推前浪，一浪更比一浪高。

最后我套用"后浪"里的一句词：

奔涌吧，后浪！

奔涌吧，后浪艺术！

长三角书法发展之路

在美丽的时节、美丽的地方，参加长三角优秀青年书法家精品邀请展暨长三角书法发展苏州大讲堂的开幕仪式。刚才先看了展览的作品，想到两句话：一句是，长三角不仅是经济上的金三角，也是文化上的金三角。从这次展览可以看到，长三角地区的文化底蕴、文化氛围和文化发展。第二句话，长江后浪推前浪，喜看群山多高峰。从这次展览可以看到，长三角优秀青年书法家群体正在崛起，他们有动力、有实力、有潜力，有希望成为一座座新的书法高峰。

在书法展览的同时，还有书法论坛。我本来也要参加论坛的，但有事去上海不能参加了。在这里，我先扼要地就长三角书法发展谈一点认识。

我认为，长三角一体化发展是一项系统工程，既是长三角地区即三省一市的联动融合发展，也是经济、文化、社会的全面协调发展。长三角一体化，包括经济一体化和文化一体化。经济合作手牵手，文化交流心连心。从某种程度上来说，文化对于长三角一体化具有重要的引领和推动作用。因此，我们必须主动作为，大胆实践，积极贡献。

书法作为文化的重要组成部分，同样应当在长三角一体化中占有一席之地，走出一条长三角书法发展之路。

一是创新发展之路。长三角地区长期受到江南文化的浸润，具有传统文化的深厚底蕴。这是基础，这是优势，但我们不能把它作为包袱，不能受其束缚，而应当在继承传统的基础上积极创新，正如习近平总书记所要求的，创造性转化，创新性发展，使书法事业的发展跟上时代的步伐。既要在书法创作的实践和理论上创新，又要在书法事业的体制和机制上创新，尤其是关注和培育书法新群体、新组织的成长与发展，形成具有时代特征的书法事业发展的新气象、新格局。

二是融合发展之路。江南文化本身就是融合发展、开放包容的结晶，这为长三角一体化奠定了坚实的文化基础。在长三角书法事业的发展进程中，同样应当走融合发展、开放包容之路。融合是江南文化传统，也是时代发展要求。我们要做好书法融合发展的大文章。在城市与城市之间，在地区与地区之间，广泛开展书法创作、书法研究、书法活动、书法展示等方面的合作与交流，积极打造长三角书法联盟，互学互鉴，共同发展。在书法与文化、书法与生活、书法与城市、书法与民间、书法与其他艺术门类等方面高度融合，让书法进入更为广阔的人文空间，发挥更大的社会效益，实现更大的艺术价值。

三是特色发展之路。一体化不是一律化，融合发展不是同质发展。在文化的发展包括书法的发展过程中，各地要扬长避短，发挥优势，彰显特色。要鼓励书家独辟蹊径，独树一帜，自成面貌。各个城市、各个地区也要在书法创作、书法传播、书法活动和书法人才培养上积极探索，采取全新的思路和独特的做法，各美其美，各展所长，让长三角地区出现各领风骚的书法高地和书法高峰，共同构成长三角地区靓丽的艺术风景线。

四是人文发展之路。非常之功，必待非常之人。书法事业的发展，说到底要靠书法人才队伍的不断壮大。要加强长三角地区的书法人才培养，前浪带后浪，后浪推前浪，使书法阵地人才辈出、新人涌现、后继有人。要加强长三角地区的人文交流，开展各类交流合作活动，促进书法要素在长三角区域内合理流动。要努力扩大书法创作队伍，尤其要吸引文化人和社会精英参与到书法创作、书法活动中来，务必保留好长三角地区书法的深厚人文传统，形成新时代的新文人书法，形成长三角地区的传统优势和时代特征，在全国和书法史上谱写新的篇章。

潮起江海，勇立潮头。推进长三角一体化，在"一体化"中实现"高质量"，这是新时代的新课题。我们既要有历史的耐心，又要有只争朝夕的紧迫感；既要注重经济的一体化，又要注重文化的融合发展；既要长远谋划、综合发展，又要干在当下、各展其长。让我们用文化的力量、艺术的高峰、书法的发展，为长三角一体化、高质量发展作出应有的贡献。

走出书法

天气越来越冷，书法越来越热。多年来，书法展层出不穷，书法热持续升温。这是值得庆幸的。但有这么一个说法：热运行，冷思考。我赞同这个说法，而且特别主张对当今的书法现象做一点冷静而严肃的思考。

我参加了这次十佳青年书法家作品展的评选工作。评选中，对于青年书家及其作品，我没有作更多具体的点评，而是着重就评选的原则和评选的方法提出了我的意见。总的来说，这次评选是比较科学合理、认真严格的，评出的青年书法家及其作品还是比较过硬的。

今天展出的十佳青年书法家的作品，我又认真地看了一遍，总体风貌令人欣喜。有的深入古法，与古为新；有的诸体皆精，善于融通；有的笔力雄健，气骨爽朗；有的清淡秀丽，风韵雅致；有的意象环生，巧中生奇……总之，后生可畏，后浪迭起。

然而，参加这次评选和参观这次展览，我也产生了一些想法，即对书法家，尤其是青年书法家，有一个大胆而不成熟的建议：走出书法！

——走出书法去读书。书法家不要为书法而书法、就书法而书法，而是要在书法之外用足功夫，尤其要多读书、多钻研，不断丰富自己的知识与学养，提高自己的理论水平和学术水平。

——走出书法去工作。在古代，真正有成就、有名望的书法家几乎都不是专业书家，但现在出现了一批专业书家，这是书法从实用性转向艺术性的结果，对于书法艺术的发展有着促进作用。但书法家不要企求或满足于当专业书家，即使现在是书法院、书法机构的专业书法家，也不要埋头只搞书法，而应当多参与各项工作，多参加社会实践活动，努力提高自己的实际工作能力、组织能力和管理能力，增加自己的阅历与见识，开阔自己的眼界与胸怀，提高自己的公众认可度和社会影响力。这对于成就一名真正的书法家是大有裨益的。

——走出书法去写作。现在许多书法家不会作诗作词，不会写文章，没有自己的文学作品和学术专著，这在严格意义上称不上真正的书法家，起码成不了名家大师。所以，书法家不要把所有时间和精力都用在书法创作上，而要抽出一定的时间与精力去思考、去写作，与一些诗文，出一两部学术专著。如果你有自己的优美诗文，不仅可以为自己的书法创作提供独特的内容，而且也利于传播与传世。历史留下来的许多名人名作，都是以书传文、以文传书。

总之，我们既要敢于走进书法，又要善于走出书法。如同书画界的一条成功经验：用最大的气力打进去，再用最大的气力打出来。

以上这些话，不知对不对，也不知该不该说。如果说得不对，就算针对我自己说的；如果说得有点道理，那就寄语于青年书家，并与各位方家共勉。

让青年艺术家走上艺术前台

　　"江苏十佳"优秀青年美术家作品展，是省文联为推出美术新人举办的艺术活动，已经连续办了几期。这次是青年油画家的作品展。通过严格的评选，选出了十位优秀的青年油画家，将他们的作品在这里展出。我看了这些作品，有三个非常深刻的印象：

　　第一，作品以现实题材为主，很多还是重大主题性创作，比如围绕全面小康、建党百年、民生热点等，题材非常广泛。对此，我感到很高兴。前几年，有些年轻的艺术家曾一度刻意追求纯艺术，对题材的选择不够重视，导致作品形式大于内容，甚至对重大主题创作不屑一顾。但现在，这些青年艺术家们能够自觉关注时代、关注生活，把聚焦点投射到现实题材上，这一点，我觉得尤其值得肯定。为什么这样说？因为艺术一定要能够反映时代、紧跟时代。如果离开了时代谈艺术创作，躲到狭小的工作室里搞自己的小情趣，追求所谓的纯艺术，那不是我们所倡导的艺术之路。

　　第二，作品体现了创新精神，从创作形式到艺术语言，创新意识始终贯穿其中，这也是青年艺术家们的优势所在。相对于老一辈艺术家，他们思想活跃，艺术观念新，表现手法亦有许多新的拓展。青年艺术家们在高校就接受了专业的美术教育，具有扎实的学术功底，同时他们也有条件接触国外的精品力作，并从中借鉴吸收其艺术之长，在中西方融合方面表现很突出。他们的作品虽然是现实题材、主题创作，但艺术性很强，而且是多种形式、多重艺术样式的叠加创作，表现力极为丰富。这些艺术家们虽然年轻，有的还是 90 后，但我认为，他们的有些作品已经可以称得上精品力作。

第三，展览推出了一批青年油画家，这也是让我最为欣慰的。江苏文化底蕴深厚、源远流长，在继承传统艺术方面，我们做得好，这也是我们的优势，但对于艺术创新和发展当代艺术，我们还需要大力倡导和加强。经过近几年的持续努力，我欣喜地看到，我们有了生力军，一批年轻的艺术家脱颖而出，他们给艺术带来了新的生机、新的活力。众所周知，江苏的老一辈和中年一辈的艺术家艺术实力非常强，在全国都有较大影响，但年轻一代曾经有所欠缺。我曾担忧省内艺术人才会青黄不接，但现在看来，江苏年轻一代艺术家已经成长起来，甚至有些人走上了前台，成为骨干力量，这是非常令人欣喜的。我们建设文化强省，其中一个重要目标是"文化人才队伍强"。这个强，强在哪里？我认为要强在青年这一代，要实现薪火相传、后继有人。所以，我们搞这次展览，既是要推出青年艺术家，展示他们的艺术成果，同时也要争取在社会上形成一种氛围，更加关注青年艺术家的成长，让他们的作品更多地面向社会，扩大他们的影响，使他们成为德艺双馨的新一代艺术家，为江苏文化强省建设挑起大梁、多作贡献！

文化是书画的核心

今年是新中国成立 70 周年，恰逢南京书画院建院 40 周年。在这国之大庆、院之大庆之际，南京书画院举办晋京书画展，有着特殊的意义。

几乎与我国改革开放的进程同步，南京书画院从成立到今天，走过了 40 年的历程。40 年，在历史的长河中只是弹指一挥间。然而，就在这短短 40 年里，中国从经济十分落后发展成为世界第二大经济体，创造了一个人间奇迹。随着时代与祖国的快速发展和巨大变化，南京书画院从无到有、从小到大、从默默无闻到声名远播，一跃成为在全省乃至全国有广泛影响力的知名书画院。多年来，南京书画院精品力作丰硕，名家大师辈出，成为我省文艺创作的一支生力军，为江苏文化强省建设作出了很大贡献。

树有根，水有源。南京书画院之所以能够成长为枝繁叶茂的艺术大树，是因为它深深扎根于南京这块深厚的文化土壤，取之于源远流长的金陵文脉。

金陵文化是以南京为中心所形成的文化圈，是中华文明的重要组成部分。从地域上讲，金陵文化与吴越文化关系密切，并带有明显的吴越文化特征。但在时空中看，南京因历史上三次"衣冠南渡"，中原文化与本土文化相融合，进而形成了别有特色、独具魅力的金陵文化，其特征是：南北交汇，融合新生，开放包容。金陵文化从古至今，延绵不断，长盛不衰，成为一条奔流不息、充满活力的文脉。而南京书画院正是金陵文脉所孕育的艺术苑地，具有深厚的历史文化底蕴。

有人说，中国书画是中华文化的精髓与核心。而我认为，恰恰相反，中华文化是中国书画的精神与核心。是中华文化孕育了中国书画，并为中国书画的创作与发展提供了不竭源泉与无穷动力。文化精神决定书画精神，文化性格影响书画性格。

就以南京书画院为例，它的办院宗旨和创作取向，就深受金陵文化的熏陶与影响，体现出融合创新、开放包容的特点。从南京书画院艺术家的构成来讲，从"金陵四老"到后起之秀，从首任院长林散之到朱道平、范扬，再到刘灿铭各任院长，包前孕后，广纳贤才，而且，始终坚持开放办院，各路名家为我所用，院里人才有进有出，形成人才队伍的良性循环。也就在前几天，刘灿铭院长又被调到省文联工作，任省书协副主席兼秘书长。

从书画创作上讲，既继承传统，又面向时代，创造性转化，创新性发展，艺术思想活跃，艺术风格多样，艺术作品精良。这在市内外、省内外的各类创作活动、展览展示、交流评比中得到充分体现，都取得骄人成绩。这次展览的作品汇集了南京书画院各个时期的代表作，是艺术的硕果、发展的步履、成就的缩影，我们为之钦佩与鼓舞。

文脉既是历史的，也是时代的；既是积淀的，也是流淌的。落其实者思其树，饮其流者怀其源。希望南京书画院坚持不忘本来、吸收外来，面向未来，以金陵文脉为不竭源流，以 40 周年院庆和本次展览为新起点，传承文化基因，倡导时代精神，构建艺术高峰，再创新的辉煌！

艺途留印

  江苏省现代美术馆成立至今只有五年的时间。五年，很短，转眼一瞬间。对于一个单位来说，还处在起步和初创阶段。更何况，它是利用现有的场地改造而成，只用了很小的投入。而就是这么一个新搭建起来的艺术展示平台，在短短的五年中，举办了近二百场各类展览，从"法兰西院士和吴为山雕塑作品联展"开始，先后举办了"海峡两岸书法名家作品展""人民的胜利""光影的想象""江苏省书画精品展""向人民汇报""艺开新境""乡愁""拓境流远""大风和畅""河山如画图""画说运河""翰墨新赋""光辉历程"等一系列有特色、有影响的重要展览，还创立了"春和景明""苏风艺韵""精英精品""名家名作""江苏雕塑月"等具有品牌效应的连续性、广泛性的展览项目。

  有活动就有影响，有展览就有效果，有创新就有活力，有持续就有品牌。这五年，江苏省现代美术馆异军突起，独树一帜，快速成长，声名远播，成为在我省乃至全国有影响、有地位的文化阵地和艺术平台，为广大艺术家的创作与展示，为我省文艺的繁荣与发展，发挥了积极而重要的作用。

  这次举办的"名家荟萃——江苏省现代美术馆五周年江苏当代名家作品邀请展"集中展示了冯健亲、赵绪成、宋玉麟、张杰、周京新、孙晓云等一批江苏省当代文艺名家的精品之作。今天同时举办的"艺途留印——江苏省现代美术馆五周年馆藏美术·书法作品展"也是省现代美术馆五周年馆庆展览之一。展览的作品，有的是省文联历年积累下来、交由省现代美术馆馆藏的作品，有钱松嵒、宋文治、魏紫熙、陈大羽、苏天赐、武中奇、尉天池等老一辈书画家的精品力作；也有这五年来省现代美术馆收藏和书画家赠送的优秀书画作品。虽然这些作品创作于不同时代，不同主题、不同风格，但都具有极高的艺术价值。

我们现在正在进行"不忘初心、牢记使命"主题教育。我认为，对于文艺团体和文艺工作者来说，初心与使命落实到实际工作和实际行动中，就是有担当、有所为。具体地说，就是要把工作做好，把事业搞上去。所以，我希望省现代美术馆的事业更上一层楼。

一是平台与舞台。平台是工作设施和工作条件，舞台是艺术展示的全万位空间。我们就是要让更多的艺术家站到这个艺术舞台上，充分展示其作品、才华、成果。

二是现代与当代。当初把名字确定为江苏省现代美术馆是为了区别于江苏省美术馆。而"现代"二字有着特别的含义。从时间上说，现代包括了当代。当代既是指时间上的当下、当今，更是指当代的精神、当代的意识、当代的语言。所以，江苏省现代美术馆更应注重当代性、创新性。

三是美术与学术。江苏省现代美术馆不光是要举办各种美术作品的展览，同时还应提高其学术含量，进行学术研究、开展学术活动。

江苏省现代美术馆是现代的，也是未来的；是艺术界的，也是全社会的。为此，必须确立"共建共享、服务为本；优化平台、有效引领；立足现代、观照未来"的办馆宗旨，以活动增强活力，以展览汇聚人气，以创新提升品质，以坚守打造品牌，不忘初心、牢记使命，把江苏省现代美术馆建成省内前列、国内一流的艺术平台和文化阵地，为江苏文化强省建设和文学艺术繁荣作出新贡献。

用精品礼赞祖国

国庆虽已过去，但全国人民仍然沉浸在庆祝中华人民共和国70华诞的热烈氛围中。今天，由江苏省委宣传部、江苏省文旅厅、江苏省文联共同主办的"祖国礼赞——庆祝中华人民共和国成立70周年江苏美术作品展"隆重开幕了。

70年，在历史的长河中弹指一挥间。但是就是在这70年中，我们的祖国从战争的废墟上构建起共和国的大厦，从经济十分落后发展为世界第二大经济体。这里，我仅举两个数据：我国用世界7％的土地养活了20％的人口；我们在世界第三大河——长江上，于新中国成立的第一天开始建设，从1座到现在的111座世界级跨江大桥，创造了人类历史的奇迹。而这样的奇迹不知有多少！

我们今天的展览，正是用美术作品记录和描绘我们伟大祖国的伟大奇迹和沧桑巨变，礼赞祖国，讴歌人民。全省广大美术家以高度的政治自觉和文化自信投入创作中，面向社会、着眼生活，从各自独特的审美角度讲述时代故事，表现社会风貌，为新世纪立传，为新时代树碑，表达他们对新中国70年辉煌成就的喜悦、自豪、赞美之情。

参与本次展览的创作群体，除了江苏省内的书画院、美术馆、艺术院校等各类专业单位的画家外，还包括广大新文艺群体。在各主办单位和江苏省美协的组织发动下，各年龄层次的书画家都积极参与到此次展览中来，潜心聚力，精心创作，所展出的作品或大气磅礴、直抒胸臆，或舒缓细腻、娓娓道来，或隽秀飘逸、轻盈洒脱。作品的艺术风格各异，形式多样，但都是作者精心构思、反复打磨的优秀作品和艺术成果。

时代的发展和社会的进步为文艺创作提供了无穷的源泉，开辟了广阔的天地。明年（2020 年）是我国全面实现小康社会之年，后年（2021 年）是中国共产党成立 100 周年，这就为我们的文艺创作提出了新的要求，提供了新的机会与平台。广大文艺工作者要以新的姿态投身到新的创作中去，拿出无愧于时代、无愧于人民的经典之作。

中国的昨天已经写在人类的史册上，中国的今天正在亿万人民的手中创造，中国的明天必将更加美好。

让书法"活"在当下

今天的展览既是江苏省委宣传部主办的紫金文化节系列活动之一，也是庆祝改革开放四十周年的主题展览。

我们这个年纪的人都是改革开放的亲历者和参与者，对改革开放的过程非常了解。可以说，这四十年是我国历史上最伟大、变化最深刻的四十年，我们的国家从经济十分落后一跃成为世界第二大经济体，创造了中国奇迹，乃至世界奇迹，这非常了不起。这四十年的发展与变化可能世界上许多国家需要上百年才能达成，而且也未必能够达到这样的成就。因此，我们的艺术家应当用书法、绘画、音乐、舞蹈等一切艺术形式来讴歌这伟大的四十年。本次"翰墨新赋"展览就是用书法的形式来颂扬、反映改革开放四十年来的伟大历程和卓越成就。

刚才我陪几位领导欣赏了展览，在参观过程中，我很有感触。我认为展览的名称起得非常好——翰墨新赋。"翰墨"专指书法；"新"是新时代；"赋"既可以作为名词，指诗文，也可以作为动词，即赋予展览深刻的内涵。我们的书法不能就书法而书法，而必须赋予它更多的意义。

应赋予书法思想内涵。我曾经和尉老讨论过，书法可以说形式就是内容，笔墨就是内容，但并不是全部，书法的内容还包括文字内容，抛开文字内容就不是完整的书法作品。因此，在书法创作时，一定要把书法的艺术、形式和内容等要素有机结合起来。有些展览的书法水准很高，但内容是老一套，许多都是古诗词或重复性的内容。要办书法展览，就要赋予它思想内容。本次展览很成功，有主题有内容，歌颂改革开放，歌颂江苏四十年的成就，形式也丰富，有诗文、有赋。

应赋予书法丰富情感。书法是以笔墨为工具、以汉字为对象的造型艺术，同时它也是抒情表意的艺术，如果只有内容，没有情感，写不出好的作品。历史上《兰亭序》《祭侄文稿》《满江红》以及毛主席的书法作品等都是包含情感的自作诗文，所以才能成为经典。书法既要有内容，又要有情感，要写到自己激动才能出精品。前不久，我到徐州参加尉老艺术馆的开馆，尉老的作品不光是书法的艺术水准高，而且内容和形式之间、情感和形式之间都有非常密切的联系。

应赋予书法时代气息。书法是传统文化、传统艺术，但在当下应成为活的艺术，要有时代气息，不能一说到书法就是传统文化。笔墨当随时代。书法也一定要紧跟时代、反映时代，这样才能有生命力。我认为今天的展览就比其他一些书法展览更有生命力，更有时代性，更有意义。

总之，书法艺术的研究和创作一定要活起来，活在当下，有血有肉，充满生命力，只有这样，才能把书法艺术提高到新的境界、新的水平。

以艺术的名义向无名英雄致敬

最近一个阶段，庆祝中国共产党成立 100 周年的展览有很多，但今天的展览，既是庆祝建党百年的主题展，又是以隐蔽战线为题材的特色展。

我是第一次参加这样的展览。由于隐蔽战线的特殊性和保密性，我们对它的了解不太多。我从小听过宜兴老乡——隐蔽战线杰出代表潘汉年的故事，对隐蔽战线的人与事有所耳闻，并对这条战线上的共产党人抱有崇高敬意。今天的展览，用艺术的形式歌颂党，并反映隐蔽战线的卓越成就，我觉得非常有意义。

再过 20 天，就是中国共产党百年华诞。100 年在历史长河中转瞬即逝，但放到中国发展史上看，这 100 年来，中国至少创造了"四大奇迹"，也可以说是"四大神话"：

政治奇迹。从最初 50 多个党员的弱小政党，发展到拥有9000 多万党员并长期执政的全球第一大政党。这在世界上绝无仅有。

军事奇迹。中国共产党领导的人民军队，用小米加步枪打败了号称武装到牙齿的国民党军队。这是战争史上的辉煌篇章。

经济奇迹。一个贫穷落后的国家，经过艰苦卓绝的奋斗，一跃成为世界第二大经济体。如果按经济总量来衡量，可以说已迈入强国行列。这是巨大的历史性跨越。

社会奇迹。中国原来是农业大国、人口大国，长期贫困落后，长期四分五裂，但在共产党领导下，中国人民站起来、富起来、强起来了，而且还实现了全面小康。千年梦想、百年梦圆。这是中国社会发展的里程碑。

　　我们完全可以这样说：

　　一百年守望初心，

　　一百年砥砺奋进，

　　一百年沧桑巨变，

　　一百年苦难辉煌。

　　这都是在中国共产党领导下取得的伟大成就。

　　在百年历程中，一直有两条战线在不懈地坚持战斗，一条是公开的战线，另一条是隐蔽的战线。

　　隐蔽战线也是战线，而且是重要的战线；

　　无声战斗也是战斗，而且是危险的战斗；

　　无名英雄也是英雄，而且是伟大的英雄。

真的让我震撼了！

　　江苏省文联曾经在省现代美术馆创办了"江苏雕塑月"，吴为山先生评论说，江苏比其他地方多了一个月，那就是"雕塑月"。如今，江苏又比其他地方多了一个季，那就是"版画季"。而且，打出了这样的宣传语："三大版画展"震撼来袭！

　　今天，我提前来看了展览，真的让我震撼了。为什么震撼？

　　首先是主题超级新。这次展览的主题是："不忘初心·心向未来——喜迎党的二十大。"这个主题是今年文艺创作和文艺活动的重要主题。展览以此为主题比较早地拉开了我省喜迎二十大主题文艺活动的帷幕，记录新时代、镌刻新时代、讴歌新时代，充分展现了文艺工作者坚定不移跟党走的决心和奋发有为的时代精神，用艺术作品向党的二十大献礼。

　　其次是阵容超级大。这个展览包括了"桃花盛开·2022 中国版画作品展""青春飞扬·2022 中国青年版画家提名展"和"青春飞扬·中国青年版画家提名展 5 周年特展"，汇集了 221 位中国现当代最具影响力的版画艺术家近 5 年创作的精品力作和经典代表作 271 件。

　　第三是展期超级长。现在的各类展览，短则几天，长则几周，一个月时间的很少很少，有的刚刚开展就要闭展，开幕式就是闭幕式，这样其实很不经济，甚至有点劳民伤财。而这个"版画季"的活动跨度大、展期长，参观的人数自然也就多，无论是社会效益还是经济效益都会更好。

再就是作品超级好，这是最主要的。"桃花盛开展"展出 77 位中国现当代最具影响力版画艺术家的代表作品 77 件，其刚柔相济的刻痕，变幻莫测的线条，斑驳沧桑的肌理，蕴含着艺术家深刻的艺术思想，展现了中国版画艺术的创新成果。"青春飞扬展"则集结了"新锐"版画人才力量，展出了 30 位提名版画家的 80 件作品，风格多样，版种齐全，展现了多元的艺术风格和崭新的时代风貌，呈现出当代青年版画创作的最新成果、最新探索与审美追求。这次展览还专门设置了"青春飞扬·中国青年版画家提名展 5 周年特展"，将 114 位提名版画家最新创作的 114 件作品进行一次梳理、总结、展示。本次展览的版画作品主题鲜明、创意独特、设计巧妙、刻工高超、画面精美，不仅做到了"思想性、艺术性和观赏性相统一"，而且达到了"思想精深、艺术精湛、制作精良"的高标准，可以这样说，这是一次精品力作和经典之作的大汇聚与大检阅。

最后，我要借此机会，扼要谈一谈版画。

版画是视觉艺术的一个重要门类。当代版画是由艺术家构思创作并且通过制版和印刷程序而产生的艺术作品。我国在 20 世纪 30 年代以前的版画都是复制版画，一直到 1931 年，鲁迅先生倡导新兴木刻，开始有了我国自己创作的真正意义上的现代版画。现代版画从它诞生之日起，就和中华民族的解放事业紧密相关，与广大人民群众的命运血肉相连，它是中国革命文艺的一个重要组成部分，也是主题创作的最重要、最好的艺术样式之一。

我省也可称为版画强省，全国著名版画家彦涵是江苏连云港人，他是中国现代版画的代表人物之一。我省老一辈版画家有陈琦、吴俊发等，在全国很有影响。现在，我省版画界的领军人物有陈新建、陈超等，他们对当今版画的创作、策划、组织发挥了重要作用。

这几年，江苏大剧院美术馆又为我省版画创作展示以及版画人才的培养搭建了一个新的平台，独树一帜，有远见、有创新、有担当，值得充分肯定。在江苏，国画的主要阵地在省国画院，油画的主要阵地在南艺、南大，粉画水彩的主要阵地在南师，雕塑的主要阵地在南大和省文联，而版画的主要阵地在省美术馆，现在大剧院美术馆又加入进来。它们各有侧重，各展其长，相互合作，共同发展。我希望江苏大剧院美术馆把版画这件事坚持搞下去，建好平台，做出特色，形成品牌，为我省文艺繁荣作出积极贡献。

解读"宿迁现象"

"现象"这个词有两种解释，一种是指人能够感受到的一切事物，还有一种是专指在文化艺术界某种创作或研究而引起的社会反响和社会效应。我们今天看到的"宿迁现象"就是指的第二种。

"宿迁现象"主要表现在：

一是改变。我在文化厅时，对各地艺术包括书画的发展就非常关注，也多次参加各市的展览。10多年前，宿迁在书画艺术方面与其他市相比还比较薄弱，但近几年再看宿迁的书画展览，我觉得有非常大的改变和进步。

二是群体。宿迁书画艺术的发展并不是集中在几个人身上，而是出现了一个艺术群体。每次看展览，我都能够发现许多新的中青年书画家。

三是获奖。以前我们的获奖区域主要集中在苏南或徐州等地，但近几年，宿迁在全国全省的各类比赛中也取得了很好的成绩。目前，宿迁有8名书法家10人次在中国书法"兰亭奖"评选中获奖或入展，在全国美展、中国百家金陵画展等全国重大美术展赛中也多有获奖，并在省美术馆举办了首届书画家晋省展、"苏风艺韵·视觉宿迁"书法美术摄影精品展等，成果丰硕。

透过现象看本质，我认为"宿迁现象"的本质有三条：

首先，文化底蕴是基础。宿迁是江苏省最晚成立的省辖市，历史虽然不长，却有很深的文化底蕴，而文化的发展往往和文化底蕴密切相关。宿迁是项王故里，也是西楚文化的重要发祥地。楚风回荡，汉韵流淌，风云际会的楚汉文化，造就了宿迁崇尚武功、厚情重义的文化精神内质，也孕育了古往今来名人辈出、灿若繁星的宿迁文化气象。这是宿迁宝贵的精神文化财富，也是宿迁时代文艺发展的历史文脉和重要源泉。

其次，领导重视是关键。经济发展和文化艺术发展不完全呈正比例关系，影响文化艺术的很重要的一个因素是当地的政府领导对艺术是否重视。这几年，宿迁从市委市政府到文化主管部门，各级领导对书画艺术都相当重视，不仅重视硬件的完善，而且重视软件的建设，积极营造宽松良好的创作氛围，搭建高水平的成长展示平台，为优秀作品、优秀人才的涌现开辟了途径、畅通了渠道。这也是"宿迁现象"产生的关键。

再次，人才队伍是根本。书画艺术的繁荣，说到底靠的是艺术人才。近几年宿迁在培养本地人才的同时，从全国全省多渠道引进人才。当然，仅仅靠引进是不够的，今后如何进一步用好人才，也很重要。

我认为，本次"宿迁现象"展览和研讨活动的意义是多方面的：

第一是有时代价值。伟大的时代需要伟大的艺术，创作是艺术家的中心任务，作品是艺术家的立身之本。我们之所以举办"宿迁现象"的展览和研讨，就是因为"宿迁现象"有它的时代价值。艺术创作是文联和所有文艺单位的中心任务和立身之本，宿迁创造以书画艺术为龙头的艺术繁荣同样也是时代之需。

第二是有研究价值。为什么宿迁在短短十多年能够产生"宿迁现象"？能够在比较薄弱的基础上形成书画艺术的繁荣？这些问题都是值得研究的。

第三是有推广价值。我省文化艺术的发展并不平衡，仍有一些市县比较薄弱。这些市县如何实现艺术的繁荣，都可以从"宿迁现象"中学到经验。我认为有必要将"宿迁现象"向外推开，在全省一些地区推广宿迁经验，以繁荣全省的文化事业。

最后，我对宿迁提几点希望：

一是要有可持续。有的现象一闪而过，有的现象则是可持续的。能持续下去的往往就会成为品牌、名片，变成真正的优势。"宿迁现象"虽然已经形成十多年，但如何可持续地延续下去，需要继续重视。

二是要构筑高地。如何在平原上构筑文化高地、艺术高地，这里面有大文章。虽然宿迁已经取得了一定的成绩，但真正要成为高原高地，还要继续努力。

三是要形成独特的风格。江苏文化最大的特征是吴韵汉风，但现在"吴韵"比较明显，"汉风"却凸显得还不够。宿迁要利用好地理优势，强化艺术上的楚汉雄风，形成自己的风格。

总而言之，我们对"宿迁现象"给予充分肯定，也希望"宿迁现象"能够创造出更多的艺术成果，在全省乃至全国产生更大的艺术影响。

书法有法　书道有道

　　盼望已久的"全国第三届书法临帖作品展"，今天来到江苏巡展。本次展览具有多重的非凡的意义。它是贯彻落实文化传承发展座谈会的一次表率性行动，也是书法艺术创作的一项引领性举措；它是书法普及与提高的一种指导性方法，也是对待传统文化包括书法的一个坚定性态度。

　　习近平总书记在文化传承发展座谈会上指出："中华优秀传统文化有很多重要元素，共同塑造出中华文明的突出特性。"无疑，中国书法是中华优秀传统文化的重要元素之一，是中华民族最具代表性的艺术瑰宝和文化标识，也是中国精神的典型象征。它既具有实用性、艺术性和独特性的自身特征，又具有中华文明的连续性、创新性、统一性、包容性、和平性的共同特征，蕴含着丰富的哲学思想和人文精神。

　　在 3000 多年的发展历史中，中国书法始终焕发出无穷的魅力和灿烂的光辉，令世人仰慕，令国人自豪。我们看到，中国书法犹如一座高峰，耸立在中华大地的文化高原之上，风光无限，独领风骚；我们看到，中国书法犹如一片星空，在浩瀚无垠的苍穹里，名家大师，群星闪烁；我们看到，中国书法犹如一条运河，川流不息，奔涌不止，灌溉着深厚的文化土壤，滋润着艺术之花尽情绽放；我们看到，中国书法犹如一个富矿，蕴藏着丰富的文化艺术资源，为中华民族创造出源源不断的精神财富。

因此，传承和发展书法艺术，是我们重要的文化使命。本次书法临帖作品展，以高度的文化自觉和文化使命感，全面展示了当前书法界倡导研习传统经典的阶段性成果，呈现出近年来书法家致力于书法艺术传承与创新的时代风貌，给我们诸方面的示范与启示——

一是知帖与选帖。数千年来，书法艺术高峰迭起，积淀丰厚，名家辈出，经典名篇浩如烟海、不可胜数。要临帖首先要知帖和选帖。知其然知其所以然。只有认识经典，选准法帖，同时又适合自己的胃口和路子，才能很快上手，达到预期的临帖效果。从这次展出的临帖作品来看，几乎都是临写的法帖和经典之作，比如行书有王羲之的《兰亭集序（神龙本）》、王献之的《中秋帖》、苏轼的《前赤壁赋》等；草书有陆机的《平复帖》、张旭的《古诗四帖》、怀素的《自叙帖》等。知帖选帖的过程，正是向法帖学习、向经典致敬的过程。

二是读帖与临帖。相传米芾年轻时听说有位秀才字写得极好，就去请教。秀才看了米芾的临帖后说："跟我学写字可以，但要买我的纸，五两文银一张。"米芾因心疼纸贵，每当临帖时，总是读帖多遍，还常常在空中比划，待胸有成竹时方才落笔临帖，终成一代大师。从某种意义上说，读帖比临帖更重要，通过反复读帖，记住它、理解它，进而烂熟于心，印在脑海，方能落笔有数、临帖有形。而现在有些人，临帖前几乎都不读帖，到临帖时要么看一眼写一笔，要么边临边忘，效果很不好。而这次展出的临帖作品，字法准确，线条流畅，章法严谨，布局合理，给人以"似曾相识燕归来"的感觉，可见书者读帖之多、印象之深、掌握之准。

三是形似与神似。形似是指字的外貌、表象、轮廓与范本相似。而神似则是在形似的基础上，能表现出范本的精神、气质、风采。临帖先要做到形似，掌握好字法、章法和墨法，进而领会和表现出范本的神韵、气质和精神，达到神似。形似与神似是临帖要义之所在。相对来说，形似容易神似难。而这次展出的作品，不是依葫芦画瓢，而是形神兼备，既注重外在形象的逼真，又注重内在精神气质的相通，深得范本之精髓。

四是临习与创作。临习法帖固然重要，但不是目的。临帖的目的是创作、是创新。书法是从"无法"到"有法"、从"有法"到"新法"的演进过程，而书法创作则是从"读帖"到"临帖"、从"临帖"到"出帖"的进步过程。这就是孙晓云主席题写的本次展览的主题"与古为新"。临帖不能"死临"，即使达到以假乱真的程度也无价值与意义。所以，我们要把临帖与创作结合起来，边临帖边创作，边创作边临帖，用最大的力量打进去，用最大的力气打出来，这样循环往复、周而复始，进而达到书法创作的新境界、高水平。刚才我在展厅看到，每个书家有两幅作品，一幅是临帖作品，一幅是创作作品。其创作作品既讲法度又有风格，既有共性又有个性，既有传承又有创新，这为人们学习书法、创作书法起到了很好的示范效果。

示范就是引领。本次展览倡导临帖之风、传播临帖之义，示范临帖之法，对于书法艺术的守正创新、传承发展必将起到积极的推动和引领作用。这里还要指出的是，临帖不能一蹴而就，而是书家毕生之事。几年前，我在沈鹏先生的书房里，看到墙上挂着的许多新近临摹的书法作品。几天前，尉天池先生在收徒仪式上告诉学生，他至今坚持临帖，希望学生持之以恒地临习多种书体。两位先生都是名家大师，都已八十多岁，他们尚且如此，其他老中青书家更要注重临帖。

书法有法，书道有道。让我们在临帖中创新，在创新中提升，在传承中发展，不断攀登书法艺术的时代高峰！

做有风骨的艺术家

本次展览之所以能够吸引如此多的领导、专家、学者和艺术家，有两个"关键词"起了关键作用：

第一个关键词是"博士"。一般说来，博士不一定要搞书法，书法家也不一定要博士学历，但这次展览是博士书法展，可想而知，参展作者都是书法博士，他们不仅要精通书法，而且在学术理论上有一定的造诣。同时，参展作者大多在学校工作，还承担着传道、授业、解惑的职责。因此我认为，他们的作品具有较高的水准，有些可以说是书法界的高峰。当然，不是所有的博士都已经达到书法高峰，他们还在不断地学习、探索、提高过程之中。

第二个关键词是"风骨"。风骨既指做人，也指做文。从古至今，文人既要做人，又要做文，所以最要讲风骨。东晋陶渊明的"不为五斗米折腰"，这是一种风骨；北宋文人张载的"为天地立心，为生民立命，为往圣继绝学，为万世开太平"，也是一种风骨；南宋文天祥的"人生自古谁无死，留取丹心照汗青"，同样是一种风骨；近代鲁迅先生的"横眉冷对千夫指，俯首甘为孺子牛"，更表现了文人的风骨。

做人、做文都要讲风骨。那么，在当今时代，什么是文艺家的风骨？什么是文艺作品的风骨？文艺家要做时代风气的先觉者、先行者、先倡者，文艺作品要有筋骨、有道德、有温度。这正是文艺家和文艺作品应有的风骨。

如果把"风骨"二字具体落实到书法创作中，是很有学问的，也是有难度的：中国的毛笔是世界上最柔软的书写工具，墨汁是最沉重的颜色。柔软的毛笔要写出筋骨不容易，沉重的墨色要写出风采也不容易，而这正是中国文化、中国书法艺术的魅力所在。

其实，风骨不仅仅是对书法艺术的要求。我们的领导要做有风骨的领导，我们的学者要做有风骨的学者，我们的艺术家要做有风骨的艺术家。愿我们以此共勉，共同为建设"强富美高"新江苏、建设文化强省作出应有的贡献。

新象　气象　心象

中国艺术研究院国画院第五届院展来到南京展出，是真正意义上的"传经送宝"，机会难得。今天来的画家和观众特别多，我也是提前过来参观展览、欣赏画作。看了之后，眼睛为之一亮，精神为之一振。这的确是一个极其高端的展览，代表了当今中国画创作的最新成果、最好水平，给我们呈现出"三个象"：

一是"时代新象"，即：山河壮丽，人民豪迈。今天这个展览，标题就是主题，用笔墨记录时代发展，用图像彰显时代精神。从展览的作品中，我们看到了美丽的自然景色和日新月异的城乡面貌，看到了人民群众的生存状态和幸福生活，看到了新时代的社会、科技、经济、人文、生态的多姿多彩。这种时代新象，不是纯自然、纯客观的表象，而是现实的缩影、艺术的再现，给人以深刻的印象和美的享受，而且也是用生动形象的艺术画面向时代报告，向人民报告，向未来报告。

二是"艺术气象"，即：和而不同，百花齐放。今天的这个展览，也反映出当今国画艺术的崭新气象。在这里，传统与现代交相辉映，写实与写意相互融通，个性与共性相得益彰；在这里，不同的创作题材、不同的创作方法、不同的艺术风格各领风骚、各展其长、各美其美、美美与共，一派和谐共生、欣欣向荣的艺术气象，充分体现了艺术在新时代的繁荣发展。

三是"画家心象"，即：雄心勃勃，激情澎湃。中国不乏生动的故事，关键要有讲好故事的能力；中国不乏史诗般的实践，关键要有创作史诗的雄心。中国艺术研究院国画院的画家们既有这样的雄心，也有这样的使命感；既有这样的激情，更有这样的能力。他们站在时代的前列，关注国家命运，反映人民心声，书写时代精神，创作了大量增强人民精神力量的优秀作品，大大丰富了中国画的审美形态，创造出中国画新意象，展现出新时代的中国形象、中国表情。

"象"往往是指现象，但透过现象看本质，我们可以从"三个象"中深刻地认识到：

新时代拓展了艺术创作的广阔空间。中国式现代化建设的生动实践和社会、人文、民生、科技、生态的多姿多彩，为中国画创作提供了取之不尽的丰富题材。

新时代催生了艺术创作的崭新路径。时代变了，笔墨不得不变。新观念、新手段、新方法推动了艺术的创造性转化、创新性发展，意象造型、笔墨结构、写意精神等中国画的本体内核在新时代实现再生长；造型、色彩、构成、媒材等方面的探索，突破了中国画的固有边界，提升了中国画的艺术感染力。

新时代激发了艺术创作的极大热情。艺术家是新时代的敏锐体验者与感受者，他们把自己的艺术理想及艺术实践融入时代，将时代精神、民族精神灌注到艺术创作之中，自觉地担当起为时代讴歌、为人民写照的历史责任。

这次展览不仅给我们送来了一个精品大展，也为我们呈现了时代新象，提供了艺术启示，树立了创作标杆。我们衷心感谢中国艺术研究院国画院，同时，我们也真诚地向他们致敬，向他们学习，学习他们的艺术理想、艺术理念和创作经验，进而促进我省画家开阔眼界、开阔思路，进一步提高创作水平，创作更多更好的国画艺术作品，奉献于时代，奉献于人民！

看见与想到

今天这个展览的名称是"不仅仅看见——新现实主义水墨研究展"。虽然是不仅仅看见，但还是让我们见到了不一样的东西。

见到了什么呢？

我见到了许多新的面孔。除了我省几位画家外，其他画家虽然是久闻其名，但大都是第一次见面。更主要的是，不仅是那么多新面孔，而且有那么多新作品。这几年，各类画展不知看了多少，大多是似曾相识、大同小异。而看今天的展览，看这个展览的作品，面目全非、面貌一新，的确是难得看见的展览。虽然是难得看见，但我们有幸看见了。而且不仅仅是看见，也想到了许多。

想到了什么呢？

我想到了艺术发展最基本的、最现实的，也是老生常谈的问题：创作什么？怎样创作？这个问题看似简单，但着实并不简单。我想，这个问题也正是这次"研究展"所要研究的问题。

我们进入了新时代，新时代要有新文艺，新文艺离不开新作品，新作品必须有新理念、新方法。"新现实主义"就是在新时代提出的新的创作理念和创作方法。

我认为，"新现实主义"首先是现实主义，根本还是现实主义。所谓现实主义，一般理解为关心现实与实际。在艺术上，现实主义是指对自然或当代生活做出准确的描绘和体现。随着时代和社会的发展，现实主义思想与方法，也在不断更新和发展，出现了许多观点和流派。今天，一批具有创新思想与创新实践的画家们，又提出"新现实主义"的概念，并试图在理论上加以研究，在创作中加以实践。我觉得这是很有意义的，值得充分肯定。

我个人理解，"新现实主义"之新，应当在立足现实主义的基础上，做到"五个新"：

一是新理念。笔墨当随时代。今天的艺术创作必须紧贴新时代，适应新时代，充满人文精神与人文关怀，引领价值观，传递正能量。

二是新题材。艺术创作必须关注当下，关注现实，多进行现实题材作品的创作，讲好中国故事，反映时代风貌，使艺术作品成为我们这个时代的重要标识。

三是新视角。用独到的眼光观察大自然，观察现实生活，从中捕捉到新素材、新元素、新东西、新的闪光点，用于艺术创作。

四是新语言。艺术语言是艺术表现的重要手段与方法，是艺术创作的载体。从某种意义上来说，艺术语言的创新对于艺术创作具有决定性、根本性的作用。"新现实主义"落实到中国画创作上，就是"新水墨"，新的水墨语言。今天展览的作品，许多就是运用了新的水墨语言，呈现出具有现实气象、时代气魄的"新水墨"。

五是新媒体。艺术离不开传播，传播离不开媒体。在当今时代，新艺术离不开新媒体。我们不要把新媒体仅仅当作是媒体，当作传播手段。今天的新媒体既是载体又是内容，既是工具又是文化。所以，"新现实主义""新水墨"一定要与新媒体相融合，相辅相成，相得益彰。

广大文艺工作者要坚持以强烈的现实主义精神和浪漫主义情怀，观照人民的生活、命运、情感，表达人民的心愿、心情、心声，立志创作出在人民中传之久远的精品力作。让我们在"新现实主义"中注入现实主义精神和浪漫主义情怀，在"新水墨"中体现时代精神和人民情怀，创作新文艺新作品，构建新时代新高峰！

热情拥抱"智能艺术"新时代

今天是"五一"长假后上班的第一天，也是"五四"青年节。我应邀参观了一个青春的、全新的、独特的、超乎想象的展览。

这个展览要从飞速发展的新科技说起。

这几年，因创作又一部长篇纪实文学《向苍穹》之需，我采访了10多位中国科学院院士和首席科学家，有机会了解到高新科技的最新动态，接触到科技发展的前沿问题，使我大开眼界，拓展甚至颠覆了我的认知。

比如"暗物质"。我们从小到大都认为，整个世界、整个宇宙都是物质的。而现代天文学通过天体的运动、牛顿万有引力的现象、引力透镜效应、微波背景辐射等观测结果表明，宇宙中的物质只占到5%左右，而暗物质可能大量存在于宇宙中，其质量占全部物质总质量的95%左右。

比如"黑科技"。是高科技演变出的更强大或者更先进的技术以及创新。它具有隐藏性、突破性和开拓性，是超越现有科技水平的创新高科技，包含新硬件、新软件、新技术、新工艺、新材料等。

比如"元宇宙"。它源自科幻小说的一个词，而如今，元宇宙真的来了。我理解，元宇宙就是"现实世界虚拟化，虚拟世界现实化"。两个宇宙通过数字化相互交融。今后人类就要生存和生活于这两个世界、两个宇宙之中。

比如"超智能"。也称超级人工智能。它有多厉害？它能像真正的人一样跟你聊天，能翻译，能做题，能考试，能作曲，能撰文案，能编代码，能写论文，能构思小说，能写工作周报，能写视频脚本……总的说来，人工智能将使机器能够胜任一些通常需要人类智能才能完成的复杂工作。

无疑，高新科技的发展，不仅改变着我们的认知，也改变着我们的生产方式和生活方式，甚至改变一切，包括艺术创作。

新科技为艺术插上了新的翅膀。未来之艺术，也许就是"艺术＋技术"的艺术，进而形成一个全新的"艺术元空间"，构建一个独特的"艺术元宇宙"，创造一个前所未有的"艺术新时代"。

前不久，南京艺术学院有个二级学院集结了一批人，搞了一个团队，在研究艺术元宇宙。这很有战略眼光和超前意识。

今天，南艺设计学院副教授杨金玲领衔举办的"虚拟城市——与AI对画"师生作品展，又把超前意识转化为超前行为——从"艺术重构"到"智能艺术"，从"人机对话"到"人机对画"，让人耳目一新，给人以超现实、超视觉的艺术享受。

人工智能绘画，突破了人类自身的极限，从而让绘画分析进入一个更为广泛的视野中。它以人文精神为出发点和落脚点，通过人工智能，打开绘画艺术的新领域、新方法、新境界——神秘、绚丽、深沉、繁复，充满了时代感、时尚感，体现出非凡的想象力。

这是一个超越现实的新的探索。

这是一项极富挑战的青春艺术。

这也许是未来绘画的全新向度。

当然，人工智能艺术不该设想为人类所创造艺术的替代物，相反它可以被看作是对人类艺术家可用的方法和工具的一种补充。也就是说，艺术的未来可能会建立在人机共生的创造之上。

非常之功，必待非常之人。非常之人往往是第一个吃螃蟹的人——敢于创新、勇于挑战的人——同时也应是当代复合型艺术人才。他们既要懂得计算机知识，并熟练掌握计算机的各项技术与操作，又要有深厚的文化学养和艺术水平，还要懂得社会学、心理学和哲学等等。

千里之行，始于足下。从"人机对话"到"人机对画"，又迈出了可喜可贺的新一步。让我们用智慧开创艺术新世界，用热情拥抱艺术新时代，在中国式现代化的伟大进程中努力推进文化艺术的现代化。

在现代化进程中展现书法现代气象

在二十多年前，我还没有到省文化厅工作，由于汪寅生主席的关系，对省直书协就有所了解。多年来，对于省直书协的工作和创作，我始终非常关注。省直书协处在我们省书协团体会员中拥有很重要的位置，"省级直属"表明省直书协站在高处、占得先机。所以，长期以来，省直书协在我省的文化建设和艺术繁荣中起着极其重要的作用。

一是立足高处面向时代。省直书协一直紧跟时代的发展而发展，尤其这几年来，更是积极地参与到我省诸多大型的文化工作和艺术创作活动之中。这几年我们国家大事多，艺术创作活动也多，省直书协一直积极参与。无论是全面建设小康社会、庆祝建党百年，还是喜迎二十大召开，一系列的书法展览、书法活动，都有省直书协的参与，都有在座的省直书协的书法家参与，你们创作和提供了许多优秀作品。

二是立足高处面向高峰。所谓"高峰"，就是指艺术高峰。我们江苏省从开始的无高峰，到后来的缺高峰，再到后来有高峰。高峰包括了书法艺术的高峰。书法是我们江苏的强项，江苏书法在全国书坛的综合实力一直号称第一。这也和省直书协的书法家的努力分不开，你们都在积极地探索，努力地攀登。

三是立足高处面向大众。我们的艺术是为人民服务的，书法艺术更是和人民群众尤为贴近，人民群众对书法艺术也是特别喜爱。多年来，书法艺术家把自己的作品奉献给社会，奉献给人民，举办了多种形式的艺术展示和书法活动。省直书协在这一方面尤其主动，没有高高在上，而是把书法的展览办到军营、办到学校、办到基层，积极为人民大众服务。

现在，我们正面临着新的时代、新的任务、新的要求。希望省直书协在新的形势下，明确新的任务，对未来五年省直书协的工作做进一步的规划，把省直书协的工作和创作推向新阶段、推上新台阶。

要在现代化建设中展现书法的现代气象。中国式现代化是全面的现代化，其中包括了文化艺术的现代化。书法作为一个最古老、最传统的艺术，如何在新的时代，在现代化建设的背景中实现艺术创新，是摆在我们面前的一个重要课题。笔墨当随时代，书法需要创新。当然，书法的创新须遵循其自身规律，有其特殊的方式。书法创新也许更难，但我觉得，书法艺术需要创新，必须创新，用现代理念、现代手段、现代方法实现书法的"创造性转化，创新性发展"，使书法艺术展现现代的风貌和现代的气象。

要在高质量发展中推进书法高水平创作。中国式现代化是我们的中心任务，高质量发展是实现中国式现代化的首要任务。文化艺术包括书法，也有一个高质量发展的问题。所谓高质量的发展，就是要使我们的书法艺术达到新的高度，提高书法家的创作水平。优秀的书法作品，不仅要让人有美的享受，还要能够使人们受到教益，增进人民的精神力量。因此，书法的创作既包括了笔墨技巧，也包括了书法的形式和内容，我们要在打好基本功的基础上，对书法创作的内容和形式也要创新。这次代表大会期间展出的许多书法作品，不仅笔墨功夫扎实，还有丰富的积极的内容，我们就要创作这样的高质量、高水平的书法作品。

要在建设文化强国先行区中当好先行军。省委省政府对贯彻党的二十大精神做出了全面部署，其中对文化建设的新要求和新目标就是建设文化强国先行区。过去我们建设文化强省，现在省委提出建设文化强国先行区，这是一个更新、更高的目标和要求。作为书协和书法家，一定要根据省委、省政府的部署和要求，特别是在建设文化强国先行区方面，当好先行军，发挥更加重要的作用。

借此机会，我还要对换届以后的省直书协提一些具体的建议和要求：一是要加强协会班子建设。一个协会能不能搞好，有没有活力，关键还是要看班子，看主席团、看理事会，如果有一个强有力的主席团和理事会，这个协会就一定能发展得很好。二是要带领和组织会员搞好艺术创作。创作是中心任务，作品是立身之本。要把大家的注意力集中到创作上，只有这样，协会的工作才能出成绩。三是要多搞各类艺术活动。一个协会的活力主要是通过活动来展现的，包括创作、展览、惠民等等，通过这些活动来增强协会的活力和凝聚力。四是要更加注重现代传播。书法艺术应该说有很广泛的群众基础，但是在现代社会扩大它的影响力和社会效益，还是要靠现代化传播手段，尤其是利用好新媒体。这几年我们搞展览，虽然展览的开幕式来的人也不少，但最多不过几百上千人，这么好的作品，如何通过网络传播，让人民群众都能够欣赏到是很重要的。我们要让书法进入学校、进入军营、进入公共空间的同时，也要进网络，真正实现书法艺术的现代传播。五是要高度重视青年书法艺术人才的培养。刚才黄主席告诉我这一次展览有许多青年书家入展，我很高兴。相信这次换届也会充实一些新生力量，这非常重要。一个地区的文化发展和艺术繁荣，除了创作更多更好的艺术作品外，还要人才辈出，后继有人。我们江苏书法艺术为什么在全国有影响，就是因为我们有代表人物，有名家大师。现在一定要特别注意新生力量，注重对青年书法家的培养和使用，把他们推到书法创作的第一线，让他们有更多的展示的机会，让他们在创作和展示中达到更高的水平。总之，我希望省直书协真正起到标杆作用、领头羊作用，在我省文化建设和艺术繁荣中发挥更大作用，作出新的贡献！

原点与起点

今天的展名是"回归原点"，我觉得，如果改成"回望原点"是不是会更加确切、更加符合原意？我们不可能也无必要回归原点、回到原点，而是在新的起点上，回望原点，不忘初心，传承创新，继续前行，创造未来的新亮点。

其实，名称并不太重要，我有点吹毛求疵。关键是看展览的内容和形式。这正是这个展览的独到和高明之处。前几天参加了冯健亲和时卫平的油画主题创作研究展，今天的这个展览也可以说是研究展。看了这个展览，我即兴谈几点认识：

一、关于国画的笔墨。讲到中国画，绕不去的话题是笔墨。中国画的独特性和艺术性就在于笔墨。讲到笔墨，现在引用最多的是石涛的"笔墨当随时代"。它的本意是"时人作画与时代跟风"，有点批评的意思。但"时代变了，笔墨不得不变"，这是傅抱石先生说的。现在我们把"笔墨当随时代"反其意而用之，强调笔墨的创新、艺术的创新，这已经形成共识。讲到笔墨，还有一句话在画界争议很大，就是吴冠中先生说的"笔墨等于零"。对此，吴冠中先生曾经作过这样的解释，我说的"笔墨等于零"是指"没有情感的笔墨等于零"。综上所述，三位国画大师对于中国画笔墨的观点是，一是笔墨不能跟风随大流，二是笔墨不能不创新，三是笔墨不能没有情感。这三种观点从不同的角度、不同的语境论述笔墨、强调笔墨，有异曲同工之妙。

二、关于国画的造型。绘画是一种造型艺术。中国画的造型方法与油画的造型方法有着明显的区别。中国画分为工笔画和写意画。工笔画强调形似，追求画面的写实效果，将物象的形态、质感和神态表现出来。写意画则更注重表现画家的情感和意境，追求画面的意蕴和内涵。但无论是工笔画还是写意画，在造型上有三条是共同的、相通的：一是注重神似，在造型上提倡不拘于形似而更重神似。二是二维成像，在构图布局上不拘于特定的时间与空间，也不追求立体效果。三是以线条为主，注重勾勒物象的造型和结构。

三、关于国画的哲学。艺术可以上升到哲学的层面，或者说艺术中蕴含着哲学。中国画中蕴含着三个重要的中国传统哲学思想：一是道法自然。主张以自然为师，从自然中获得创作的灵感；二是和而不同。有人认为，中国画的分类体现了"和谐"思想，山水画是人与自然的和谐，人物画是人与人、人与社会的和谐，花鸟画是人与动物、人与生命的和谐。这有点道理，但我认为，中国画更强调的是"和而不同"，不同观念、不同方法、不同笔墨共存共荣、百花齐放。三是执两用中。也就是中庸之道。中国人反对走极端，而是主张在两极之间找到最合适最恰当最好的方法。中国画正是体现了这种方法，在笔墨的浓淡、轻重、枯荣之间，在写实与写意之间，在似与不似之间，找到一种最为完美的表达方式。

外行看热闹，内行看门道。我不是画家，但看了几十年的各种画展，看了无数的书画作品，所以我正处在外行与内行之间，既不是来看热闹，也讲不出什么门道，只能谈点不成熟的看法与大家交流，供大家参考。

遵守与突破

由徐利明教授策划、由中国标准草书学社主办的"虚实·情性——第二届全国草书学术提名展"今天在省现代美术馆举办。

在此之前，徐老师发给我一条短信，扼要介绍了这次展览的情况：这次参展者为中国标准草书学社社员中的五十余位著名草书家，每人三件作品（章草、标草、大草或狂草），既为加强草书功底，又拓展了草书表现能力，尤其是标草突破于右任风格的制约，遵守标草的结构，写出自己的个人风格。故此展作品面目多样，呈现多种审美追求，具有实验性。

这条短信寥寥数语，实际上把这次展览的宗旨、特点和目的都讲得非常清楚了。关键是两句话：遵守标草的结构，写出自己的风格。

为什么要遵守标草的结构？

提到当代草书，我们会自然而然地联想到"当代草圣"于右任，他不仅有极高的书法成就，而且创立了"标准草书"。大家知道，草书作为常见的五种书体之一，也是最难以掌控的书体。对于书家来说，掌握难、书写难；对于观者来说，看懂难、欣赏难。针对这种情况，于右任先生在广泛查阅和深入研究的基础上，精心选择与比较古代草书名家有代表性的草书字迹，再根据自己的书法创作实践，将草书的字法和结构清晰化、标准化、规范化，以帮助书者学习和掌握草书的书写方法，也便于观者的辨识与欣赏。我学习书法，就从标准草书中获得许多。

为什么要写出自己的风格？

我在 40 年前写过一篇文章《改革与出格》，刊登在当时的《新华日报》头版上，文中有这么一段话，开始学写字，必须写在格子里，不能出格，但后来会写字了，就不需要一定写在格子里，可以出格了，可以自由自在地写了。写字是这样，书法更是这样。书法有法，书法是从无法到有法，从有法到新法，无法不算书法。但固守旧法，没有突破，没有新法，书法就不会发展，就不会有新的面貌、新的风格，也就没有任何艺术价值。同样道理，书法的标准是要遵守的，没有标准，草书就难以入手、难以掌握，也难以辨识、观以观赏。但草书的标准，只是字法和结体的标准，并不包括章法和墨法，更不包括书体风格。因此，我们要坚持、要遵守的是标准草书的字法和结构，而不能在其他方面都受制于标准，而要敢于改变，敢于突破，形成草书的新面貌、新风格、新标准，这样才能促进草书艺术的发展。

从这次展览的作品来看，守格而不拘泥于格，有法而不受制于法，坚持标准又突破标准，探草书创作之新路径，树草书艺术之新标准，开文化艺术之新风尚，书体风格百家争鸣，草书面貌百花齐放。这样的展览，的确具有实验性和学术性。这种守正创新的做法，值得肯定，值得效法，值得推而广之。

源起于热爱

今天是一个好日子——11 月 18 日，"源起画院"在"1118"正式成立，同时举办"诗画田园"中国画作品展。我也喜欢逢 8 办事，当年省有线电视台成立、《非常周末》开播，还有许多重要活动，都是选在 8 号。选一个良辰吉日，并无迷信之意，而是为了表达良好的祝愿。所以，我们热烈祝贺源起画院的成立，并祝愿它兴旺发达。

源起画院这个名字起得好，我理解有这样几层含义：

一是源起于自然。世间万物，源起于自然。自然孕育了人类，孕育了文化。画院坐落于山水之间，赏自然之美景，得自然之灵气，以自然为师，为天地作画。

二是源起于文化。江宁是文化底蕴很深的一块宝地，既有人类发源地之一"汤山葫芦洞"，又是江南文化的发源地之一，江苏的"江"取自于江宁的"江"。画院办在江宁，显然有着赓续文脉、发展文化的初衷和担当。

三是源起于热爱。最近有一段视频火遍全网，就是何赛飞在获得 36 届中国电影金鸡奖后的即兴演讲。说是演讲，其实讲得又哭又笑、语无伦次，但大家觉得我也认为是最好的演讲，因为她讲得真诚，讲得动人，尤其是她最后说道，我们干这一行很辛苦，是要折寿的，这是生命的折旧，但我宁可少活几年，也要为观众多拍戏，为观众奉献更多更好的艺术作品。从她的话语中，我们能感受到她对艺术是真的热爱，对观众是真的热爱，不然她不会折寿也要坚持她的艺术事业。今天在场的书画家和文艺工作者，也许不愿像何赛飞那样说宁可少活几年也要从事艺术创作，但一定会说，我们宁可少睡一点觉，少出去吃几顿饭，少打几次掼蛋，我们也要搞好我们的书画艺术创作，因为我们真心热爱书画、真心热爱艺术。

四是源起于缘分。画院是艺术的平台、画家的家园，我们相聚在这里是一种缘分。我就是一个偶然的机会，参加尉老与韩显红的拜师仪式，与"源起"结缘。我们大家因艺术而结缘，因文化而同道，因时代而行。

五是源起于使命。源起画院属于社会办文化，属于"文艺两新"，主动为艺术家搭建创作和展示平台，还组织开展"诗画田园"采风创作活动，组织书画艺术家走向农村、深入生活，为乡村振兴服务。这种公益性的活动，完全是出于一种使命感，为发展文化、繁荣文艺承担时代使命。对此，我们不仅要积极倡导，还要大力支持，为"文艺两新"鼓与呼！让我们一起努力，携手共进，承载文化使命，繁荣文艺事业，为江苏文化强省建设作出新贡献。

书法：艺术的珠峰

今天应邀参加"2023 泼墨江天·行草十家展"，并要我讲话，但我要说明的是，我今天的讲话，一是以省文联主席的身份，代表江苏省文联对本次展览表示热烈的祝贺。二是以一个书法爱好者的身份，谈谈学习欣赏"行草十家"作品后的一些认识与感悟，那绝对是班门弄斧，不过弄斧就要到班门，这样才能学到真东西，取得真经。

书法是中国的国粹，是中华文化的精华与瑰宝。古人构筑了书法艺术高峰。这个高峰，不是一般的高峰，而是珠穆朗玛峰，也就是最高峰。面对中国书法这座艺术高峰，我们都要仰望之、敬畏之，当然更要传承之、发展之。今天我正是用这样的观点和视角来看这个展览，来向"行草十家"学习请教。

"行草十家"是积极的攀登者。"行草十家"都是我国著名的书法家，在书法艺术创作上都有不凡的成就、广泛的影响，但他们几十年来一直在努力攀登。如果说书法是一座高峰，那么行草书是高峰的高峰。行草书尤其是草书，字法变化多端，墨法随机而成，章法一气呵成，而且书写速度快，所以难度特别大，越往上越难。世上无难事，只要肯登攀。10 位书家知难而进，高处再攀高，向着书法艺术的最高峰挺进。

"行草十家"是勇敢的探索者。"行草十家"在攀登中不断探路、不断摸索、不断创新。探索与创新都是有风险的，但无限风光在险峰，不探索、不创新就登不上书法艺术的高峰，达不到书法艺术的最高境界。创新不一定都成功，但不创新肯定不会成功。正因为如此，10位书家才坚持探索，才冒着风险进行创新。这次展览的主题是"泼墨江天"，这就是探索，这就是创新。大家知道，泼墨是中国画的表现手法之一，而现在用到书法上，这就既有学术问题又有实践问题。有人认为，书法是线条艺术，而我认为，书法是以汉字为对象、以笔墨为工具、以表意抒情为目的的造型艺术。书画同源，都是造型艺术。既然是造型艺术，就不妨借鉴绘画的泼墨手法，用于书法创作。这是一种探索、一种尝试、一种创新。至于效果如何，成功与否，那就看作品。我看今天的有些作品，用泼墨代替书写，是一条新路，当然还要继续探索，继续完善，继续提高。

　　"行草十家"是执着的奋斗者。这次江苏展，是"行草十家"展举办的第17个年头。十年磨一剑，而他们坚持了17年，何况他们在此之前已经在书法之路上跋涉奋斗了十几年、几十年。他们有执着的奋斗精神，还要具备"三力"，即功力、思维力和耐久力。功力就是基本功，掌握书法的法度和技巧；思维力就是善于用脑、善于思考，具有较高的文化水平和思想水平；耐久力就是持之以恒，执着追求，永不言弃。

　　行百里者九十为半。"行草十家"在书法艺术上已经达到了一定的高度，但他们还在攀登的路上，尤其是在"泼墨"上正在探索之中，正如展览前言所言，要在创作中着力处理好法度与性情、坚守与表现的关系，力求凸显出"泼"的意趣、"墨"的意蕴，以及"泼墨"的艺术效果。我们相信并希望"行草十家"继续向书法艺术的最高峰攀登，真正成为"行草大家"，为我们这个时代的书法发展和文艺繁荣作出新的贡献！

描绘鸟语花香　讴歌美好生活

　　在春和景明、百花盛开的美好时节，江苏省花鸟画研究会第七次代表会议胜利召开，选举产生了新一届理事会和正副会长。

　　花鸟画是中国画的一种。它描述的对象，其实不仅仅是花鸟，而是泛指各种动植物，包括花卉、草木、蔬果、鱼虫、飞禽、走兽等等。

　　花鸟画有悠久的历史。早在工艺、雕刻与绘画尚无明确分工的原始社会，中国的花鸟画就已萌芽，发展到两汉六朝初具规模，经唐、五代、北宋，花鸟画完全发展成熟。经过数千年的发展，中国花鸟画积累了丰富的创作经验，形成了自立于世界民族艺术之林的独特艺术样式与传统，终于在近现代产生了吴昌硕、齐白石、潘天寿、关山月、李苦禅等花鸟画大师。

　　江苏也是花鸟画的重镇。远的不说，就说现当代，就涌现出许多名人名作，如陈修范的《春风化雨》、喻继高的《松鹤长春》、张继馨的《事事如意》、陈培光的《春色》、徐培晨的《清风徐来》、吴冠南的《东方之韵》、喻慧的《铿锵玫瑰》、赵治平的《文星光华》等等。近几年又涌现出了许多花鸟画的新人新作，可谓是"百花齐放、百鸟争鸣"，一片鸟语花香、繁花似锦的新景象。

　　如今，我们处在中国经济、文化、社会的美丽春天，我们伟大的祖国就像是一个风景如画的大花园。这为花鸟画创作提供了丰富的题材和广阔的天地。全省广大花鸟画画家要不负春光、不负韶华，描绘最新最美的图画，创作更多更好的精品力作。

充分认识和挖掘花鸟画的审美价值。中国花鸟画集中体现了中国人与作为审美客体的自然生物的审美关系，具有很强的抒情性，直接表达审美取向和思想情感。画家通过对花鸟草木的描绘，寄寓自己独特的感受，类似于中国诗词中"赋、比、兴"的手法，缘物寄情，托物言志。大家熟悉这样一句诗："年年岁岁花相似，岁岁年年人不同。"而我反其意而用之："年年岁岁人相似，岁岁年年花不同"。在同一个画家笔下，不同的时间、不同的地点、不同的心境，会画出不同的花鸟，表达不同的思想情感，具有不同的审美价值。

充分体现和彰显花鸟画的时代精神。中国花鸟画十分讲究立意，它不是为了画花而画花，不是照抄自然，而是紧紧抓住动植物与人们生活的关系和思想情感的联系，反映社会生活，记录人事变迁，表达人们志趣，体现时代精神。比如八大山人和扬州八怪的花鸟画，往往以其独特的绘画语言，表达内心的忧伤与家国之痛。而徐悲鸿的马、齐白石的虾、李苦禅的鹰、李可染的牛，则抒发了他们这代人对社会、对人生、对生活的理解与追求。在今天，我省喻继高的工笔花鸟、吴冠南的大写意花鸟、徐培晨的猴、赵治平的大鸟等等，则反映了当今的美好生活，表达了他们的艺术情操和精神追求。

充分强化和实现花鸟画的创新发展。花鸟画在中国画中是"三分天下有其一"，是"三足鼎立"的重要支柱之一。与山水画、人物画相比，花鸟画有着自己的独特表达。在造型上，花鸟画更重视形似而不拘泥于形似，追求"似与不似之间"；在构图上，删繁就简，突出主体，善于剪裁，虚实相间；在画法上，有工有写，工写结合，淡墨重彩，富于变化。总之，花鸟画在艺术上既有自身特点，又可自由发挥，不拘一格。但实话实说，花鸟画容易程式化，容易俗气，这是花鸟画的最大缺陷与难点。我认为，要避免这种现象，除了在造型上、构图上、画法上的创新以外，关键在于重视花鸟画的立意，做到有思想、有文化、有精神，不能依葫芦画瓢，不能就花画花、就虫画虫。

我们处在伟大的新时代，这正是花鸟画大显身手的大好时机。衷心希望江苏省花鸟画研究会发挥更大的作用，团结带领全省花鸟画画家，深入新生活，融入新时代，用手中的画笔，描绘鸟语花香，讴歌美好生活，多出名家大师，多出精品力作，努力构建我省文化艺术的新高峰！

艺苑多娇

第三辑

雕塑不仅仅是艺术

自 2017 年以来，江苏每年一个雕塑月，每年一个创作主题，每年一批精品力作，每年一场有特色的展览。这已经成为一个省级艺术品牌，在全国也有一定影响。

多年前，我访问欧洲，在每个城市中，都看到许多人物雕塑，我总是被这些人物雕塑所吸引、所感染、所震撼。我就想，在我国，在我们的公共空间，什么时候也有这样的人物雕塑、城市雕塑？

这也是我省成立雕塑家协会的原因与初衷所在。这次雕塑展，在一定程度上实现了这个愿望。我们开始重视人物雕塑——从传统人物到现代人物，从普通人物到英雄人物。

在我看来，雕塑不仅仅是一种艺术，更是一种文化。可以说，今天在我们面前呈现的 29 位"七一功勋人物"雕塑：

一个人物就是一个伟大的形象。一个栩栩如生的、我们熟悉的形象。

一个形象就是一个伟大的英雄。一个民族的英雄、时代的英雄。

一个英雄就是一种伟大的精神。一种勇于牺牲的精神、无私奉献的精神。

这些雕塑作品最大的成功，不仅塑造了功勋人物的形象，而且刻画出功勋人物的精神。从某种意义上说，后者更难、更重要。

我去参观浦口老山那边的四方当代美术馆时，与我省著名艺术评论家讨论到现实主义创作问题。评论家认为，艺术创作，既要提倡"形象写实主义"，也要鼓励"精神写实主义"。对这个观点，我非常赞同。我理解，"精神写实主义"既是创作者主观精神的表达，同时也是对创作对象即客体的精神表达。我们在艺术创作中，既要形象真实、神态逼真，还要挖掘和体现出人物的精神世界。

吴为山先生的写意雕塑，就是一种"精神写实主义"，他雕塑的人物，不是特别追求形似，而是注重神似——雕塑出了人物的精神面貌。

唯有精神才能永生，才能永恒，才能真正长留于世，才能真正为世人所敬仰、所崇拜。

为什么"有的人活着，他已经死了；有的人死了，他还活着"？毫无疑问，活着的是精神。

可以相信，今天雕塑的这些"七一功勋人物"，他们的形象和精神都将永恒。让我们在他们伟大精神的激励下，在平凡的岗位上努力工作，用自己的实际行动雕塑我们自己的形象，作出我们为社会为人民的更大贡献！

艺术新趋势：集群与集合

家乡宜兴的艺术家来南京办展，我很高兴，也很自豪。

我先看了这次展览的紫砂艺术作品，越看越觉得，这次展览的名称起得特别好，不仅名副其实，而且富有意义。这个意义在于对当下艺术创作和艺术家具有一定的启示与引领作用。

先从这次展览的副标题说起——"紫砂九隽"。

这是紫砂界首创，由史小明携手范建军、顾美群、蒋雍君、喻小芳、范伟群、蒋琰滨、毛子健、范泽锋九位江苏省级工艺美术大师和陶瓷艺术大师组成的陶艺术家团队。我知道，宜兴的紫砂艺术创作，个体性比较强，往往是一个人、一个小作坊就可以完成。但这次，他们合作创作、合作展览，形成了一个相对固定的团队。这使我想起了现在经济界的热词："产业集群"。

艺术界何尝不可以这样呢？也可以有"艺术集群"。这又使我想起了江苏省艺术界曾经闻达于省内外的两个"艺术集群"：一个是以傅抱石为代表的"新金陵画派"，他们是由傅抱石、亚明、钱松嵒、宋文治、魏紫熙等画家组成的；一个是以顾景舟为代表的"紫砂七老"，他们是顾景舟、裴石民、吴云根、王寅春、任淦庭、朱可心、蒋蓉等人，还有后来的一批国画大师。他们是一群人、一个艺术群体。他们依靠群体的力量、集群的效应，撑起了一片艺术的星空，创造了一个时代的艺术高峰。

这个团队、这个群体为什么会创造艺术的奇迹与高峰？其特点和优势在于既"志同道合"又"和而不同"。这个艺术群体有共同的艺术理想、共同的艺术理念、共同的艺术追求，同时，又有不同的艺术风格、不同的艺术样式、不同的艺术语言，不同的艺术创新。如同一片艺术的森林，不同的叶，不同的枝，却和谐共生、欣欣向荣。

再讲这次展览的主标题——"亦步亦新"。

这是把"亦步亦趋"反其意而用之。艺术创作不能"亦步亦趋"，而要不断创新。都说艺术要创新，都知道创新是艺术的生命，但艺术究竟如何去创新呢？

不同的领域有不同的创新方法。有些领域的创新，如经济与科技领域，可以"无中生有"，可以"另起炉灶"，当然也可以"相互借鉴"。而艺术的创新不能"无中生有"，不能"另起炉灶"，一般都是传承创新和融合创新。这才符合艺术规律。

所谓传承创新，就是推陈出新，在继承传统艺术、传统方法的基础上进行创新、创造和突破，进而形成富有时代精神的新艺术风格和新艺术特色。今天展出的作品，可以说都是传承创新的结果。

所谓融合创新，就是不同艺术风格、不同艺术门类、不同艺术手法之间的相互借鉴、相互激荡、相互启发，进而形成多元融合的新的艺术作品。今天展出的作品，许多是多种样式、多种材质、多种手法的集合，是融合创作的典型之作。

总之，从"艺术集群"到"艺术集合"，是新时代艺术发展的一个新趋势，值得关注、值得倡导。我衷心希望这次艺术展览、这个艺术团队，成为一个标杆、一支力量，进一步形成集群优势和集合特色，使紫砂艺术在保持实用性优势的同时，在时代性、艺术性上有新突破、新建树，形成"喜看群山多高峰"的繁荣局面！

紫砂艺术新活力

中国因陶瓷而名，宜兴因紫砂而名。

"世上黄金千千万，岂如阳羡一丸土。"我理解，紫砂宝贵不仅是指其经济价值，而且也指其艺术价值。

紫砂是日用品，更是艺术品。紫砂艺术，是以特有的紫砂泥为原料，以特有的民间工艺，集诗书画印为一体的造型艺术。

既然是艺术，就有传承与创新的问题。过去，紫砂艺术一般以传统紫砂壶为主体，以传承为主，即以师傅传带徒弟为主。而如今，紫砂艺术发生了可喜的变化，这就是紫砂艺术的创新，从紫砂壶向紫砂雕塑发展，从经典造型向时代造型发展。

今天的展览，更让我肯定了这一变化。

这种变化，这种创新，有多种原因，其中一个原因就是创作主体多元化了：文人参与，美院的教师、学生参与，青年人参与，各地爱好者参与。这为紫砂艺术注入了新的元素、新的活力。

特别应当肯定的是，青年紫砂艺术人才的崛起，给紫砂艺术带来了新的气象，在今天的展览上就能看到这个新气象。

希望紫砂艺术家尤其是青年艺术家继续发扬三个精神：

创新精神，即创立新观念、新方法、新事物；

工匠精神，即高超的技艺、传承的责任、执着的追求、文化的情怀；

艺术精神，即把自己与艺术结合在一起，用心去感受艺术的真谛，用心去创造艺术作品。

雕塑艺术的"长·宽·高"

今天，我再一次踏上苏州李公堤，参加"苏州·金鸡湖双年展"。我顿生感慨——感慨岁月悠悠，光阴似箭；感慨栉风沐雨，春华秋实；感慨雕塑十年，一路高歌。

这十年，江苏省雕塑艺术事业，在吴为山馆长的倡导和推动下，在全省雕塑艺术家的共同努力下，得到了长足的发展，主要体现在"一会一月一展"上。一是成立了江苏省雕塑家协会，把原本比较松散的雕塑家们汇集到一个组织之中，形成了合力；二是设立了"江苏雕塑月"，使江苏多了"一个月"；三是创办了"苏州·金鸡湖双年展"，并且已成为全国的艺术平台和文化品牌。这次"2023第六届苏州·金鸡湖双年展"的主标题是"生动江南·立体苏州"。我看了展览的作品后，觉得名副其实，尤其是"立体"两个字体现了雕塑的最大特点，可以这样说，雕塑是立体艺术，是立体的空间艺术和视觉艺术。立体一般可以用"长宽高"来表示或计算。今天我想用"长宽高"来谈谈雕塑艺术，谈谈这次雕塑作品的特点。当然，这里的"长宽高"不是指尺寸，而是指历史、文化、艺术这三个维度。

一是雕塑的历史长度。雕塑是一门古老的艺术。早在原始社会，长江流域和黄河流域的原始人已经开始制作泥塑和陶塑了。再往后发展，比较具有代表性的就是我们所熟知的秦代兵马俑和汉代徐州的狮子山兵马俑。可见，雕塑艺术的发展历史悠久。而我今天讲的历史长度，主要是说这次主题展参展作品的创作对象，跨越的年代，时间之长、历史之久。在其作品集中，第一件作品是孔子像，最后一件是陶行知像。上下数千年，从古塑到今。一百多件作品，上百个人物，展示了中国的漫长历史，塑造了中华民族的生动形象。

二是雕塑的文化宽度。雕塑艺术，创作的是人物，体现的是文化。文化就是人化。文化包括了人类创造的所有物质文明和精神文明成果。上百个历史人物，每个人都是文化的创造者和参与者，都具有宽阔的视野、宽阔的胸怀、宽阔的时代背景。他们组成了从古到今的一条历史文化长廊，体现了宏大、开阔的中华文化精神。

三是雕塑的艺术高度。今天展出的每一件雕塑作品，大而言之，都是精品力作。我们的艺术作品，不仅要给人以美的享受，还要给人以正能量，就是党的二十大提出的，增强人民的精神力量。这里，我还要具体讲一讲这次展览的"个性"，就是现代性。中国式现代化是全面现代化，包括文化艺术的现代化，当然也包括了雕塑艺术的现代化，或者说是现代性。易中天在一次讲座中说，现代化离不开传统，传统也必须现代化。前面说了，雕塑是一门古老的艺术，但它也要随着时代的发展而发展，也要创新。这次展览作品的创作主体是青年雕塑家，所以创新意识特别强，我从他们的作品中看到了雕塑艺术的现代性。从题材上讲，古代雕塑非常狭窄，而现代雕塑题材广泛；从材料上讲，古代雕塑主要是泥塑，而现代雕塑可以有多种材料；从功能上讲，古代雕塑主要用于陪葬，而现代雕塑主要用于公共空间的展示；从表现手法上讲，古代雕塑相对矮小、圆融、写实，而现代雕塑相对高大、挺拔、写意。我这样讲不一定很准确，我只是以此强调这次展览的现代性、时代性和创新性。

雕塑艺术的"长宽高"之间不是加法，而是乘法，可以进一步扩大它的效应。我对我省雕塑艺术事业的期望是，不断增加它的长度、宽度和高度，创作更多更好的优秀作品和精品力作，使之成为我省建设社会主义文化强国先行区的一道"李公堤"和"风景线"。同时，更多更广地走向公共文化空间，走到人民群众中间，向他们学习，为他们塑像，被他们喜爱，用文化艺术为人民群众创造更加幸福美好的新生活。

塑造青春

　　苏州是江苏最古老的城市之一，同时也是一个永葆青春活力的城市，站在金鸡湖畔，仿佛置身于一座现代化的新城，古代文化与现代文明交相辉映。在这里举办中国当代青年雕塑展，颇有现代气息、创新气息和青春气息。

　　雕塑则是城市文明的重要标志。我到意大利等欧洲国家去，给我留下最深印象的，就是那里的城市雕塑。我从这些雕塑中了解到了这个国家、这个民族的历史、英雄和精神。相对于欧洲来说，我国的城市雕塑少了许多，这几年有所发展，但还不够。

　　我认为，应当提倡和发展城市雕塑，这不仅可以成为城市的一道靓丽风景和文化标识，还能够增添城市的艺术气质，反映城市的人文精神，甚至成为城市的灵魂。在城市外观同质化的今天，也许一座有特色的城市雕塑，能让人们永远记住这个城市。

　　现在都在重提"工匠精神"。那么，什么是"工匠精神"？就是高超的技艺、独特的构思、认真的态度、创新的意识、执着的追求、文化的情怀。"工匠精神"也可以用另一个词来说，那就是"独具匠心"。我看这次展览的作品，的确是精雕细琢、独具匠心，堪称艺术的精品。相信这些作品经过时间的洗礼，将成为代表当今时代艺术水准的经典之作。希望雕塑界继续发扬"工匠精神"，也希望各门类艺术都能以"工匠精神"进行艺术创作，涌现出更多独具匠心的精品力作。

这次金鸡湖雕塑展的主题展是中国当代青年雕塑展，这说明吴为山馆长与我有一种默契。在我的提议下，省文联刚刚成立了江苏省青年艺术家协会。我认为，自古英雄出少年，青年艺术兴，则艺术事业兴；青年艺术强，则艺术事业强。雕塑艺术事业也是这样，责任在青年，主力在青年，希望在青年，未来在青年。让我们用青春之雕塑，塑造艺术之青春，刻画理想、凝固梦想，谱写雕塑艺术事业的新华章！

针融百家　艺开新境

我为"针融百家·艺开新境——姚建萍刺绣艺术展"题写了"艺命"两字。

艺者，艺术也，刺绣也。

命者，命运也，使命也。

姚建萍是真真实实、百分之百的"艺命"。可以说，她是为艺术而生，为刺绣而活。她出生于苏州刺绣世家，从小在母亲那里学会了刺绣技艺，从此走上了民间艺术之路，开始了长期的艰难跋涉和艰辛探索，奔命于艺术，玩命于刺绣，终于取得了让人惊叹的艺术成就。

姚建萍钟情于传统民间工艺，但她不是简单地模仿或复制，而是在传承的基础上，结合时代特征，通过新的表现手法，提炼出生活中的新元素，给刺绣注入新的活力。从事苏绣艺术 30 多年来，她探索不止，努力将书法的线条、油画的色彩等多种艺术语言融入刺绣艺术之中，充分运用平针绣和乱针绣的各自特点，灵活运用平乱转换，吸收各大绣种流派的特点，集大成于一体，讲究造型结构的和谐处理，构图表达的错落有致，大胆运用复杂丰富的色调，烘托出强烈斑斓的色彩效果，巧妙处理光影明暗的自然转换，特别讲究针法与丝理、画理与绣理的结合，通过光线折射，呈现出强烈的立体感，在中国刺绣艺术史上开创了极具特色的姚派艺术。

姚建萍对刺绣艺术的创新，并不仅仅局限于技巧，她还十分注重题材的创新和内容的时代性。正如她自己所言："苏绣想要在当今社会焕发新的光彩，就必须不断创新，不能满足于旧的题材和手法。所有的技术、技巧都是为内容服务的，在苏绣作品里，创作者也应当表达自己对当前社会、时代背景的关注，并在作品中体现自己的理解和感悟。"所以，她更关注现实题材，于是在她手下产生了《父亲》《沉思》《伟人的风采》《吹箫引凤》《江山如此多娇》《岁月如歌》等一批时代人物和现实题材的优秀作品，将其对现代生活和现代精神的感悟渗透到创作之中，努力拓展传统刺绣的审美空间，创作出符合现代人审美思想和审美品位的优秀作品，使传统苏绣艺术充分融入现代生活，并为现代人广泛接受和喜爱。

专注艺术开心难，难在艺术之创新；从事刺绣并不难，难在刺绣之新生。《中庸》曰："诚者，物之终始，不诚无物。是故君子诚之为贵。诚者非自成己而已也，所以成物也。"姚建萍正是以最大的诚意和全部的心血投身于刺绣、奉献于艺术，进而成就了苏绣艺术的新辉煌，同时也实现了自身价值的升华。

命中注定于苏绣，使命担当在艺术。希望姚建萍女士以艺术之命运，承艺术之使命，继续开辟崭新的"丝绸之路"。

"顾芗"情：人民艺术家的情怀

　　苏州市滑稽剧团名誉团长顾芗，是苏式滑稽戏的国家级传承人，三度荣获中国戏剧梅花奖，是目前江苏唯一、也是全国仅有的七位"梅花大奖"得主之一。

　　改革开放 40 年来，顾芗率领苏州滑稽剧团，在继承传统的基础上，先后参与创作主演了《小小得月楼》等三部喜剧电影，以及《快活的黄帽子》《一二三，起步走》《顾家姆妈》《青春跑道》等十多台优秀滑稽戏。

　　这些都是现实题材的作品，契合时代精神，彰显地域特色，广获观众好评，先后荣获文化部"文华大奖"、中宣部"五个一工程"奖等国内舞台艺术领域最高奖项。

　　现代滑稽戏《顾家姆妈》和校园滑稽戏《青春跑道》就是他们的代表作。在这两部作品中，顾芗以其宽阔的戏路、自如的表演，以及对各地方言、唱腔的准确把握，对人物形象、性格的细致刻画，使这两部作品成为精品之精品，不仅代表了顾芗个人的艺术成就，也显示了江苏现代戏曲创作领域的丰硕成果。

　　顾芗在广州的演出，产生了极大的轰动效应，台上台下欢声笑语，笑点泪点层出不穷，演员观众热情互动，专家戏迷一致赞誉：好戏！好演员！

　　顾芗的确是一位难得的好演员。她 17 岁下乡当知青，20 岁进金湖县文工团，后来又唱地方戏，直到而立之年，才回到苏州，跨进了苏州市滑稽剧团的大门。

1985至今的30多年中，顾芗先后在20多个大型现代戏中担任主演，参加演出3000多场。平均每年演出300多场，几乎天天活跃在演出舞台上，足迹遍布全国城乡。从《小小得月楼》里扮演服务员乔妹到现在，她已在舞台上塑造了近20个不同的人物形象。

顾芗并不满足于在台上摔包袱，放噱头，而是苦苦寻找喜剧最核心的精神内涵，寻找人物性格的审美价值，寻找笑声过后的思考，用滑稽戏演绎严肃的社会问题，用百姓身边的小故事揭示当今时代的大主题。

顾芗用毕生的全部精力，为人民演戏，演人民的戏，把自己的理想和情感倾注于舞台，倾注于艺术，倾注于人民，凝结成一种独特的"顾芗"情。

"顾芗"情，体现了人民艺术家的情怀，充满着对艺术的深情，对人民的深情，对祖国的深情。她不愧为一名人民艺术家！

我们这个时代，需要充满人民情怀的艺术家，需要更多的像顾芗这样的人民艺术家。

风采·风范·风格·风骨

一年前，黄孝慈先生不幸逝世，我们为失去一位杰出的艺术家而感到十分震惊和无比悲痛。在黄孝慈先生逝世后，江苏省文联立即做了三件事：一是召开黄孝慈先生追思会；二是向全省文艺界发出了向黄孝慈同志学习的决定；三是组织采写和出版《大青衣：黄孝慈传》。

在举办《大青衣：黄孝慈传》首发之际，我更加地怀念她，更加地崇敬她，不禁追忆和感受着黄孝慈先生的艺术人生。

一是她的艺术风采。黄孝慈先生是出道很早的京剧演员，曾为国家领导人演出，并得到高度赞赏。45 岁时，她凭借京剧《红菱艳》中的旦角表演，摘得中国戏剧最高奖"梅花奖"。56 岁时，她因在《骆驼祥子》中虎妞一角的出色表演再度夺梅，成为江苏京剧界迄今为止唯一的"两度梅"得主。特别是在演虎妞"双人醉舞"戏时，她用京剧的程式，揉进现代舞的元素，舞出了虎妞的情、虎妞的魂，舞出了神韵，舞出了灵性，舞出了虎妞柔情似水的女人味，展示了作为艺术名家的高超演技和艺术风采。

二是她的名家风范。我刚到文化厅时，正值文化体制改革拉开帷幕。我曾多次到江苏省演艺集团调研，每次都有黄孝慈先生的发言。她讲得最多、最诚恳的一句话是戏比天大。她反复说，要保护好、传承好、发展好在世界上独一无二、堪称中国国粹的京剧艺术。她对送戏下乡、惠民演出之类的公益活动特别积极。无论是文化厅、文联还是演艺集团组织的惠民文艺活动，她都主动要求参加。她在 60 多岁时还组建了"共同的阳光、心系农村艺术团"，并担任团长，年年去农村演出，都是公益性的，充分展现了名家大师的奉献精神和艺术坚守。

三是她的高尚风格。黄孝慈先生在步入老年之后，最热衷于做的事就是培养戏剧人才，使戏剧事业后继有人。我在文化厅的时候，在省戏校创办了小京班。她得知此事后，盛赞此举为京剧事业办了件大好事，多次向我提出办好小京班的建议，并表示只要需要，她随时可以为之出力。每次小京班演出，她都认真观看，肯定成绩，帮助发现和纠正存在的问题。前几年，有一次她来找我，谈到她在宿迁办了一个小京班，每月往返于南京与宿迁之间，义务为小京班上课。我问她有什么困难需要帮助解决，她表示有困难自己克服，只是希望有机会能让这些学京剧的小孩到省城来演出一次。我当即拍板，邀请他们到省文联艺术剧场来演出。之后，她便住在宿迁，亲自为孩子们排练节目，做好演出的各项准备工作。演出那天，她台前台后、台上台下忙个不停。演出结束后，她比自己演出成功还要高兴，体现了一位艺术家的高尚风格。

四是她的大师风骨。在黄孝慈先生 70 周岁那年，她被省委、省政府授予紫金文化奖章。在颁奖座谈会上她代表艺术家发言，我看到她拿出发言稿，是用毛笔写在纸上的，密密麻麻、工工整整，我知道，她每次发言都是用小楷写的，都是带有京腔富有感染力地读着自己写的稿子。她说自己始终努力践行领袖们的嘱托和期盼。在工作生活中，不管多坎坷的境遇或多么大的诱惑，始终坚定信念，践行对党、对祖国、对京剧艺术的忠诚！听着她的发言，我顿时感觉她的演艺生涯、她的精神、她的境界远远超出了一般的演员。盖有非常之功，必待非常之人。黄孝慈先生就是我们文艺界的非常之人。她以非常之功，创作非常之作，为我们留下了许多经典的舞台艺术作品。她不愧为德艺双馨的名家大师。

黄孝慈先生虽然已经永远离我们而去了，但她高尚的艺术品格、正大的艺术精神和执着的艺术追求为我们树立了学习的榜样，必将给广大文艺工作者有益的启发和前进的动力。

古老昆曲遇上青年学子

戊戌冬初，京城乍寒，但北大百周年纪念讲堂里座无虚席，近千名观众提前入场，静候演出。

首场演出的是著名昆曲表演艺术家石小梅先生的弟子们，演出她的代表作——全本昆曲《白罗衫》。

昆曲发源于江苏，是我国最古老的剧种，享有"百戏之祖"的美誉，已列入世界非物质文化遗产。

石小梅是昆曲的代表性传承人，从艺五十余年，拜沈传芷、周传瑛、俞振飞为师，原习贴、旦，后工小生，遂成名家，先后荣获中国戏剧梅花奖、文华表演奖、江苏省紫金文化奖章，被联合国教科文组织和文化部授予"长期潜心昆曲艺术成绩卓越的艺术家"称号。

近几年，石小梅创立了"春风上巳天"系列演出平台，现已成为昆曲传承传播品牌。

这次她又带着 30 岁的《白罗衫》与北大相约，而主演者由石小梅变成了她的亲授弟子施夏明，其演出团队由江苏省昆剧院第四代主挑大梁。

当晚，施夏明等的出色演出，很快把观众带入曲折、紧凑、动人的剧情之中：

明代，苏云携妻子郑氏到兰溪赴任知县，不料被水寇徐能抢劫，并被徐能投入江中，郑氏被徐能掠走。后郑氏逃脱，在途中产下一男婴，无助中将男孩裹以白罗衫，弃于道旁，自己入庵为尼。

徐能率众追赶郑氏，无意中捡到路旁一婴，遂抱回家以子抚养，取名继祖。十八年后，继祖中举后任监察御史。庵中尼姑郑氏和江中逃生隐居的苏云分别投状于林都御史。

继祖接状后从老仆人处获得当年的白罗衫，由此弄清案情，遂会养父徐能，令人拘而诛之。然后以白罗衫为证，与亲生父母团聚。

演出中，观众凝神屏息，静静观看。精彩处，则热烈鼓掌。演出两个多小时，剧场内无人离席，无人说话，个个聚精会神，沉浸在跌宕起伏的剧情和炉火纯青的表演之中。演出结束后，观众站立，报以经久不息的掌声，且久久不愿离去。

如此经典的剧目，如此优秀的演员，如此热情的观众，如此火爆的场面，让我非常感动和无比欣慰，同时，也出乎意料。说实话，演出前我还有些疑虑与担心：如今的高等学府会有戏剧的一席之地吗？新潮的大学生会喜欢古老的昆曲吗？偌大的剧场真的会座无虚席吗？真没想到，当古老昆曲遇上青年学子，竟然一见钟情，心领神会。

由此我更加坚定中华文化自信。

古老的昆曲乃中华之国粹，不愧为百戏的源头、文化的精华、艺术的瑰宝，具有永恒的价值和无穷生命力。它不仅是活着的艺术，也是青春的艺术；不仅是中国的艺术，也是世界的艺术。

由此我更加守望昆曲的未来。

昆曲传承的要素有三：剧本、演员、观众。今天我们高兴地看到张继青、石小梅等老一辈艺术家后继有人，我们有罗周这样的年轻编剧，有施夏明、单雯、张争耀这些青年演员，还有像北大学生这样高素质的观众。当然，这还远远不够。今后，我们应当更好地推进戏剧的传承与发展，更多地培养年轻的编剧、演员和观众。唯有他们，古老的戏剧才有希望与未来。

　　由此我更加坚信名家名作的力量。

　　文学艺术包括舞台艺术，名家名作尤为重要。文化艺术的影响力、号召力主要靠名家名作。它是文化建设成果的主要体现，它是我们这个时代的文化标识，它是留给未来的宝贵财富。因此，我们要高度重视名家名作。

　　名家出名作，名师出高徒。有石小梅才有《白罗衫》，有石小梅才有施夏明。其他名家名作莫不如此。

闳约深美的践行者

在这个春意盎然的阳春三月，我们在这里举办江苏省文联2017年"精英精品工程"展示展演项目启动仪式暨何方意象作品展览。今年，省文联将实施两大工程，即"名家名作工程"和"精英精品"工程。今天这场展览就是"精英精品工程"的首场展览活动。"精英精品工程"是针对我省优秀中青年艺术家的培养推介项目。选入这一工程的中青年艺术家和他们的作品，有些已经可以称得上"精英精品"，有些则正在向"精英精品"努力。我们将给这些中青年艺术家提供展示才华的机会，搭建进一步发展的平台，使他们真正成为名副其实的"精英精品"，为江苏的文艺事业积蓄力量、壮大实力。

何方是南京艺术学院的老师，也是一位年轻而"资深"的设计师。她曾为南京奥林匹克博物馆、亚青会、南京青奥会等重大项目做过设计，还为亚投行设计过新徽标和标志物，得到了业内的普遍赞誉和国际关注。何方就读于南艺，又任教于南艺，南艺的人文传统和艺术精神对她影响至深，她的艺术道路和艺术风格，我想可以用南艺的校训"闳约深美"四个字来概括。

何方有扎实的美术功底，又攻读了硕士、博士学位，深入研究美术理论与设计理论，获得了广博的知识。为了开阔自己的视野，又到海外访学，吸纳先进的美术思想和设计理念，并与当今世界现代设计前沿相对接，努力使自己成为专业过硬、视野开阔的设计艺术家。

何方在设计实践中博采众长、集思广益、精益求精。在为亚投行设计徽标和标志物的过程中，她查询了大量资料，还专门请教相关专业人士，使徽标的设计有了更为精准的艺术语言、更为简约的艺术造型和更深层次的文化内涵。

何方注意从生活中汲取艺术的营养，通过细致的观察和深入的思考，形成自己的设计思想。所以她的作品思路独到，表达深入浅出，获得了一致的认可。何方的设计作品，不仅能够给人以美感，而且还能够以视觉元素来引导人们的观念，促进新思想的形成，这是尤其难能可贵的。何方将"阔约深美"四个字融入自己的艺术实践之中，并与现实生活有机结合，形成了自己的设计特色，走出了一条崭新的设计之路。

陶界奇葩 古韵新姿

　　讲到宜兴，除了"教授之乡"，还有四个词：竹的海洋、茶的绿洲、洞的世界、陶的古都。我认为，"陶的古都"是唯一的，是最有特色的，也是最具人文价值的。但讲到宜兴的陶，人们首先想到的是紫砂，甚至只想到紫砂。其实，宜兴的陶，有"五朵金花"：紫砂、均陶、青瓷、精陶和彩陶。这"五朵金花"各具特色，各放异彩，各有很高的实用价值和艺术价值。

　　关于均陶，古书当中有这么一段记载："欧窑一名宜均，乃明代宜兴人欧子明所制，形式大半仿钧，故曰宜均也。"这个记载，解释了它为什么叫均陶。我理解，在古代，"千钧一发"的"钧"与"均陶"的"均"有时是通用的，有三层含意：一是指重量，"钧"是重量单位，均陶一般都比较重；二是指制作办法，"钧"是制陶时用的转轮，均陶一般都放在转轮上制作；三是指声音，"钧"是一种非常好听的和谐之声，均陶器发出的声音就是特别好听、特别和谐，大家不妨用手去轻轻拍一下方卫明的作品，会听到优美的声音。

　　对于均陶，我们现在还可以概括成"三明"：起源于或者说兴盛于明代，它的创始人叫欧子明，现在的传承人或者说当今把均陶推向一个新高峰的人叫方卫明。我这样说并不为过，因为他的确通过自己的努力与探索，把均陶推向了一个新的高度、新的高峰。具体表现为：

传承中有创新。方卫明既继承均陶的传统工艺，又创造了堆贴花的写意风格和"铜均釉"的制釉工艺。

厚重中有灵气。他既保持了均陶厚重古朴的特色，又在造型、色彩、画风上有所突破，使作品给人以灵动、淡雅、现代的感觉。

实用中有艺术。他的所有作品，都是实用的，也是艺术的；既是民间的，也是专业的；既入得了千家万户，也进得了公共空间，具有很高的实用价值、艺术价值和收藏价值。

历史上，均陶有"名陶名器、天下无类"的赞誉，今天，面对方卫明的作品，我们同样可以给他八个字：陶界奇葩、古韵新姿。

人文时空

第四辑

连任的联想

在省第十次文代会上，我以全票光荣连任省文联主席。这是组织和代表对我的再一次信任与重托，这也意味着我将开启"文化人生"的"第四个十年"。

自到省里工作后，我先后担任省委秘书十年，省级电视台台长十年，省文化厅厅长十年，省文联主席十年。其中在文化厅厅长与文联主席任上兼任过省委宣传部常务副部长和省人大教科文卫委主任，而文联主席的十年正在进行中。

我姓章，文章的章，命运将我与"文"字紧密相连。这"四个十年"，我与文字、文化、文艺结缘，须臾没有离开。

我属鸡。家乡有个说法，"鸡爬命"，说属鸡的人命中注定就是吃苦，就是要自己觅食。这种说法既对又不对。说对，的确我这几十年还是挺辛苦的。说不对，是我觉得自己的命运很不错，一直干着自己喜欢的事情，无论是文化工作还是文艺创作，我都是苦中有乐，乐此不疲。

我这个人没什么别的兴趣爱好，就是喜欢舞文弄墨。幸运的是，组织上一直把我放在与"文"相关的工作岗位上。如果说我这几十年取得了一些成绩的话，那主要原因是能把工作与兴趣结合起来。当然，努力与刻苦绝对是必须的。光有兴趣，光靠运气，不努力、不刻苦肯定是不行的。

本来，我这个年龄的人，可以自由自在、潇洒超脱些了，而这次连任省文联主席，重任还是卸不下来。主席这职位，说虚也虚，说实也实。说它虚，不必去管一个单位的具体事务了；说它实，责任重大，要为全省文艺事业的发展带好头，把好脉，服好务，做好事。

在其位担其责。我要与主席团和委员会的同志们一道，认真贯彻习近平总书记关于文艺工作的重要论述精神，按照娄勤俭书记在省文代会、作代会上的重要讲话要求，在省委省政府和省委宣传部的领导下，努力承担起推动江苏文艺繁荣发展的职责，使江苏文艺始终走在全国第一方阵的前列。

最近有一个很火的电视剧《装台》，说的是为文艺演出搭舞台的故事。而我以后更多的工作是"站台"——为艺术站台，为艺术家站台，为艺术事业站台。

站台并不仅仅是出个面、捧个场、剪个彩、讲个话，而是要扎扎实实为艺术和艺术家服务，努力做到三个"实"：

办实事。最大的实事就是文艺创作。创作是艺术家的中心任务，作品是艺术家的立身之本。我们一定要继续倾力抓好全省的文艺创作，我自己也要带头做好文学艺术创作，多出好作品、大作品，力争出几部精品力作与经典之作。同时，搞好艺术活动，培养艺术人才，做好文艺惠民等。

讲实话。始终站在文艺一线，深入调查研究，倾听艺术家的心声和老百姓的呼声，及时发现艺术发展中的问题与不足，敢于直言，敢于担当，努力推动江苏文艺事业的健康发展。

求实效。讲空话不如办实事，办实事必须求实效。作为文艺工作者，拿什么去建设文化强省？拿什么去"争当表率、争做示范、走在前列"？答案很简单，就是要拿出创作的行动，拿出优秀的作品，拿出文艺发展的实际成果。没有这些，就是一句空话，必将一事无成。

一切都是奋斗出来的。所以，现在我最大的想法与心愿，就是接续努力，做好工作，抓好创作，用实际行动和实际成果，为伟大的祖国、伟大的时代和可爱的人民奉献自己的全部心血与力量。

做人做事做文的教科书

由于台风"梅花"的影响，我差点误了行程。好在老天帮忙，"梅花"没有发威，让今天的活动照常进行。其实，即使狂风肆虐、暴雨倾盆，我也是一定要来的。不仅是因为朱文泉上将盛情邀请而来，而且是为一本书而来，为一位母亲而来。当我阅读了《叶珍》这本书，当我了解了叶珍这位母亲，我非常感慨、非常感动，更有非常多的感悟。

《叶珍》让我们进一步理解了什么是平凡，什么是伟大。在《叶珍》的封面上有这么一句话：一个平凡而又伟大的母亲。这里的平凡就是普通——普通的人、普通的生活。这里的伟大就是崇高——崇高的精神、伟大的母爱。正是这种伟大的母爱，造就了一个温暖和谐的大家庭，培育了一个伟大而平凡的儿子朱文泉。我说他伟大，是他一生投入了光荣而伟大的事业之中，为我国的军队建设、国防建设做出了非凡的业绩，并写出了《岛屿战争论》等鸿篇巨制。我说他平凡，是他身为将军却回归平凡，以儿子的名义，以普通人的身份，自己动手为母亲写作，为母亲作传，以此怀念母亲，报答母亲。

《叶珍》让我们进一步理解了什么叫美德，什么叫家风。中华传统文化的核心之一是"道德"二字。道为自然规律，德为社会法则。而德的要义在于尊老爱幼，德的体现在于良好的家风。

所谓尊老爱幼，就是"老吾老以及人之老，幼吾幼以及人之幼"。朱文泉上将爱自己的母亲，也爱天底下所有的母亲，他及家人写的这本书，既是写自己的母亲，也是写所有的母亲。我就从他母亲的身上看到了我母亲的影子。他母亲曾对他说："小大子，走到前面去！"我母亲曾对我说："天上掉下东西来，也得靠自己去抢！"两位母亲对儿子讲的话，意思大体一样，就是要努力，要抢在前面。这普通的话语，影响我们一生。为什么今天把首发式放在学校举办？朱文泉上将真可谓用心良苦——就是用他母亲的教诲和美德，来教育学生，引导孩子，让他们传承与弘扬中华传统美德。同时，也用他家的家风来影响校风。家风在我的家乡叫门风，是指一个家庭的道德素养和价值取向。用朱文泉上将的话来说："家风是一个家族的精神不动产。"这句话讲得太好了！俗话说，富不过三代，但精神永恒，家风永驻。有什么样的家风，就有什么样的家庭，就有什么样的孩子。家风好，就能好三代，好千秋万代。朱文泉上将的大家庭就是最好的例证。正是朱家"诚实、勤劳、乐善、进取"的家风，正是父母的身体力行和言传身教，形成了一种文化和道德氛围，产生了一种强大的感染力量，使朱家培育出了一个个栋梁之才和优秀人才，为家乡争光。

《叶珍》让我们进一步理解了怎样写作，怎样立传。我的业余爱好是写作，这几年也写了不少东西，也曾想为母亲写点什么。读了《叶珍》这本书，我更有了写作的冲动。而且我知道了怎么去写，怎样为母亲"立传"。昨天晚饭时与朱文泉上将交流，他说写作就是写事。是的，在写事中写人，在写人中写情。文采不是华丽的词语，而是朴实的文字、真实的情感。在读《叶珍》这本书的时候，我自然联想起朱自清的《背影》，鲁迅的《故乡》，高尔基的《童年》，都是写真人真事，写真情实感。我可以这样说：《叶珍》是一本优美的散文集，一部具有很高社会价值与文学价值的传记，而且也是德育的范本、家风的读本，更是做人做事做文的教科书。

从"陶风楼"到"陶风奖"

今天，我非常荣幸地代表江苏省报告文学学会在这里领奖。大型报告文学集《向时代报告》获得了由南京图书馆设立的"陶风图书奖"。这个沉甸甸的奖项，使我感到特别亲切。

这个奖项冠以"陶风"二字，取自位于南京市鼓楼区龙蟠里九号的"陶风楼"。陶风楼建于1927年，曾是惜阴书院，后为江苏省最早设立的官办公共图书馆。许多文化名人包括鲁迅先生曾经在这里阅读书籍。新中国成立后为南京图书馆古籍部。南京图书馆新馆建成后，陶风楼一度闲置。我在江苏省文化厅任职期间，对陶风楼做了较大修缮，并将文化厅机关搬到陶风楼。陶风楼是块风水宝地，人文气息特别浓厚，正是在这里，我边工作边阅读边创作，完成了我的文学处女作《故宫三部曲》。

从"陶风楼"到"陶风奖"，我与"陶风"结缘，我与阅读结缘，我与文学结缘。我深深地体会到，我的生存与生活，工作与创作，都与阅读有着密切的关系。借此机会，我谈谈对于阅读的几点体会与认识。

一是阅读与人生。我是伴随着阅读而成长起来的。当然，我小时候，基本上无书可读。上学后，除了课本，课外书很少，记得上初中的时候，在家里的柜子里，偶尔翻到了一本旧书，书名叫《越王勾践复国记》，这可能是家里仅有的一本书，也不知道从哪里来的，我就似懂非懂地不知读了多少遍。一直到恢复高考，我先上师范后到复旦，才阅读了许多书籍和文章。正是在师范上学时，我在报纸上阅读到了徐迟的报告文学《哥德巴赫猜想》，它给我种下了文学创作的种子，以至在 20 多年后，我走上了报告文学创作之路，在陶风楼开始了文学创作，并获得了中国徐迟报告文学奖，开启了我的"文学人生"。现在，我是一边阅读一边写作，用阅读帮助写作，用写作促进阅读。阅读与写作成为我生活的主要方面。我由衷地感受到陶渊明《惜阴》诗句中说的，"盛年不重来，一日难再晨。及时当勉励，岁月不待人。"我要抓紧时间进行阅读与写作，做好一个"读书人"和"写书人"。

二是阅读与社会。阅读是人类获取知识、增长智慧的重要方式，是一个国家、一个民族精神发育、文明传承的重要途径。中华民族有着优良的读书传统，崇尚读书、诗书继世之风绵延数千年。今天我们正在建设中国式现代化。现代化说到底是人的现代化。所谓人的现代化，指人的思想观念、思维方式、行为方式、生活方式实现从传统向现代的转变，社会关系和谐发展，人的素质全面充分提高。而人的素质全面而充分提高，靠什么？主要靠学习、靠阅读、靠知识的普及。社会的发展进步、良好风尚的形成，国民素质的提高、现代化的实现，与全民阅读有着很密切的关系。

三是阅读与未来。现在我们正处在知识和信息爆炸的时代。随着"元宇宙"和"超智能"时代的到来，要求人们掌握的知识和信息越来越多，否则就无法适应现代社会的工作和生活。如何才能掌握更多的知识和信息？还是学习，还是阅读。当然，阅读的方式很多，主要有纸质阅读和电子阅读。无论是哪种阅读，都需要更多阅读，终身阅读。谁认真阅读，谁就能把握当下；谁坚持阅读，谁就能拥抱未来。

书籍滋养民族心灵，阅读培养文化自信。阅读直接影响着时代进步、社会风尚和人的成长。但愿南京图书馆阅读节和陶风图书奖，成为"两大平台"，即作者平台和读者平台；成为"两大品牌"，即文化品牌和读书品牌，为推动江苏省全民阅读和文化强国先行区建设作出贡献。

构筑现代工商文化新高地

我是第一次参加全球锡商大会。当我接到邀请时，我感到非常荣幸，同时感到忐忑，怎么会让我参加这个大会呢？转而一想，参加也合适。可能因为我曾经当过江苏省有线网络集团董事长、省广电集团总经理，可以称得上"半个企业家"，也算是锡商。更主要的是，我是无锡宜兴人。

每当我说自己是宜兴人，有人就会问：宜兴为什么能出那么多著名的校长、教授和画家？每当我说是无锡人，有人就会问：无锡为什么能出这么多著名的经济学家和实业家、企业家？为什么工商业那么发达、经济发展那么快、那么好？

这当然应当从多个层面、多个角度来分析、来回答，而我今天主要从文化的角度来阐述一下。

历史上，无锡农工商一直很发达，号称全国的"金库"和"粮仓"。改革开放以来，更是成为经济发展的"重镇"，走在全国前列。这与江南传统文化有很大关系。那么，什么是江南文化呢？我认为，江南文化有这样几个明显的特点：

一是刚柔相济。江苏是全国唯一同时拥有江河湖海的省份，这是江苏的最大特色、最大优势。吴国的"吴"字，就是从"鱼"字演变过来的。江苏文化就是水文化。水最温柔，也最有力量。正所谓"温柔似水""水滴石穿"。在水的孕育下，江苏人的性格，江苏文化的性格，就是吴韵汉风、刚柔相济、能文能武。历史上，江苏出了无数文人，如曹雪芹、冯梦龙、朱自清、徐悲鸿等；也出了许多知名企业家，如范蠡、荣德生等；还出兵书、出名将、出勇士，如刘邦、项羽、周处等。

二是开放包容。在昨天召开的江苏发展大会上，信长星书记指出，从"泰伯奔吴"，到三次"衣冠南渡"，中原文化、异域文化与江苏文化的一次又一次融合，都是江苏经济发展、社会变迁和文化繁荣的催化过程。具体地说，江苏历史上有四次重大的南北文化交融：第一次是商代后期的"泰伯奔吴"，第二次是晋代的"永嘉之乱"，第三次是唐代的"安史之乱"，第四次是两宋之交的"靖康之变"。历史上的大动乱，北方人往南方跑，跑到我们这一带，看到这里环境好，富庶安定，原住民又能接纳他们，于是他们就在这里生活下来。人的迁徙就是文化的迁徙。这样，他们带来的北方文化就与当地文化相互融合，形成多元的江南文化。江南又地处我国东部沿海，近临上海，具有海洋文化的特点，使江苏文化具有多样性、开放性和包容性。

三是诗情画意。一说到江南，人们都会想到白居易的一首诗："江南好，风景旧曾谙。日出江花红胜火，春来江水绿如蓝。"由于江南自然风光好，人文底蕴厚，加之经济富庶，吸引了多少文人骚客来此吟诗作画，留下许多名篇与佳作，使江南充满了诗情画意和人文品质。经常有人问我，你的家乡宜兴为什么出那么多大画家，如徐悲鸿、吴冠中、钱松嵒等，我说主要得益于家乡的山水景色好，自然之美激发了人的审美意识和表达美的愿望。

四是儒商同道。中国历史文化当中有一个传统，就是重农抑商。而在江南文化中，却又有"义利相容、经商求富"的精神。历史上江苏工商业一直比较发达。古代范蠡称为"商圣"，他在协助越王勾践复国之后，带着西施泛舟太湖，在江南一带，经商成为巨富。近代中国工商业的发源地就在江苏，有一批人既是大文人又是大商人，如：张謇、薛福成、荣德生等。

这些传统文化观念和特点，至今仍有价值，仍有影响，仍在起着作用。江苏经济的发展、无锡工商业的发展是有传统的、有渊源的，与传统文化息息相关。

如今，进入了新时代。无锡在中国式现代化的伟大进程中，在无锡高质量发展过程中，既继承弘扬传统工商文化的优势，同时又实现工商文化的现代转型，大力创新和发展现代工商文化，建设新时代工商名城。为此，我建议做到"五个转化"：

由"四千四万"向"创新创造"的转化。在改革开放初期，无锡是"四千四万"精神的发源地，有力地推动了乡镇工作的发展，创造了经济发展的奇迹。"四千四万"精神虽然没有过时，但时至今日，更要提倡"创新创造"的时代精神，也就是创造性转化，创新性发展。只有创新才能创造，只有创造才能发展。经济建设是这样，文化建设是这样，各行各业的发展都是这样。

由"无锡制造"向"无锡智造"的转化。"无锡制造"是无锡的强项和品牌，但我们不能满足于此，应当加快实现"无锡智造"，因为我们已经进入了"智能时代"，智能化已经成为不可阻挡的时代潮流。而智能化具有强烈的综合性，可以这样来表述：智能化＝科技化＋产业化＋文化化＋艺术化。比如元宇宙、人工智能等，既要依托科技和产业，也要依靠文化和艺术。元宇宙的设计与研发，肯定要有文化和艺术的参与；人机对话，更多的是文化人、艺术家与智能机器人的对话。

由"文化产业化"向"产业文化化"的转化。所谓文化产业化，就是利用文化资源进行产品开发，并进入市场，形成一定的产值和利润。我们过去发展文化产业就是这一思路和做法。所谓产业文化化，就是在所有物质产品和物质生产领域，注入文化艺术的元素，或者进行创意设计，进而提高产品的品质和附加值，取得更好的社会效益和经济效益。我认为，无论是文化产品还是物质产品的生产，这一思路和做法都更有广阔的发展前景，值得探索和推广。

由"工商名人"向"工商文化名人"的转化。我国自古以来就有"儒商"的称谓。一般认为，儒商就是有文化的商人，或者是文人从商者。其实不然，儒商应具有这些特征：注重个人修养，诚信经营，有较高的文化素质，注重合作，具有较强责任感。儒商有超功利的最终目标，有对社会发展的崇高责任感，有救世济民的远大抱负和忧患意识，追求达则兼济天下。我国古代的"商圣"范蠡和近代的荣氏家族就是这样的儒商。在昨天的发展大会上，荣智健先生也专门谈到了这一点。无锡当代的企业家多、工商名人多，应当大力倡导儒商精神，培养更多的当代儒商。真正的儒商就是工商文化名人。

由"工商名城"向"工商文化名城"的转化。无锡作为中国历史悠久的工商名城，享誉古今中外。工商名城主要是就经济而言的，而我们正在建设中国式现代化，中国式现代化的重要特征之一，就是两个文明的全面发展。所以，无锡必须两个文明一起抓，在"工商名城"的基础上打造"工商文化名城"，即：发展现代工商经济，培育工商文化精神，培养工商文化精英，构筑工商文化高地，进而使工商经济与人文精神相得益彰，使传统文化与现代文明交相辉映，提升无锡的城市魅力、吸引力和综合实力。

杜小刚书记在前面的致辞中说："今天是小满节气。小满小满，麦子饱满。"让我们以饱满的乡情与热情，积极关注和投身到家乡无锡的现代化建设事业之中。我们相信，无锡一定能够成为中国式现代化的样板城，成为江苏建设文化强国先行区的先行军。

谱写艺术的青春之歌

　　青年艺术家最具有艺术梦想和追求，是艺术的未来和希望。希望全省青年艺术工作者，把握青春时光，潜心艺术创作，历经多方面的考验与锤炼，付出百倍辛苦和艰辛劳动，进行长期不懈的努力，力求做到立志、立德、立艺、立言、立人。

　　非学无以广才，非志无以成学。青年艺术家必须树立远大理想和人生目标，有志于献身艺术，有志于攀登高峰，有志于成为名家大师，有志于用自己的文艺作品实现最大的社会价值和自我价值。

　　学艺先做人。聂耳曾经说过："不锻炼自己的人格，无由产生伟大的作品。"青年艺术家要虚心学习老一辈艺术家高尚的人格、精湛的技艺，学习他们甘于寂寞、勇于奉献、淡泊名利、团结协作的高贵品质，不断提高自己的人格修为，讲品位、重艺德，为历史存正气，为世人弘美德，为自身留清名，努力以高尚的职业操守、良好的社会形象、文质兼美的优秀作品赢得艺术界的好评和人民的喜爱。

　　对于青年艺术家来说，立艺就是立身，立艺才能立足，必须用艺术来说话，用作品比高低，没有好作品一切免谈。青年艺术家应当把自己的智慧和才华全部投入艺术创作中去。要力戒浮躁，不怕孤独，耐住寂寞。天赋与机遇固然重要，但并不是决定因素。凡千古名篇、传世之作，必定是艺术家笃定恒心、苦下功夫、倾注心血的结果，急功近利、投机取巧、偷懒懈怠终究出不了好作品。因此，青年艺术家要心无旁骛，以"板凳要坐十年冷""语不惊人死不休"的精神，专注于艺术创作，献身于艺术事业，进而在艺术上有所造诣、有所作为、有所成就。

一个优秀的艺术家，不仅要有坚实的创作功底，还要有坚实的理论功底；不仅要有自己的文艺精品，还要有自己的学术成果。青年艺术家要打牢生活根底、知识根底、文化根底和理论根底，既出作品，又出思想；既有高质量的论文，又有有分量的专著。同时积极参与文艺批评，运用历史的、人民的、艺术的、美学的观点，评判和鉴赏作品，在艺术质量和水平上敢于实事求是，在大是大非问题上敢于表明立场，坚守一个艺术家的艺术操守和职业良心。

做一个有理想、有道德、有文化、有纪律的人，是全体公民、全体青年共同的目标，也应当成为青年艺术家的人生追求。青年艺术家正处在艺术创作的成长期，要树立正确的世界观、价值观、人生观，要坚持艺术理想，加强自身修养，不断提高学养、涵养，行大道、走正路，做一个大写的人，做一个德艺双馨的文艺工作者，用智慧和汗水谱写艺术的青春之歌。

王干的"天地人生"

今天应邀参加"王干书屋"揭牌活动，而我先要说的是，很荣幸再次见到著名作家王蒙先生。大约十年前，我在南京博物院附近的大酒店，代表江苏省委宣传部接待了王蒙先生夫妇。当时，我还斗胆给王蒙先生送了一幅我写的书法作品，内容是："大道留天地，雄文传人间。"字虽然写得不怎么样，但王蒙先生客气地收下了，还一起拿着这幅作品合影留念。更令我得意的是，王蒙先生前不久在江苏人民出版社出版的新书《天地人生》现在火得很，非常畅销，而其书名的四个字竟有三个字与我写给王蒙先生的书法作品文字相同。假如我当时写的是"大道留天地，雄文写人生"，那么其书名中的四个字就都有了，而且用后两句话来评价《天地人生》是何等贴切！

现在回过头来说王干。王干是我的老朋友。对于他，也可以用"天地人生"来概括——王干的文学天地，王干的文学人生。

先说王干的文学天地。王干比我小三岁，也算是同龄人。我们这一代人生在新社会长在红旗下，就文学而言，我们经历了伤痕文学、20世纪80年代文学、新时期文学、新世纪文学。不知道这样划分对不对，反正我们经历了不同的文学时期，在新的文学环境中成长起来，受文学的影响很大，年轻时也曾是文学青年。这几天我一直在追剧，看根据路遥小说改编的电视剧《人生之路》，里面的主角高加林就是一位文学青年，与我们的经历与爱好很相近。王干与高加林一样，在这样的文学环境中受到影响与滋养，一直在这样的文学天地里一路前行。

再说王干的文学人生。王干是科班出身，毕业于扬州大学中文系。1979 年在《雨花》开始发表作品，1990 年加入中国作家协会。著有《王干随笔选》《王蒙王干对话录》《世纪末的突围》《废墟之花》《南方的文体》《静夜思》《潜伏我们周围的》《潜京十年》等学术专著、评论集、散文集。他曾任《文艺报》编辑、《钟山》杂志社编辑，《东方文化周刊》主编、人民文学出版社《中华文学选刊》主编，现任《小说选刊》副主编，2010 年获得第五届鲁迅文学奖。纵观王干先生的人生，就是文学人生。

王干先生著作等身，形成一种独特的王干文学现象——持续性和宽阔性。他十八九岁就踏上文学之路，成名很早，因文字之老练、老辣，人称"干老"，到现在却还保持着旺盛的创作活力和生命活力，因而成了"干青"；他的文学路子很宽，既搞文学创作、文学评论，又是资深的文学编辑，而且都达到了相当的高度。

让我非常自豪的是，我的文学之路与王干先生的文学人生有过交集：我们共同创办了《东方文化周刊》，我当社长，他当主编，一段时期《东方文化周刊》火遍大江南北，成为江苏第一刊；我的文学处女作——长篇纪实文学《故宫三部曲》，是经王干先生编辑，在人民文学出版社出版的，他为我写了多篇评论，并在国家级报刊发表。

今天，"王干书屋"在美丽的凤栖湖景区揭牌，可以说是"丹凤归巢"，报恩桑梓；也可以说是王干文学人生的一次揭幕、一次亮相。这个书屋不仅是他文学创作成果的汇聚与展示,而且也是一个书香飘溢的人文空间。这里是人们读书、学习、体验、分享的地方,是交流思想、放飞心灵、梦想未来的空间。人们在这里不仅可以获得知识、信息,更能获得思想的启迪、文化的滋养、艺术的熏陶,进而获得人生的动力和活力、想象力和创造力。

王干书屋也是大众书屋,属于每一位读者,属于热爱阅读、热爱文化、热爱生活的人。我相信,"王干书屋"一定会成为泰州和江苏乃至全国的读者打卡地、文人聚集所、人文景观处。

《追问》之追问

　　首先对丁捷反腐纪实文学《追问》一书的问世表示祝贺。仔细梳理一下发现，我和丁捷有着"三个相同"。其一，我们都曾经担任过秘书；其二，我们也都是从秘书岗位走上领导岗位的；其三，我们都是以非专业作家的身份从事着非虚构文学的创作。近年来，丁捷在文学创作上收获颇丰，取得了不小的成绩和影响，所以，我今天是带着学习的心态来参加这场新作研讨会的。

　　丁捷的《追问》一书刚刚出版，就获得了极大的社会关注和良好反响，这是近年来反腐题材的又一力作，也是江苏文坛的又一重要收获。通过认真拜读，我对《追问》做了一个内容与写作上的追问，认为这部作品不仅具有很强的现实意义，而且具有一定的创新意义。

　　追问1：纪实与虚构。纪实文学是一种以真人真事为基础的、非虚构的写实性文体，既要有社会事件的真实性，又要兼顾文学创作的生动性、可读性。纪实是新闻的特点，它以记录真实事件为第一要义；文学则以塑造人物为主，需要有一定再创造的虚构空间。很遗憾的是，在当前一些纪实文学作品中，由于过于追求真实，拒绝文学再加工的任何东西，只注重新闻性、资料性、直白性、政治性等等，发展到最后就是没有了可读性。这是中国纪实文学作家普遍面临的尴尬处境。《追问》的突出之处正在于打破了这一尴尬。丁捷在创作自述中说，他从中纪委和江苏省纪委提供的 633 个案例中遴选出近 30 个地厅级与省管干部违纪违法典型作为创作素材，最终呈现了 8 个落马官员的故事。显然，这部作品的创作是有事实依据的。但作者又不是在做纪检案件的实录，而是以"反腐"为主题串联起一系列真实、生动、鲜活的故事，把这些腐败官员真正当作一个个"人"来写，追问落马官员的心路历程。他不仅关注现实、关注社会，更关注人物、关注内心世界。这就使作品不仅更可看耐看，还具有了不一样的格局和气度，也真正能够发挥纪实文学对当下社会的意义。

追问 2：自述与追问。正如《追问》的作品介绍中所说的，这是一部长篇口述体纪实文学。作者与落马官员进行面对面的访谈，以访谈对象的自述为主，作者的追问为辅。落马官员第一人称的自述，大大加强了作品的真实感，而作者的追问则是对作品更深层次内涵的挖掘和提升。二者相互交织，并行不悖。在这个过程中，更应该引起我们关注的则是自述者和追问者身份与姿态的回归——自述者不再是往日高高在上的官员，追问者也不是心有忌惮的记者，随着案件的尘埃落定，二者都获得了一个较为平等的身份视角，这让他们的自述和追问都多了几分平和与沉静：自述者以平和的心态回顾自己为官从政的人生经历和心路历程，追问者以更理性的思维去思考由"正"入"邪"的人性畸变和当前腐败滋生的思想与社会根源。"罪与罚"的启示录，因为双方理性的探讨才显得更有力量。

追问 3：暴露与哲思。鲁迅曾说："能憎能爱才能文"，作者强烈鲜明的爱憎，在作品中就表现为歌颂和暴露。因此，"反腐文学"极易陷入只揭露社会的黑暗面而不能提出解决问题方法的漩涡，侧重了"暴露"，却忽视了哲思。而《追问》则是一部有思考的纪实文学作品。它不仅记录社会腐败现象，更从腐败官员的自述中，去探究他们是如何一步一步从一个优秀人才走入犯罪泥沼，最终幡然悔悟、改过自新，进而揭示出人性的多面和复杂。可以说，《追问》是一部官场落败者的"心灵史"，更是一部蕴含着哲思的"醒世恒言"。我想，这种哲思，正是反腐工作的目的之所在：让贪腐者认清人性的欲望，找回自己的初心，从而实现自我改造、走向正途。这也正是《追问》这部作品的最大意义之所在。

作画与作文

  大家知道，吴冠中先生是国内外著名的画家，在艺术上取得了很大的成就，可以说是一座艺术高峰。但他青少年时代并不想当画家、艺术家，他的理想是像鲁迅那样，当一名思想家、文学家，用文字反映现实、针砭时弊、激浊扬清、唤醒民众、造福社会，正所谓"横眉冷对千夫指，俯首甘为孺子牛"。但由于种种原因，他没有走上文学之路，而是当了一名画家。可是，他没有放弃思想，放弃写作。他说过一句话，大意是，画家不一定是思想家，但必须是一位思想者。他没有说过，画家不一定是文学家，但必须是一位写作者。可他用他的行动说了，作画还要作文。他一生写了许多文字优美、情感充沛、思想深刻的散文。我读过他的散文集《我负丹青》，深为感佩，深受影响。

  好了。说到这里，我要回过头来说毕宝祥了。毕宝祥与吴冠中同为画家，虽然现在我还不能把他俩相提并论，但他俩有一个共同之处，就是既作画又作文。

  关于毕宝祥老师的画，我已经在他的画展上讲过几次，主要的评价是：

  古中出新。毕宝祥有深厚的中国画传统功底，但他对传统有融合、有取舍、有改造、有添增，近几年更有创新，充满时代性与生命力。

平中见奇。他以平静的心态、虔诚的笔墨、真实的感受进行创作，看似平淡却奇崛，细看耐读，总有飞来之笔、独到之处。

墨中有诗。他的山水画，多以江南山水为创作对象，运用工写结合、水墨交融的方法来表现江南的美好景致，一幅幅充满诗意的江南山水图景跃然纸上。

关于毕宝祥老师的文，我是第一次来谈。今天要重点谈谈他的写作、他的散文。我从手机里陆续看到毕老师写的一些散文，后来又读了他的散文集《说说身边事》，给我三点突出的印象和深刻的感受：其一，作文与作画是相通的。作文是用文字，作画是用线条、造型和色彩，但都是为了记叙人物和事物，都是为了抒情表意，所以，都要选择素材，挖掘主题，谋篇布局，讲好故事，表达思想，在这些方面都是相通的。作文是用文字作画，作画是用笔墨作文，两者相辅相成、相得益彰。从某种意义上说，作文有利于作画，作画有利于作文。这在毕老师身上表现得尤为明显。

其二，作文与说话是相通的。许多人都觉得作文难，但谁也不会觉得说话难。其实，写作就是写话。你看毕老师的《说说身边事》，就是在与你说话，与你拉家常，就是把要与你说的话用文字写下来。这就是作文，这就是写作。写自己想说的话，写自己熟悉的人与事。这样的写作并不难。当然，作文与说话都不容易。我要强调的是，作文如说话，说话如作文。此话怎讲？会作文的前提是会说话。不要以为人人都会说话，有些人说话，要么是口若悬河、不知所云，要么是眉毛胡子一把抓——没有重点，要么是老太婆的裹脚布——又臭又长。如果你讲话有血有肉、有逻辑有思想，条理清晰、收放自如，记下来就是作文，写出来就是文章。不信，你把我今天的讲话录下来，通过语言软件一转换就是一篇小文章，马上可以做成公众号发出去。

其三，作文与做人是相通的。文如其人。作文先做事，做事先做人。或者说，寓作文于做事之中，寓做事于做人之中。要写好文章就要做好事，做好事就要做好人。在我眼里，毕宝祥是个好人。我说的好人，不是那种老好人和老实人。老好人往往缺乏原则性，老实人往往缺乏能动性。而好人则不同，善于做事，诚以待人。这是毕宝祥的最大特点。正因为他是一个好人，他才能有情怀有胸怀有正能量，才能做好事善事，才能画好画写好文章。最后，我还要强调的是，写文章一定要有真情实感，写真话实话。这也是毕老师的散文最打动我的地方。比如，他在《造园记》中说："其实，院子就是用来让人折腾的，不折腾就不好玩了。"我深有同感。又比如，他在《男人的秃》里说："我是40岁不到开始脱发的。吃过黑芝麻、何首乌，也用生姜擦过头皮，好像没啥效果。但我知道不能过度焦虑，否则会加快秃的进程。所以我就会安慰自己，资料上不是说了嘛，脱发有十大好处：长寿、雄性激素旺盛、不易患癌症、聪明等等。"这样的文字幽默风趣、生动活泼，很有意思，让人在会心一笑中有所感悟、有所收获。

分享的力量

烂漫的金秋，收获的季节。今天，省委主要领导接见江苏省紫金文化奖章获得者，并在全省宣传思想工作大会上亲自给获奖者颁奖。我名列其中。这是我有生以来最大的收获。

在这光荣的时刻，我除了感动、感谢、感恩之外，更想说的是"分享"二字。

今年是改革开放 40 周年，也是我踏上社会 40 年。其间，我在省级宣传文化战线上整整奋斗了 30 个年头。这 30 年，我没有离开一个"文"字，一直从事文字、文化、文艺工作，先后担任过省委秘书、省广电总台台长、省文化厅厅长、省书法院院长、省委宣传部常务副部长、省文联主席之职。

我在几个主要岗位上一干就是 10 年，取得了一定的工作成绩，并利用业余时间进行文学艺术创作，笔耕不辍，有所成果。这些工作成绩与创作成果的取得，并非一己之力。没有组织提供的机遇与平台，没有领导给予的信任与支持，没有班子成员的密切配合，没有同事们的同心协力，是不可能取得这些成绩与成果的。这绝不是客套话、自谦话，而是肺腑之言。

10 年前，省委、省政府在给我记一等功的同时，也给省文化厅记了集体一等功。这次省里的紫金文化奖章，虽然只是颁发给我个人，但这个荣誉也应该属于我工作过的电视台、文化厅、宣传部、文联等部门单位的全体同仁。

所以，我要与大家一起分享这枚奖章、这个荣誉、这份快乐。当然，也包括我的亲朋好友，是你们给了我无微不至的关怀和帮助。

有这么一句歌词："与你分享的快乐，胜过独自拥有。"真的，我与大家分享我的荣誉，并没有使我的快乐丝毫减少，反而让我得到了双倍的快乐！

不仅如此，我还从分享中得了新的力量。我知道，大家在与我分享荣誉和快乐的时候，一定会更多地关心我、鼓励我、支持我。这正是我继续前行的力量所在！

这里，我还要向大家透露一个小小的秘密。几个月前，人民文学出版社将我的长篇纪实文学《故宫三部曲》推荐参加鲁迅文学奖的评选。过五关斩六将进入最后一轮评选，结果落选了。

这可是我国文学的最高奖项啊！我失之交臂，颇为遗憾。事后，我认真地拜读了鲁奖作品，确实比我写得好，我心悦诚服。

如果说，获奖是对我的鼓舞，那么，落选则是对我的鞭策。这让我看到了自己的差距与不足。差距就是努力的方向，不足就是发展的空间。我从落选中同样获得了前行的动力。

在前不久的一次活动上，王燕文部长当着大家的面表扬了我的"人文空间"，并说"你就是正能量的大 V"。这是对我莫大的褒奖！是的，我要用我的自媒体、我的创作、我的工作，用我全部的智慧与心血，竭诚为人民服务，为社会提供正能量。

获奖是一种荣誉，也是一种责任。作为省文联主席，我要更好地为全省艺术家服务，为文艺的繁荣发展鼓与呼。作为一名文化人和文艺工作者，我要潜心于创作，实现我早先的承诺，在未来几年，完成两个"100万"，即100万字的文学创作和100万字的书法创作，并力争多出优秀作品和精品力作。

凡是过去，皆为序章。我将以荣获紫金文化奖章为新的起点，在未来的岁月里以更大的热忱不懈努力，以更多更新的工作业绩和文艺成果奉献给这个伟大时代，真正无愧于这枚承载光荣与责任的紫金文化奖章！

改革开放给文化艺术带来了什么

今年是改革开放 40 周年，作为亲历和参与这一重大历史进程的文艺工作者，自然会思考这样一个问题：改革开放给文化艺术带来了什么？

在庆祝改革开放 40 周年大会上，习近平总书记在讲到 40 年成果时，有这么一句话："文化艺术日益繁荣。"

"日益繁荣"四个字，内涵丰富，来之不易。

众所周知：改革开放 40 年，中国创造了一个伟大的经济奇迹，从国民经济十分落后到成为世界第二大经济体。这里有两组数字，一是国内生产总值由 3679 亿元到 82.7 万亿元；二是全国居民人均可支配收入由 171 元增加到 2.6 万元。

有目共睹：改革开放 40 年，中国迎来了一个灿烂的文化春天，从文艺园地一片萧条的景象到百花盛开姹紫嫣红。这里也有两组数字，一是从 8 个样板戏到 300 多个剧种、1 万多个剧团，从每年拍摄 20 多部电影到 970 部，电视剧从 8 部单本剧到 13475 集；二是全国文艺家会员数由 1.2 万人发展到 12.6 万人。

40 年来文化文艺日益繁荣，最根本的一条，就是得益于改革开放。没有改革开放，就没有文化艺术的日益繁荣。

观念更新为文化艺术增添活力。改革开放前，受极左思潮的影响，思想僵化，观念陈旧，艺术创作受到方方面面的束缚，作品题材、创作方法等被极大限制，都必须"高大全"，因而都是千篇一律、千人一面。改革开放打破了过去的各种思想禁锢，文艺界摆脱了精神枷锁，观念更新，思维活跃，出现了"伤痕文学""反思文学""改革文学"，其代表作有卢新华的《伤痕》、刘心武的《班主任》、蒋子龙的《乔厂长上任记》等。

社会生活为文化艺术开辟源泉。改革开放 40 年使我国发生了天翻地覆的变化。丰富多彩的社会景象和色彩斑斓的人民生活给文艺创作提供了取之不尽的创作源泉。前不久，我专程到广州观看了顾芗主演的苏州滑稽戏《顾家姆妈》，该戏写的就是改革开放以来的几十年间的故事，从一个家庭故事折射出社会之变、生活之变、人心之变，非常生动感人，使人潸然泪下。像这样的作品有许多许多，如毕飞宇的茅奖作品《推拿》、电影《吴仁宝》、电视剧《人民的名义》、淮剧《小镇》、儿童剧《留守小孩》，还有冯健亲的《春天里》、赵绪成的《现代都市水墨》等等。

经济发展为文化艺术提供支撑。改革开放大大增强了政府的经济实力。这 40 年中，政府对文化艺术的财政投入翻了不是几倍，而是几十倍上百倍，有钱好办事，建立了覆盖城乡的公共文化服务体系，建设了大量的公共文化基础设施，如大剧院、美术馆、图书馆、博物馆以及文化中心等，并实行免费开放。有一种说法，叫"文化搭台，经济唱戏"，我们完全可以反过来说，"经济搭台，文化唱戏"，经济的发展支持了文化的繁荣。

消费市场为文化艺术带来需求。在经济上是消费决定生产，在文化上也是消费决定生产。改革开放使人民生活大大改善，文化消费市场迅速扩大，需求不断增长。这从恩格尔系数可以看出，改革开放初期的恩格尔系数是 50％以上，到去年下降到 29％，达到了发达国家水平，说明老百姓用于教育、文化方面的消费支出越来越多。文化需求的增长，必然拉动文化事业和文化产业的发展，促进了文艺创作的繁荣。

习近平总书记说："40 年春风化雨、春华秋实，改革开放极大改变了中国的面貌、中华民族的面貌、中国人民的面貌、中国共产党的面貌。"同样也改变了中华文化艺术的面貌，改变了广大文艺家的面貌。

习近平总书记又说："艰难困苦，玉汝于成。40 年来，我们解放思想、实事求是，大胆地试、勇敢地改，干出了一片新天地。40 年来取得的成就不是天上掉下来的，更不是别人恩赐施舍的，而是全党全国各族人民用勤劳、智慧、勇气干出来的。"习近平总书记的话掷地有声、铿锵有力，我们感同身受，切身体会。我们文化艺术所取得的成绩，也是干出来的，是文化艺术工作者创造、创作、创新出来的。

我们已经进入了中国特色社会主义新时代。习近平总书记提出："举旗帜、聚民心、育新人、兴文化、展形象。"兴文化是一个新的提法、新的要求。

兴文化重要的是兴文艺。文艺是时代前进的号角，是文化事业文化产业的源头和内容，是人民群众的精神食粮，是一个时代文化发展与成就的主要标识。从某种程度上来说，文艺兴则文化兴。

所以，我非常赞同在文化强省建设目标中增加"文艺创作高地"。构建文艺创作高地，就是要在新时代，创作大量的思想性、艺术性、观赏性相统一的优秀作品，以满足广大人民群众的普遍文化消费需求；创作一批思想精深、艺术精湛、制作精良的精品力作，以引领新时代的文艺创作，引领人们的审美情趣和价值取向；创作几部具有隽永之美、永恒之情、浩荡之气的经典之作，以光耀时代、光耀世界。

前天我在 2018 江苏雕塑月活动上讲，雕塑创作有一个塑造什么、怎么塑造的问题。我建议他们用几年的工夫，把 110 位获得改革先锋和友谊勋章的人雕塑出来。我们的文艺创作，普遍存在创作什么、怎么创作的问题。总的来说，就是创造性转化，创新性发展。具体地说：

题材创新。包括传统题材和现实题材。传统题材要选择、要转化、要有现实意义。现实题材不光是指现实的人和事，更是指现实问题，要有典型性、针对性、深刻性。

形式创新。主要是继承创新、融合创新。特别是提倡不同艺术门类的跨界融合，艺术与新技术、新材料的融合。

平台创新。我们尤其要注重互联网、新媒体，实现艺术创作的变革和艺术作品的广泛传播。

文艺创作，要特别注重现实题材作品、原创性作品、创新性作品、在全国有影响的江苏作品。总而言之，我们要把创作作为中心任务，把作品作为立身之本。没有创作，没有作品，一切都谈不上。

文艺创作高地是用作品堆积起来的，文化艺术的繁荣发展是干出来的。

四十载惊涛拍岸，九万里风鹏正举。我们文艺工作者要用自己的智慧、心血与汗水，构建思想文化、道德风尚、事业产业的文化高原，构建优秀作品、精品力作、经典之作的文艺高地，构建优秀人才、名家大师、领军人物的人才高峰，为建设"三强三高"文化强省，建设光耀时代、光耀世界的中华文化作出新的贡献。

原创、精品、转化、传播

很高兴参加第三届中国大运河文学论坛。我是第一次参加关于运河的论坛，第一次参加关于文学的论坛。起初，我多次婉言推辞主办方的邀请，觉得自己与运河、与文学的关系不是特别大，而主办方坚持认为我是无锡人，无锡是运河城市；我写过3个"三部曲"，但那是纪实文学。其实，我是宜兴人，一直到20岁前都没见到过大运河。虽然写纪实文学，但没有写过运河题材，而且并不是专业作家。但最后我盛情难却，还是来参加了。而我坚持不做主题演讲，因为没有这个资格和水平，只是在这里发个言。

运河，就是人工开凿的通航河道，其功能为航运、灌溉、分洪、排涝、给水等。从这个定义上讲，我在恢复高考那一年，还参加过开挖运河的劳动，这条运河是沟通太湖与滆湖的通道，叫做"殷村港"。当时在我眼里那是一条很大很大的人工河流，其实，与京杭大运河比起来，就小得很了。

而京杭大运河，建于春秋时期，是世界上最古、最长、最大的运河，是我国最大、最重要的文化遗产之一。我做了这样一些比较：

运河与长江比：前者是人工的，后者是自然的；

运河与长城比：前者是贯通的，后者是阻隔的；

运河与故宫比：前者是民众的，后者是皇帝的；

运河与皇陵比：前者是活着的，后者是死了的。

总之，运河是物质的，也是文化的；既是古老的，也是现代的。它从古到今一直造福于人民。从这个意义上讲，任何自然文化遗产都是无法与运河相比的。

运河是经济之河，文化之水，同时也是文学之源，是文学创作的源头活水，是取之不尽的题材宝库。

习近平总书记指出，大运河是祖先留给我们的宝贵遗产，是流动的文化，要统筹保护好、传承好、利用好。我认为，总书记讲的利用好，应当包括利用大运河的传统和现实素材进行文学创作，讲好运河故事。运河故事就是生动而伟大的中国故事。

讲好运河故事，最基础、最主要的是要做好运河文学创作。关于运河文学创作，我讲四点：

一是原创。历史上，以运河为题材的文学作品不计其数。现在，我们要努力创作我们这个时代的运河文学原创作品。我这里讲的原创，是指今创、首创、苏创。所谓今创，就是新时代的新作品；所谓首创，就是具有唯一性、创新性；所谓苏创，就是关注江苏题材，关注现实题材，当然，包括淮安段运河题材，并作为重点。

二是精品。中国不乏生动的故事，关键要有讲好故事的能力；中国不乏史诗般的实践，关键要有创作史诗的雄心。大运河是流动着的史诗。我们要以创作史诗的雄心创作运河文学，努力创作优秀作品、精品力作、经典之作。所谓优秀作品，就是思想性、艺术性、观赏性相统一的作品；所谓精品力作，就是思想精深、艺术精湛、制作精良的作品；所谓经典之作，就是具有隽永之美、永恒之情、浩荡之气的作品。

三是转化。文学作品，既是终端文化产品，也是源头文化产品。也就是说，文学作品可以通过转化和开发，使之成为影视作品、舞台作品和文创产品。所以，我们倡导选择优秀的运河文学作品，改编成电影、电视剧、舞台剧，并开发文创产品，增加文学作品的利用率，提高文学作品的社会效益和经济效益。

四是传播。要发挥文学作品的功能与作用，就必须重视文学作品的有效传播。甚至可以说，文学创作的目的，就在于作品的传播。最好的文学作品，没有传播或者传播不够，就难以发挥文学作品应有的作用。因此，我们要高度重视文学作品的传播，充分用好传统媒体、现代媒体和新兴媒体。传统媒体即纸质媒体，包括书籍、报纸、杂志等；现代媒体即电子媒体，包括广播、电视等；新兴媒体即网络媒体，包括网站、微博、公众号等。在当今，我们更要重视利用新媒体进行文学作品的传播，努力提高文学作品的传播力、覆盖率和影响力。

但愿通过这次论坛，积极推动运河文学创作，多出精品力作，拓展多元转化，实施有效传播，为繁荣新时代社会主义文学艺术作出新的贡献！

以美育人

今天，我参加了两场关于"美"的活动。

下午，参加了萨马兰奇全球航海基金（江苏源起）航海文化艺术中心的揭牌和"我们与海洋——航海之美"的圆桌对话会。这是体育运动之美。

晚上，在这里参加南京大学青年美育基地启动仪式暨首场青年美育公开课。这是文化艺术之美。

美可分为自然之美、生活之美和文化艺术之美。爱美之心，人皆有之。爱美是人固有天性。但这种天性必须去开发它、运用它、发展它，这就需要审美教育，即美育。美育的任务就是引导和鼓励人们去发现美、热爱美、欣赏美、追求美、创造美，进而美化人们心灵、行为、语言、体态，构建正确的人生观、价值观、世界观，成为一个爱自然、爱人类、爱社会、爱和平、爱生活的积极乐观之人。

文化的目的，是以文化人。

美育的目的，是以美育人。

美育的对象主要是青年学生。因为他们正值青春年华，对美的向往与追求最强烈，同时，他们也是人生观、价值观、世界观构建和定型的关键的人生阶段。所以，青年学生的审美教育尤为重要。

美育的方式和途径多种多样。南京大学与省青协共建"青年美育基地",开设"青年美育公开课",是一种很好的方式和途径。让青年艺术家走进校园,与青年学生面对面;用表演艺术之美、书画艺术之美、音乐艺术之美,进行生动形象的美育教育,既给青年学生以美的享受、美的教育,也是文化传承发展、建设中华民族现代文明的实际行动和有效举措。

希望南大美育基地和美育公开课成为一个新的艺术平台和艺术品牌,让我省青年艺术家在南大校园展示出绚丽的艺术风采。

艺起东方

在中秋与国庆"双节"来临之际，南京大学艺术学院乔迁东大楼暨师生美术作品展在这里举行，真是喜上加喜。我作为艺术学院的兼职教授，也是喜上眉梢，谨表祝贺。

我的祝贺词是：艺起东大楼，再上一层楼。

这既是真诚的祝愿，也是热切的期望——

在艺术教育上再上一层楼。南大艺术学院的艺术教育有着悠久的历史和深厚的底蕴，其前身是国立中央大学艺术系。徐悲鸿先生曾任系主任，同时汇聚了张大千、陈之佛、庞薰琹、吕斯百、吴作人、傅抱石等一代艺坛翘楚。近百年来，南大艺术学院的艺术教育事业不断发展壮大，一直处在我省乃至全国前列，取得了丰硕的教育成果，为我省我国培养了大批艺术人才。今天，艺术学院乔迁东大楼，又是一个新起点。我希望艺术学院在艺术教育上发挥优势，积极探索新时代艺术教育的新目标、新路径、新方法，培养更多高质量的艺术人才，为文化强国和文艺繁荣作出新的贡献。

在艺术创作上再上一层楼。艺术教育包括艺术知识、艺术欣赏和艺术创作。在我看来，艺术创作尤为重要。艺术创作一方面可以学用结合，丰富和巩固艺术知识，提高艺术欣赏水平，一方面用艺术作品服务社会、立身立业。今天看了师生的美术作品展，其题材之广泛、形式之多样、艺术之创新、水平之高端，令人额手称道。这里我要讲的是，现在我省艺术人才尤其是优秀的青年艺术人才还是非常紧缺，有"青黄不接"的现象。所以，我希望南大艺术学院在艺术教育中高度重视师生的艺术创作，除了美术创作，还要重视影视艺术、舞台艺术、多媒体艺术等方面的创作，培养更多各类的创作型、实用性、复合型艺术人才，以满足时代发展和艺术繁荣之需。

在艺术理论上再上一层楼。在强调艺术创作重要性的同时，也要重视艺术理论的研究。这是艺术创作的重要支撑。这方面高校有独特的优势。近年来，以何成洲院长为首的南大艺术学院师生，在艺术理论研究上卓有成效，举办了一系列艺术理论研讨会，如"文明互鉴视野中的当代艺术哲学发展学术研讨会""中国昆曲江苏周·国际学术研讨会"等，取得了重要的艺术理论成果。希望南大艺术学院再接再厉，发挥优势，更加注重艺术理论研究，如艺术现代化、当代艺术与现代文明、艺术元宇宙的理论与实践构建、艺术在新一轮文化建设中的作用等。通过这些艺术理论研究，进一步促进当代艺术实践的发展和文化强国建设。

我们相信并乐见：艺起东大楼，艺起南大，艺起江苏，艺起东方，让当代艺术与现代文明在新时代交相辉映，焕发出艺术的灿烂光芒！

中国小康之路的写照与样本

在今天这个时间、这个场合，举办我的新书《世纪江村》首发式，我感到非常忐忑，也感到十分荣幸。忐忑的是，我简直是"班门弄斧"，竟然把自己的粗陋之作拿到那么多来自全国的专家学者面前来亮相；荣幸的是，我有机会"弄斧到班门"，竟然可以拿着自己刚刚出炉的新书向各位专家学者来当面请教。

无论是忐忑之感还是荣幸之情，都按捺不住我的感激之心。我要感谢主办方把新书首发式纳入"中国现代化新征程暨纪念费孝通诞辰 110 周年学术研讨会"这个重要的活动之中；我要感谢这么多领导、这么多专家学者、这么多亲朋好友前来参加我的新书首发式；我要感谢各个方面、许多人士为我采访创作和编辑出版本书给予的支持帮助；我要感谢中共中央宣传部和江苏省委宣传部、省新闻出版局以及凤凰出版集团把这本书作为重点出版物予以高度重视和精心指导。

当然，我最要感谢的还是费孝通先生。我青年时代读过他的《江村经济》，使我知道了江村，并留下深刻的印象。所以，当我决定要创作小康题材的纪实文学时，我首先想到的是江村。说实话，我同时也想到了华西村与长江村。这两个村我曾多次去过，比较了解，而江村从未去过。于是我决定先访问江村。初次到江村采访，我就立即认定只写江村了。为什么呢？一是被江村的村容村貌吸引住了，这里还保留着秀丽的水乡田园风貌，还是真正的农村；二是被江村的历史文化吸引住了，这里曾经是吴头越尾的吴越战村，也是丝绸之路的丝绸之乡；三是被江村的人物吸引住了，这里不仅有勤劳的人民、著名的人物，还有他们的许许多多的生动故事。这些都为我的创作提供了丰富的题材。

从去年确定选题到现在，大约一年的时间，其间，我的采访受到了疫情的影响，只能在几次实地采访的基础上，用电话与微信进行采访，并边采访边写作。也正是因为疫情，我可以足不出户三个月，天天从早到晚倾心写作，每天写一章。初稿完成后，我又进行了多次补充采访，多次修改完善，终于完成了全部书稿。

80多年前，费孝通先生用科学的方法研究江村；80多年后，我用文学的形式记录江村。虽然我的《世纪江村》与费孝通先生的《江村经济》不能相提并论，其价值与水平实在相去甚远，难以望其项背。但我抱着一颗崇敬之心进行创作，用纪实文学的笔法，聚焦大变局中的中国江村，以费达生、费孝通姐弟俩以及郑辟疆、陈杏荪等中国知识分子在开弦弓村所进行的技术革新、小康实验、社会观察以及村民为小康生活不懈奋斗的事迹为题材，全过程、全景式地展现了开弦弓村几代人为实现小康理想所经历的艰难曲折和进行的顽强拼搏。

可以这样说，我笔下的江村，是中国小康之路的一个真实写照，也是新时代全面小康的一个精彩样本。

从江村的百年变迁中，我们可以找出一条重要的规律：国家强则乡村富，国家弱则乡村穷。

从江村的百年探索中，我们可以总结出一条重要的经验：产业强则乡村富，产业弱则乡村衰。

从江村的百年历程中，我们可以得出一个重要的结论：没有共产党就没有新中国，没有新中国就没有新农村。只有共产党领导的新中国才能实现中国人民的千年梦想——全面建成小康社会。

今年，这个千年梦想终于胜利实现。因此，2020 年，对于中国来说，将以里程碑的意义载入史册。无论在中华民族发展史上，还是在世界发展史、社会主义发展史上，全面建成小康社会具有无与伦比的重大意义。

我谨用我的新作《世纪江村》，献给具有里程碑意义的中国小康之年！同时，以此纪念费孝通先生诞辰 110 周年！

凡是过去，皆为序章。小康目标虽然胜利实现，但小康之路还在延续，并将与正在开启的中国现代化之路相连结。我们相信并乐见，在新的百年、新的征程中，江村将与全国千千万万个乡村一样，拥有美好的未来，真正成为"强富美高"的社会主义现代化新江村。

我深深地祝福江村，也真诚地希望有机会再写江村。

让报告文学成为记录时代的恢宏史诗

　　时代造就了报告文学。报告文学相对于其他文学体裁来说，是一种新兴的文学样式，它区别于其他文学形式的最大特点，除了文学性这个共性，就是时代性、时效性和真实性。它随着时代的发展而发展，而兴起。我认为，我国报告文学兴起于毛泽东《在延安文艺座谈会上的讲话》发表之后，在新中国成立后形成了三次高潮：一是以魏巍的《谁是最可爱的人》为代表的新中国成立初期的报告文学创作高潮；二是以徐迟的《哥德巴赫猜想》为代表的我国 20 世纪七八十年代的报告文学创作高潮；三是改革开放以来尤其是进入新时代以来形成的报告文学创作高潮。而第三次创作高潮来势更猛、作者更多、题材更广泛、主题更深刻、成果更丰硕。这与我们所处的时代有密切的关系。当今时代是创造奇迹、创造伟业、创造史诗的伟大时代，为我们的报告文学创作提供了广阔的舞台和丰富的题材。伟大时代有力推动着报告文学的创作，报告文学的创作又及时而深刻地记录和讴歌了这个伟大的时代。就拿我们的"三个报告"来说吧，正好遇上了时代的三个里程碑：《向时代报告》是记录中国实现全面小康的，《向人民报告》是献给建党百年的，《向未来报告》是写中国式现代化开启的。这都是时代的大节点、大事件、大进展、大成就。

　　生活提供了创作源泉。文创创作方法有一百条、一千条，但最根本、最关键、最牢靠的办法是扎根人民、扎根生活。对于我们报告文学创作来说，深入生活、扎根人民尤为重要。报告文学的真实性要求我们创作的题材，包括故事、人物、情节、细节、语言都要从生活中来，到生活中去挖掘。离开生活，我们无从下手，一字无成。就拿"三个报告"和今天获奖作品来说，都是作家克服种种困难，在深入生活、反复采访的基础上写作而成的。有的作家是带着病痛、冒着风雪甚至危险进行采访的，有的对创作对象采访了十次、几十次，其创作态度和创作作风令人感动，值得倡导。

作家投入了自己的心血。习近平总书记说，盖有非常之功，必待非常之人。反过来说，非常之人必待非常之功。写作是非常之功，是非常艰苦的劳动，是要用尽心血的。除了艰苦的采访外，还要进行艰苦的文字创作。报告文学必须源于生活、反映生活，但绝不是生活的照搬照套，必须高于生活，既要有人民情怀、生动故事，又要有国之大者、宏大叙事，所以必须精心构思、提炼主题、谋篇布局、锤炼语言，这就需要苦下功夫，绞尽脑汁，潜心写作。写好之后还要反复修改、不断打磨，语不惊人死不休。因此，一部优秀的报告文学作品都是作者的心血之作。

各方提供了最大支持。报告文学创作固然是作家自身的创造性劳动，但也离不开各方的关心、帮助与支持。我们报告文学学会是"三无学会"，无经费、无工作人员、无办公场所，是领导们给了我们极大的重视与关怀。江苏省委宣传部和省作协给我们搭建了平台，中国报告文学学会给了我们精心的指导，被采访单位和采访对象给了我们采访的便利，出版单位给了我们最快最好的出版发行条件，新闻单位给了我们有效的广泛的宣传与传播，艺术界给了我们艺术的借鉴与互补，南京钢铁集团给了我们无私的资助，社会各界和广大读者给了我们极大的关注与鼓励。

本次评奖活动是对江苏省前几年报告文学创作的检阅与总结，同时也是新时代新征程上江苏报告文学创作的起点与启动。我们正在筹划江苏省报告文学学会今后创作的新计划，拟连续三年组织创作《十万里山河壮阔：中国式现代化江苏新图景》大型系列报告文学丛书。希望能以此为抓手，推动江苏省新一轮报告文学创作的新热潮。

我们要有创作史诗般作品的雄心。我们已经看到，又一个自然界的春天和报告文学的春天如约而至，大地之花与文学之花正尽情盛开，为人民绽放！

报告文学的时代叙事

　　非常荣幸地应邀参加"礼赞全面小康，致敬建党百年"主题出版重点出版物集中发布活动，更为荣幸的是，我作为《世纪江村》和《向时代报告》的写作者与组织者在这里发言。

　　习近平总书记多次强调，要讲好中国故事。而今，最生动的中国故事，最宏大的主题创作，莫过于我国如期全面建成小康社会。在中国小康社会建设的伟大进程中，有一块热土成为先行区、试验区和样板区。那就是——太阳从这里最早升起，长江从这里最后冲刺的地方；那就是——自然与文明堆积、传统与现代交汇的 10 万平方公里的土地；那就是——历史悠久、人杰地灵的江苏。

　　中国小康在江苏的伟大实践，为我们进行主题创作、讲好中国故事，提供了最为丰富、最为生动的题材，也使我产生了鲜活的创作灵感与强烈的创作冲动。2020 年，我采写了长篇报告文学《世纪江村》。2021 年，我又组织采写了大型报告文学集《向时代报告：中国全面小康江苏样本》。

　　《世纪江村》被中宣部列为 2020 年重点出版物。民亦劳止，汔可小康。千年变局，百年梦圆。正是在 100 年前，费达生、费孝通姐弟在苏州吴江开弦弓村，也就是费孝通《江村经济》中的江村，开始了致富农民、实现小康的社会实践与社会观察。《世纪江村》聚焦一个世纪的跌宕历程，书写一座村庄的百年变迁，纵向展示了开弦弓村几代人为实现小康理想所经历的艰难曲折和进行的顽强探索，深刻揭示了没有共产党就没有新中国，没有新中国就没有新农村的历史逻辑。

《向时代报告》被江苏省委宣传部列为 2021 年重点出版物。为真实记录 8000 万江苏儿女追梦、筑梦、圆梦之旅，生动展现全省高水平全面小康的伟大成果，江苏省报告文学学会组织全省 30 余位报告文学作家分赴有关部门和市县基层深入采访，共同撰写了大型报告文学集《向时代报告：中国全面小康江苏样本》，全景式展现江苏高水平全面小康的鲜活图景。

如果说《世纪江村》是一个点，那么《向时代报告》则是一个面；如果说《世纪江村》侧重于辛亥革命以来的纵向展示，那么《向时代报告》则侧重于改革开放时期尤其是进入新时代以来的横向展开。两本书点面结合，纵横交织，记录了江苏小康社会建设的全战略方位、全奋斗周期、全丰硕成果。

通过《世纪江村》和《向时代报告》的创作实践，我对用主题创作、讲好中国故事加深了认识，有了更多的体会。我认为，要做到五个"尤其注重"：

尤其注重现实题材。主题创作当然也包括历史题材、年代题材，但我认为应当尤其注重现实题材。因为现实题材最适合记录时代，最便于反映时代，也最贴近生活、贴近百姓，最能引起人们的普遍关切和情感认同，因而也最能起到"时代前进号角"作用。而且应该看到，历史上的精品力作和经典之作，一般也都是当时的现实题材作品。

尤其注重深入生活。现实题材从哪里来？不是从大量的书面材料中来，也不是从已有的通讯报道中来，而是从生活中来，从采访中来。有人认为，现在我们都生活在现实之中，现实材料信手拈来。也有人在掌握了一些资料后就开始创作了。其实，这样的认识、这样的做法都是误区。用于创作的题材，不是一般的素材，而是要围绕主题、体现主题的题材，要具有典型意义的题材，所以，必须经过深入生活、深入采访，获取大量素材，在此基础上进行比较和筛选，这样的题材才能很好地体现主题，才能为写作打下坚实的基础。我创作《世纪江村》时曾七访江村，召开多次座谈会，当面采访数十人，在获得了大量第一手资料的基础上才进行创作的。《向时代报告》的作者也都进行了大量深入的采访。

尤其注重选择体裁。主题创作，不仅要有丰富的题材，还要有合适的体裁。主题创作、现实题材创作，可以选择多样体裁来承载、来表达，但我认为报告文学有着独特的、不可替代的优势。报告文学是一种介于新闻报道和文学作品之间的文学样式，往往以现实中具有典型意义的真人真事和多姿多彩的生活为题材，经过适当的艺术加工而成，同时具有真实性、在场性、文学性和可读性。因而，报告文学更善于大主题、大题材、大气象的时代叙事，更善于讲中国现实故事。有学者指出，我们讲述什么样的故事，决定我们成为什么样的民族。坏的叙事能解构一个民族，正如好的叙事可以形成一个民族，可以塑造一个民族的天性，理解生活的意义。所以，我们要充分利用报告文学做好时代叙事，讲好中国故事。江苏省报告文学学会在换届后，在省委宣传部、省作协的指导支持下，立即组织策划了三个重大主题创作，去年是《向时代报告：中国全面小康江苏样本》，今年是

《向人民报告：江苏优秀共产党员时代风采》，明年是《向未来报告：江苏现代化建设新征程全速启航》。今后，我们还将每年策划组织一次重大主题创作，力争在记录新时代新辉煌的同时，开创我省报告文学创作的新局面。

尤其注重打磨精品。我们进行主题创作，往往容易满足于"主题取胜、政治正确"，也容易产生"命题作文、任务观念"。其实，主题创作不等于优秀作品，大作品不等于好作品。我们不能把主题创作当作创作的天然优势和最终目标，而是要把创作精品力作、经典之作作为目标，使主题作品真正具有"三性"，即思想性、艺术性、观赏性；具有"三精"，即思想精深、艺术精湛、制作精良；具有"三有"，即有思想、有道德、有温度。我的每次创作，基本上都要求自己做到精心采访、精心写作、精心修改，所以每部作品都得到了一定的好评，也获得了较多奖项，但我深知，与精品力作的标准相比，与读者的要求相比，还有很大的差距，我将继续努力，继续提高。

尤其注重市场推广。优秀作品的广泛发行与传播，才能真正满足人民群众的精神文化需求，才能产生良好的社会效益和经济效益。所以，像今天这样的集中发布活动非常好，建议活动之后，趁热打铁搞好市场推广，扩大主题作品的出版发行。同时做好优秀作品的孵化工作。把文学作品转化为舞台艺术作品和影视作品，是最讨巧、最有效的艺术创作路径，也是扩大文学作品影响力的最好办法。我的《故宫三部曲》已先后改编成 42 集电视剧《国宝奇旅》、话剧《朝天宫下》以及电影剧本《问鼎钟山》，取得了良好的效果。希望今天发布的这些重点主题作品，可以有选择地进行孵化，变成其他样式的文艺作品。

大时代孕育大作品。好作家成就好作品。我们一定要牢记创作是自己的中心任务，作品是自己的立身之本，以不变的情怀、永恒的勤奋，投入文学创作之中，创作更多、更好、更有时代价值的优秀作品，努力实现江苏文艺从"有高峰"向"多高峰"的新跨越，为我省"争当表率，争做示范，走在前列"作出新的贡献。

让名师带徒成为一种社会现象

　　国庆前夕，著名京剧表演艺术家李奕洁与她的两个学生在这里举办拜师仪式，用一种特殊的形式喜迎国庆。

　　今天的拜师仪式没有完全按照传统的形式、老式的做法，而是搞得隆重而简洁，传统而创新，既有仪式感又有温馨感。

　　李奕洁是梅派青衣，国家一级演员，担任江苏省戏剧家协会副主席、江苏省青年艺术家协会主席。她师承陈正薇、杨秋玲、李金鸿先生，得梅葆玖、沈小梅、范玉媛等老艺术家授艺，2006年拜杜近芳先生为师。曾获"文华表演奖"、中国戏剧"梅化奖"、上海"白玉兰"戏剧主角奖、江苏省"紫金文化奖章"。还获得过江苏省中青年"德艺双馨"文艺工作者、全国三八红旗手、江苏省十大杰出青年等光荣称号。

　　她演出的剧目很多，给我印象最深的，是传统经典《霸王别姬》和现代精品《青衣》。她的表演，从基本功到扮相、唱腔，再到艺术风格，既得梅派真传，又有独特神韵，在全国首屈一指。她积极参与省里组织的名师带徒活动，今天又带新徒，其做法值得赞赏。

　　京剧是我国的国粹。如果说昆剧是百戏之祖，那么京剧是百戏之首。弘扬京剧艺术，是继承中华优秀传统文化、繁荣发展当代文化艺术的重要内容。而弘扬京剧艺术的关键是培养京剧艺术人才。

　　盖有非常之功，必待非常之人。而京剧艺术正是非常之功，京剧演员正是非常之人。我省京剧演员、京剧人才，也与其他艺术门类一样，有点青黄不接。有高原缺高峰的现象还没有根本改变。所以，人才培养仍然是当务之急，是文化强省建设的重要任务之一。

　　那么怎样培养艺术人才？当然是多种途径。我省开展的"名师带徒"活动取得了成效，也取得了经验。名师带徒也可以采取多种途径、多种形式。既可以有组织地进行，也可以由艺术家个人来做。不管什么途径、什么形式的名师带徒，我认为都是三部曲或者说三个字，过去叫"传帮带"，现在是"传承启"。

　　传什么？承什么？启什么？

　　所谓传，就是传艺、传道、传德。具体地说，是传艺术技巧，传艺术规律，传品格修养。

　　所谓承，当然是承艺、承道、承德。我为她们题写了"一脉相承"四个字，本意是由一个血统或一个派别世代相传承袭下来，比喻人或事物间的传承关系。京剧的传承尤其讲究这个。

　　所谓启，就是启后、启示、开启。传承不仅要一脉相承，还要承前启后，继往开来。也就是习近平总书记说的，创造性转化，创新性发展。真正做到"继承前人事业，为后人开辟道路"。

　　名师带徒是一种人文传统。现在有个词叫"现象级"。我衷心希望"名师带徒"成为一种社会现象，一种社会风尚，进而为江苏文化强省建设培育新人、培养人才，使文化艺术事业承前启后，后继有人，人才辈出，兴旺发达！

为人民绽放

今天，对于文艺工作者来说，是一个值得纪念的重要日子。

80 年前，也就是 1942 年 5 月 23 日，毛泽东同志发表了《在延安文艺座谈会上的讲话》。这个著名的讲话，提出革命的文艺首先是为人民大众服务的，同时向广大文艺战士发出号召：有出息的文学家艺术家，必须到群众中去，必须长期地无条件地全心全意地到工农兵群众中去，到火热的斗争中去。从此，中国文艺开始了革命性的变革，拉开了革命文艺的序幕，翻开了中国文艺的崭新篇章。

8 年前，也就是在 2014 年 10 月，习近平总书记在北京主持文艺工作座谈会并发表重要讲话，提出坚持以人民为中心的创作导向，努力创作更多无愧于时代的优秀作品，强调指出，文艺创作方法有一百条、一千条，但最根本、最关键、最牢靠的办法是扎根人民、扎根生活。

2021 年 12 月 14 日，习近平总书记在中国文联十一大中国作协十大开幕式上再一次发表重要讲话，向广大文艺工作者提出了五点希望，并特别要求广大文艺工作者，要坚持以人民为中心的创作导向，把人民放在心中最高位置，把人民满意不满意作为检验艺术的最高标准，创作更多满足人民文化需求和增强人民精神力量的优秀作品，让文艺的百花园永远为人民绽放。

所以，我们这次文艺演出，取名"为人民绽放"。

从毛泽东同志在延安文艺座谈会上的讲话，到习近平总书记关于文艺的一系列讲话，既一脉相承，又创新发展，都集中体现了一个重要思想、一个共同主题、一个关键词语，就是"人民"。我们的文艺工作，都要突出"人民"二字——拜人民为师，为人民创作，为人民服务，为人民放歌，为人民绽放。

我们这次活动，小规模大主题，以文艺的名义，纪念毛泽东同志《在延安文艺座谈会上的讲话》发表 80 周年，深入学习贯彻习近平总书记关于文艺工作的重要论述，始终坚持文艺为人民服务，文艺之花为人民绽放。

为人民绽放，就必须心系人民。以人民为中心，是历史的回响，更是时代的命题。只有深刻理解"人民"二字的丰富内涵，只有对人民群众怀有深厚的感情，只有贴近实际、贴近生活、贴近人民，只有坚持以人民为中心的创作导向，我们才能创作出人民群众喜闻乐见的优秀作品。

为人民绽放，就必须潜心创作。创作出作品，创作出成果。没有作品，就谈不上为人民服务，为人民绽放；没有作品，就谈不上真正的艺术家；没有作品，一切都谈不上。所以，我们要按照习近平总书记的要求，把创作作为艺术家的中心任务，集中全部精力，凝聚全部智慧，全身心地投入创作之中，以作品立身，用作品说话，用作品为人民服务。

为人民绽放，就必须百花齐放。百花之百，就是作品要多，要更多，要丰富多彩；百花之花，就是作品要好，要精品力作，要时代经典。这样，我们的文艺才能繁荣发展，才能满足人民群众更高层次的精神文化需求，才能使我们的文艺百花园四季常青，繁花似锦。

生活是文艺之源，人民是文艺之母。我们要深入学习贯彻毛泽东同志在延安文艺座谈会上的讲话精神和习近平总书记关于文艺工作的重要论述，始终坚持以人民为中心的创作导向，努力创作更多无愧于时代的优秀作品，让文艺的百花园永远为人民绽放，让江苏文艺星空更加光辉灿烂。

振兴路上的一幅生动图景

　　我的报告文学创作，一方面注重踩准时代节点，一方面注重选好重大题材。

　　我们生逢一个伟大的时代。这个伟大的时代正处在"两个百年"的历史交汇点上，相继耸立起两大里程碑，一是中国实现全面小康，二是开启中国式现代化新征程。

　　我作为一名文学艺术工作者，记录伟大时代的伟大事件，既是责任，也是机遇。我在创作出版了《大江之上》和《世纪江村》后，就在酝酿和寻找新的创作题材。一个偶然的机会，有人向我说到了山泉村的一些情况，而且就在华西村边上。说实话，在此之前，我从来没有听说过山泉村，于是，我决定先去看一看。如同第一次去开弦弓村——江村一样，看过之后，当场决定要写这个村。因为这个村既有乡村振兴的普遍性，也有其特殊性。

　　特殊在什么地方？就是本书第一章的标题："一个令人忧虑的抛物线"。这原本是一个落后村，处在发展的低谷，然后经过十年的奋斗，踏上了乡村振兴之路。

　　为了写好这个村，写好这个村的带头人——村党委书记李全兴，我与我的徒弟孟昱历时近三年，四访山泉村，十访李全兴，掌握了大量的素材，记录稿有 10 多万字，这在我的采访中还是第一次。经过整理，我们提炼了主题，形成了框架，筛选了写作内容。这里我不妨"剧透"一下，讲"六个三"：

三请诸葛亮。乡镇党委为了彻底改变山泉村的面貌，在征求广大村民意见的基础上，决定请从山泉村走出去的知名企业家、万事兴集团董事长、亿万富翁李全兴回村当村官，于是就三顾茅庐，先是副镇长胡仁祥的一顾——试探式邀请；再是组织委员钱丽英的二顾——激将式邀请；然后是三顾——某镇领导出于某种目的，名为邀请，实为劝阻，结果反作用起了正作用，激起了李全兴的斗志，最终放下自己即将上市的企业，回乡担任村官。

三次下马威。第一次是李全兴担任村官第一天，原村委班子负责人不让办公室，不给办公桌，吃饭时他们先吃了，等李全兴去的时候，只有剩饭剩菜了；第二次是李全兴上任不久，原村书记找上门来，叼着香烟，来者不善道："全兴，我退下来之前，镇领导曾经答应我，村委每个月给我十条香烟，另外我身体不好，要吃补药，你看什么时候给我？"第三次是本村的一个包工头来到李全兴办公室，蛮横道："村委还欠我五百万工程款，我急着用钱，你今天必须给我！"面对这些下马威，李全兴有的耐心化解，有的拍案而起，以下马威怒怼下马威。

三个动人处。一是李全兴上任前，家庭会议上母亲的一席话："既然决定做，那就做到最好，千万不能再让乡亲们寒心，也不要给咱家丢了面子。"二是在老村拆迁中，有一个钉子户，工作做不下来，到最后拖不下去了，李全兴和副书记江金岳再次上门做工作，下午去的，一直谈不下来，到吃晚饭时，户主叫他俩一起吃，李书记说，不要了，我们自带了干粮，说着就到一旁去吃。晚饭后，继续谈，最后这家户主终于被感动了，答应在协议书上签字。李全兴与江金岳出来时已是清晨，东方露出了鱼肚白，他俩的眼里都含着泪水。三是李全兴被中组部等部门评为全国"最美村官"，在中央电视台举办的颁奖典礼上，由山泉村村民代表给李全兴颁奖。在现场，李全兴与村民紧紧拥抱，并对村民说："这个奖是你们给我的，谢谢你们了！"这场景让观众深受感动。

三个突破口。也可以说是三大举措、三步走。一是改造村里的老水厂，一举两得，解决了污染问题，增加了村里的集体资金；二是老村改造，通过"三置换"的政策与机制，集中建成一流的新村，彻底改变了村庄的面貌，还腾出了 500 亩土地；三是建设田园综合体，科学规划，建设集中的生活区和生产区，发展现代农业和智能产业，壮大集体经济实力，进一步提高村民的物质生活和精神生活水平，让山泉村永远流淌幸福之泉。

三个大转变。一是从落后村到先进村的转变，二是从自然村到社区村的转变，三是从小康村到文明村的转变。

三条好经验。一是"群雁高飞头雁领"，选好村班子和村书记；二是"春风又绿江南岸"，用足用好用活党和政府的农村经济发展政策；三是"众人种树树成林"，紧紧依靠广大村民，至高荣誉归于村民，为他们服务，为他们造福。

正是有山泉村丰富的实践和成果，有李全兴书记以及村班子的先进事迹，有那么多的鲜活素材和生动故事，我们才写出了这部长篇纪实文学。

庆幸的是，我们的初稿完成之时，正是建党 100 周年，山泉村党委得到了中共中央的表彰，李全兴书记受到了习近平总书记等中央领导同志的亲切接见；在我们这本书正式出版之时，正是中央下发今年"一号文件"——《关于做好 2023 年全面推进乡村振兴重点工作的意见》的时候。

我们这本书的题目是"振兴路上"。如果说全面小康已经成为"过去时",那么乡村振兴则是"现在进行时"。我衷心希望这本书对全省乃至全国的乡村振兴有一定的启示作用,更希望山泉村和李全兴书记在乡村振兴之路上脚不歇泥,踏石留印,接续前行,创造全面发展新成绩,积累乡村振兴新经验,描绘"强富美高"新图景!

艺术无国界　文化万里行

　　在金秋九月的美好时节，我们中国江苏文化艺术代表团有机会来到美丽的莫斯科，举办中国江苏与俄罗斯的文化艺术交流及展演活动，与各位俄罗斯艺术家、观众开展艺术交流和探讨。

　　艺术是无国界的语言，是传播文化、增进友谊的桥梁。中俄两国都具有悠久的历史、灿烂的文化，两国文化艺术交流有着深厚的基础。俄罗斯是艺术大国，莫斯科更是艺术之都，芭蕾舞剧《天鹅湖》、歌曲《莫斯科郊外的晚上》等文艺经典在中国家喻户晓。江苏地处中国东南沿海，既是经济大省，也是文化大省，人文底蕴深厚、文化资源丰富，书画、京剧、民乐等文化艺术博大精深。与俄罗斯开展文化艺术交流，是我们的荣幸，也是我们的愿望。

　　今天，我们组织了近 20 位艺术家，带着精心准备的文艺节目和 100 多件油画、版画、中国画、中国书法等艺术作品，来到莫斯科举办文艺交流展演活动。我们希望通过这次活动，让俄罗斯民众更多地了解中国，了解江苏，进而更加喜爱中国及江苏的文化艺术；我们也希望双方以本次活动为契机，开辟文化艺术交流的新途径，不断深化中俄文化合作，增进两国之间的人文交流和友谊。

　　九月，是一个走向成熟的时节，也意味着一个收获季节的到来。我们相信，在中俄艺术家的共同努力和辛勤耕耘下，两国的文艺交流必将结出新的硕果，我们此次的俄罗斯之行也必将留下一段难忘而美好的回忆。同时，也热情欢迎各位俄罗斯朋友到中国江苏来做客，体验中华文化，增进彼此友谊，共同为中俄文化的繁荣发展贡献我们的力量。

站到全国的艺术平台上去

今天在这里召开中国美协专家组赴江苏观摩指导会，为江苏参加第十三届美展作最后的冲刺。借此机会，我谈一点感想与认识。

江苏是文化大省，正在建设文化强省。去年，省委省政府在文化强省建设的目标中增加了"一个高"，即文艺精品创作高地。文化强省强在哪里？创作高地高在哪里？我认为最重要的，甚至可以说是重中之重，就是文艺创作，就是优秀作品。而文艺创作强不强，文艺作品优不优，我们不能光在省里说、省里比，而是要站到全国的平台上去，去学习、去参评、去展示，去争取好的成绩。正所谓：弄斧到班门，与强手过招。只有在全国的平台上，包括在全国美展中摘金夺银，取得好成绩，我们才有发言权与说服力，才能走在全国前列，才能向文化强省建设的目标迈进。所以，我们要高度重视全国美展的参选工作，争取好的表现与成绩。

那么，怎样才能在全国美展上有好的表现与好的成绩？我是外行，听专家的。但我可以大而化之地、从一般规律上提点建议：

一是在题材上下功夫，拿出有温度的作品。美术界有一句耳熟能详的话，叫做笔墨当随时代。这可以从多种角度来理解。在这一点上，我认为新金陵画派理解得最好，做得也最好。他们提出，时代变了，笔墨不得不变。而他们讲的笔墨，是指艺术形式、艺术思想和艺术内容。他们不光是艺术形式、艺术语言的创新，而且艺术表达的对象与内容也有创新，反映时代，反映生活。我们参加全国性的展览，一定要有思想性，要有好的题材、好的内容，有时代气息，有生活温度。

二是在创新上下功夫，拿出有特色的作品。记得我在当省电视台台长的时候，组织江苏的选手参加全国的青年歌手大奖赛，当时初选有两组候选人，一组是雪人组合，一组是迷彩组合，两组都不错，但迷彩组合更有特色。我就建议用迷彩组合去参赛，结果拿到了金奖，实现了江苏零的突破。由此，我认为参加比赛，有一个策略问题。用什么去比？要用质量，更要用特色，让评委耳目一新，眼前一亮。这样就容易获奖。

三是在难度上下功夫，拿出高质量的作品。难度就是高度。艺术的创作有难易之分。要勇于攻坚克难。当然，有难度就有风险，但无限风光在险峰。解决了艺术上的难点，就能有突破。所以要敢于挑战难点，挑战自己，勇攀艺术的险峰、高峰。

全国美展是一个高平台，一次好机会。我希望江苏美术界在专家指导下，积极参加第十三届全国美展，以学习的态度、争先的意识、拼搏的精神、必胜的信心，争取在全国美展中取得历史性新突破、新成绩。

生态报告文学与报告文学生态

就在这两个月内，两次全国性的报告文学方面的重要会议放在江苏召开，一次是上个月在南京召开的中国报告文学学会理事会，一次是今天在盐城召开的 2023 全国生态报告文学研讨会。我除了祝贺还是祝贺，除了感谢还是感谢。因为这样的会议放在江苏召开，是对我们的最大信任、最大肯定，也是最大支持、最大鞭策。我甚至可以说，这两次会议放在江苏召开，我们可以自豪地称今年是"江苏报告文学年"。

这两次会议，不同于一般的工作会议，而是策划会、研讨会、创作会，为当下报告文学创作的内容、方法、学术以及组织形式，明确了新思路，提出了新要求，开辟了新路径，树立了新标杆。

尤其是本次研讨会的主题为"共同体意识与总体性视域——新时代生态报告文学的新面相"，则更具有意义。

如果以内容划分，报告文学可分为上百种、上千种，而为什么我们把生态报告文学相对独立开来，予以高度的重视和独特的地位？我想，大概有这样几个原因：

第一，生态报告文学传承着中华优秀传统文化精神。中华传统文化的核心是和谐，和谐包括太和，即人与自然的和谐；中和，即人与社会、人与人的和谐；保和，即人自身生理和心理的和谐。而人与自然的和谐是首位的、根本的。所以，生态环境问题自古以来一直得到人们的高度关注和重视。

第二，生态问题更是紧迫的现实课题。生态文明建设是中国式现代化的重要内容，关系人民福祉，关乎民族未来，事关"两个一百年"奋斗目标和中华民族伟大复兴中国梦的实现。同时也是当今全世界、全人类面临的共同难题。前不久，古特雷斯在出席联合国《生物多样性公约》第十五次会议开幕前表示，人类与自然相处并不和谐。人类正在向自然"发起战争"。由于追求无节制和不平等的经济增长，人类自身已成为"大规模灭绝性武器"。现在是时候与自然"缔结和约"了。从某种意义上说，生态报告文学也是与自然缔结和约的一种形式。

第三，生态报告文学异军突起，引领风骚。多年来作家们创作了一批优秀作品和精品力作，如：何建明主席的《那山，那水》《德，清清地流》，徐剑会长的《水患中国》，李青松的《万物笔记》《大地伦理》，还有盐城作家徐向林的《东方湿地》。这些作品时代性之强、质量之高、影响之大，确立了生态报告文学在文学领域的崇高地位。

第四，生态报告文学形成了自身的创作特色和学术思想。它是一种以生态环境问题为主题的文学形式，在创作中直接关注自然环境和人类社会之间的关系，既讲好"绿水青山就是金山银山"的中国故事，又反映环境问题和生态危机对人类社会的影响，通过文学的方式呈现生态环境问题，唤起人们对环境问题的关注和反思。

更重要的是，生态报告文学有助于改善报告文学生态。应该充分肯定的是，几年来我国报告文学创作欣欣向荣、成就卓著，大家有目共睹，但也应该看到，在报告文学创作方面也是参差不齐、水平不一，甚至出现一些乱象。我们常说，危机中有机遇，但就眼下的报告文学而言，机遇中蕴含危机，繁荣中存在隐忧。我这样说也许说过了、说重了，但确实应该看到报告文学创作中的问题与不足。而生态报告文学的创作实践、创作经验、创作理论，给我们提供了良好的范式和有益的借鉴，对我们在题材选择、主题挖掘、创作方法、创作态度等方面都有帮助与启示，有利于解决报告文学创作中的许多困扰、误区和不足，进而改进报告文学的生态，促进报告文学的健康发展。

最后，我向大家报告一下，前几年，我省报告文学学会组织全省报告文学作家先后创作了三部大型报告文学作品：《向人民报告》《向时代报告》《向未来报告》，里面都有生态报告文学作品。今后三年，我们将组织创作《十万里山河壮阔——江苏中国式现代化新实践新图景》，这里面生态报告文学的篇幅会更多，分量会更重。我们将以"绿色之美"创造"文学之美"，以"生态报告文学的新面相"呈现报告文学创作的新篇章、新境界。这样的话，我们正在组织创作的《十万里山河壮阔》也可以是《向世界报告》。

现代视域中的书院文化

今天第一次来到江西上饶，参加"千古一辩"书院文化交流大会暨"传习江南行"起笔仪式。

我这次来，既是偶然，也是缘分。那天，张志宏会长去见我，我正从我省的一个新农村样板村——鹅村考察回来，听到张会长讲鹅湖书院的事，顿时有了兴趣。加上几年前，我在我的家乡修了一条文化街，办了一个鹅州书院。这样，三个"鹅"字碰在一起，便有了今天的上饶之行。

我办的那个鹅州书院，现在只是盖了房子挂了牌，还没有真正运作起来，但作为一个文化人，总有一种书院情结，所以很高兴来参观古今闻名的鹅湖书院。主办方要我与大家探讨一下书院文化问题，而昨天晚上看了你们提供的书籍《江西书院篇》，顿时觉得我今天的发言简直就是"班门弄斧"，但既然来了，也就只能向大家汇报一下自己粗浅的认识。

我们首先一起来回顾一下中国古代书院的发展历程，大抵经历了四个阶段，构成一条"抛物线"——

书院的雏形。讲到书院，必须先讲孔子。孔子有"三个七十二"：孔子活了七十二岁，一生游说了七十二位执政者，带有三千弟子其中贤人七十二。孔子三十岁时在鲁国设坛讲学，与弟子们共同组成了中国最早的民间教学与学术团体，具有了书院的雏形。孔子的教学不拘形式，方法灵活多样，主要讲述做官做事做人之道。

书院的创建。书院与科举制有直接关系。我国的科举制度创始于隋朝，确立于唐朝，在中国实行了整整1300年。由于科举时代要通过考试选拔人才，很多文人学士要为科举考试做准备，于是有人在山林之间筑起书屋，作读书休闲之用，或者相聚读书论道、修身养性。书院因此应运而生。

书院的兴起。宋代理学兴起，儒家学者以儒家经典教授于各地，讲学之风大盛，书院蓬勃兴起。当时著名的书院有：河南商丘的应天书院、河南登封的嵩阳书院、湖南长沙的岳麓书院、湖南衡阳的石鼓书院、江西庐山的白鹿洞书院、江西上饶的鹅湖书院等。有专家统计，中华大地上曾存在过的书院有8000多所。

书院的衰落。书院随着科举制度的兴衰而兴衰。清末废除科举制，书院也随之衰落，结束了它的历史使命。

古代书院衰落后，并没有完全消亡，而成为历史遗存。可以说，书院是生生不息的中华文明的重要传承方式之一。

一是物态传承。许多书院建筑经历了建设、毁损、修缮、重建的过程，有的被保存至今。

二是文化传承。历史上的书院不仅是教育和学术机构，更是文化传承、社会主流价值传播的重要载体与渠道，对培养人才和引导社会文明风尚发挥过重要作用。现在的讲座、讲习、讲坛等等，可以说是书院文化现象和文化功能的沿袭。

三是精神传承。每个书院都有每个书院的宗旨和精神。如岳麓书院"惟楚有材，于斯为盛"，着力于人才的培养。又如东林书院"风声雨声读书声声声入耳，家事国事天下事事事关心"，充满家国情怀，承担文化理想。古代书院的精神，用宋代张载的话来说，就是：为天地立心，为生民立命，为往圣继绝学，为万世开太平。这是书院的情怀，也是书院的追求。这些精神都传承至今。

在今天，书院不能仅仅作为传统文化展示和传承的窗口，更应作为一种活态文化融入现代社会和人们的日常生活，成为传统文化"创造性转化、创新性发展"的载体。

一是形态上的转化与创新。从山上到山下，从相对封闭到相对开放，成为社会文化活动空间。

二是功能上的转化与创新。从教学到教育，从学术研究到思想交流，成为文化传播重要载体。

三是对象上的转化与创新。从圣贤到学者，从门生学子到各界英才，成为科文艺企联系纽带。

四是方式上的转化与创新。从讲学到讲座，从师生游学到异地讲习，成为文化交流高端平台。

五是内容上的转化与创新。从儒学到新知，从坐而论道到创新创造，成为新兴文化实验基地。

我们要把传统书院置于现代视域之中，用创新思维和全新思路推进书院文化的复兴，不能止步于有形的物质层面的建筑的保护与修复，更不是打造多少个文化活动场所和运营空间，而是要注重传统文化的传承和发展，注重书院的创新创造，以书院的现代形态，满足人民精神文化需求，增强人民精神力量，提升当代中国社会的文明程度，为建设文化强国作贡献。

书写长江：两本书·三个故事·几点认识

非常荣幸应邀参加长江文化南京论坛之"书写大河——世界大河文明国际传播论坛"。这个论坛以"传播促进大河文明的交流互鉴"为主题，打开与大河文明对话的"窗口"，深入研究"大河文明的国际传播路径"，为文明互鉴和人类可持续发展聚智汇力、建言献策，很有现实意义。我今天的发言围绕"大河文明与国际传播"的议题，介绍两本书，讲三个小故事，谈几点认识。

"两本书"

文学是文明传播的主要载体与路径。我是从事纪实文学和报告文学创作的。纪实文学和报告文学与国外的非虚构文学一样，是记录时代、传播文化、文明互鉴的重要载体。十几年来，我创作了多部报告文学，其中《大江之上》《世纪江村》就是"书写大河、传播文明"的文学作品。一本是《大江之上》，即长江大桥建设三部曲。

长江是中国的母亲河，纳百川千河，自西向东横贯中国腹地。它的血脉与乳汁，孕育了中华民族和华夏文明。千百年来，长江两岸的人民得灌溉水利之利、舟楫运输之便，创造了光照千秋的物质文明和精神文明。同时，长江也是一条天堑，它的宽阔与汹涌，阻隔了我国南北的交通，影响了物资的流动和人员的交往，进而影响了我国经济社会的发展。

逢山开路，遇水架桥。千百年来，中国人一直梦想在大江上建造桥梁。孙中山在《建国方略》中提出在武汉建长江大桥，当时的民国政府很重视，曾邀请德国、美国的桥梁专家来中国考察长江，拟请他们进行长江大桥的设计，但他们在考察后丢下一句话："在长江上建桥是不可能的。"所以，在新中国成立前，在长江上一座大桥也没有。

直到新中国成立后，在茅以升等桥梁专家的建议下，才开始在长江上建造大桥。从上世纪50年代到2019年，长江上从1座到111座大桥。我的文学作品《大江之上》主要选取了有代表性的3座长江大桥来写：

武汉长江大桥，是第一座长江大桥，一座合作与友谊之桥。

南京长江大桥，是第一座中国人建造的长江大桥，一座自力更生之桥。

江阴长江大桥，是第一座跨越千米的斜拉索现代长江大桥，一座改革开放之桥。

"一桥飞架南北，天堑变通途。"桥梁改变了地理关系，沟通了中国的北方与南方；桥梁促进了经济发展，使现代城市、外向型经济在这里萌生与崛起，长江经济带与"一带一路"从这里走向全国、走向世界；桥梁融合了不同文化，使我国南北文化因此有更多的交流、互动与融合。同时，桥梁本身是一种文化的符号与载体，是一个时期的记忆和文化标识，具有很高的历史文化价值。总之，大江之上的大桥是新中国创造的世界奇迹与伟大成就，也是工业文明的重要标志，更是社会、经济、文化发展的综合实力。

另一本是《世纪江村》，即中国小康之路三部曲。

在长江边上有个村庄叫开弦弓村，也就是费孝通《江村经济》中的江村。一百年前，以费达生、郑辟疆等知识分子在开弦弓村所进行的新品种、新技术推广和创建中国最早的第一个村办工厂，以及费孝通在该村的社会调查为主线，通过描写开弦弓村几代村民、进步人士和党员干部为改变乡村落后面貌、致富农村农民所做的种种艰苦卓绝的努力，展现了中国人民在实现小康、振兴乡村之路上的百年探索。

全书通过生动的语言塑造出丰富的人物群像，折射了中国近现代以来乡村工业萌芽、土地改革、实现小康以及正在进行的乡村振兴的壮阔历史，深刻揭示了没有共产党就没有新中国，没有新中国就没有新农村的历史逻辑，凸显了只有共产党领导的中国才能实现中国人民的百年梦想。可以说，吴江开弦弓村是我国农村文明、乡村振兴的一个缩影。

这两本书所写的，正是与长江有关的近现代工业文明与农业文明的典范和缩影。

"三个故事"

（1）费孝通与《江村经济》。

费孝通在吴江开弦弓村进行了 3 个月的社会调查，掌握了大量的第一手资料，记了 10 多个本子。他在去英国留学的邮轮上，便天天废寝忘食地整理这些资料。住在同一船舱的一个老外看到这位年轻人那么认真，便问他在做什么，费孝通告诉他，自己在一个村庄做了社会调查，现在把这些调查资料整理一下。老外问是什么样的村庄，费孝通告诉他是开弦弓村，老外听不懂，费孝通想了想说，就是长江边上的一个自然村。这下老外高兴了，说长江我知道，长江边上的村庄一定很美、很有意思。费孝通受此启发，在写博士论文时，标题不是"开弦弓村经济"，而是改成了"江村经济"，这样有利于国际传播。后来这篇论文出版后在世界上广为传播，成为人类学研究的范例和里程碑。

（2）周恩来与南京长江大桥。

南京长江大桥建成后，周恩来多次陪同外宾参观，他自豪地对国际友人介绍，新中国有两大奇迹，一个是南京长江大桥，一个是林县的红旗渠。外宾看了中国长江和长江大桥，对中国的发展有了深刻的印象，盛赞新中国建设成就，进而增进了对中国的了解和友谊。这是新中国"大桥外交"和国际传播的成功案例。

（3）罗格与十运会开幕式文艺演出。

2005年，第十届全国运动会在江苏举办。我时任省文化厅厅长，负责开闭幕式的文艺演出。国际奥委会主席罗格先生参加了开幕式并观看了文艺表演。第二天他接受记者采访，他说，我被昨天晚上的文艺表演震撼了，尤其是第二场在瞬间整个舞台变成了一片巨大的水面，在不断变化的场景中，我既看到了江苏境内的大江大河，也看到小桥流水人家，感受到了江南水乡的美丽与文化。有记者问他能给开幕式文艺演出打多少分？他想了想说，本来可以打100分，考虑到中国马上要在北京承办奥运会，就给你们打95分，把100分留给北京奥运会吧。他的话音刚落，采访现场响起了热烈的掌声和欢笑声。

这三个小故事，可以说是国际传播的成功案例，从中可以得到启迪与借鉴。

"几点认识"

结合当今的国际环境和传播生态，我认为做好中华现代文明包括长江文明的国际传播，应当注重这样几点：

一是善于讲好中国故事。

习近平总书记反复强调要讲好中国故事。我们既要讲给中国人自己听，更要讲给外国人听，让他们真正了解历史的中国和现实的中国。只有了解才能理解，只有理解才能化解，化解误会、偏见与对抗，为中国营造一个良好的发展环境，更好地实现文明的交流互鉴，构建人类命运共同体。讲好中国故事，题材是关键，也就是讲什么。这次长江文化南京论坛选取了一个非常好的题材，即长江文化，这既是历史的题材，也是现实的题材；既是自然环境的题材，也是经济社会和文化发展的题材；既是中国的题材，也是世界的题材。讲好中国故事，要做到"三个注重"：注重中国历史和中华文化，通过讲述中国自然遗产和文化遗产、重要事件和重要人物等方面的故事，展现中华文明的独特魅力；注重中国精神和中国价值，通过讲述儒、释、道和和谐、中庸、道德等中国哲学、思想理念等内容展现中华文明的内涵；注重中国发展和中国成就，通过讲述中国改革开放以来特别是新时代在经济、科技、环境、教育、文化等方面展现中华现代文明的硬实力与软实力和中华民族的自信自强。

二是构建国际话语体系。向世界上讲中国故事，就必须构建国际话语体系，也就是怎么讲。具体地说，构建国际话语体系要做到"三个讲究"：讲究语言表达方式，准确把握国际传播话语的要点和特点，能够提供准确的信息解读和权威的观点表达，适应外国受众的喜好和习惯，让人家听得懂、听得进；讲究传播模式的创新，广泛利用互联网、人工智能等新技术，使用生动的语言和图像，开展全方位、多层次、立体化的国际传播，实现信息的快速传播和互动交流；讲究情感沟通，了解外国受众的文化背景和兴趣点，调整讲述内容和风格，重视情感因素，用情感连接不同的国家和文化，让人家愿意听，并产生共鸣，进而向世界展示中国道路、中国智慧、中国方案以及中国价值，增强中国国际话语权和影响力。

三是搭建国际传播平台。文化因传播而产生影响，文明因互鉴而创造辉煌。向世界讲好中国故事，离不开有效的、有影响的国际传播的平台。为此，我们要搭建更多更好的平台，如论坛平台、媒体平台、会展平台、演出平台等，并努力创建国际传播品牌，做到名称的固定性，时间的周期性、内容的共同性、影响的广泛性，这样才能把新闻、学术、文字、艺术等内容更多更好地传播出去，达到传播中国声音、展示中国形象的目的。

合作与分享

今天活动的名称是："凤凰·南图"阅读新空间战略合作发布仪式暨凤凰书苑新版 APP、书苑＋频道上线发布会，这可能是我参加过的活动中最长的一个名称，而主题就是 5 个字：阅读新空间。如果更确切一点说，就是"阅读新时空"。无论是"凤凰"与"南图"的合作，还是书苑的新版 APP 和频道，都是为了增加阅读的时间与空间。没有时间，空间没有意义。时间与空间共同构成了现实的宇宙。我们正在开辟和拓展的新时空，就是在搭建未来的"元宇宙"。"凤凰"与"南图"构建的"阅读新空间"可以说是"元宇宙"中的一个小单元。

构建这个"阅读新空间"有两个关键词：合作与分享。

合作，从远里讲，是人类力量的源泉；从近里讲，是当今时代的发展潮流。我们这个时代是一个合作的时代。"阅读新空间"正是合作的产物。

一是团体与团体的合作。"凤凰"是全国出版界的第一军团，"南图"是我国三大图书馆之一。所以，你们的合作是强强联合，能够充分发挥各自的优势，优化资源配置，实现更大效能。

二是前端与终端的合作。"凤凰"出版是前端，"南图"阅读是终端。前端与终端的合作，给广大读者带来了福音，他们可以享用更多更好的阅读资源，看到最新最美的书籍。

三是线下与线上的合作。传统的图书馆是"线下",而出版社的 APP 和频道是"线上"。线下与线上的合作，不仅开辟了新的阅读空间与时间，而且可以实现作者与读者、读者与读者的互动，提高阅读的质量与效果。

无论是哪种合作，都是为了更快更多更好的分享。合作是分享的前提，分享是合作的目的。那么我们在共建的"阅读新空间"里能分享到什么呢？

首先是分享知识。无疑，读者在新的时空中能够更加快捷地读到新的作品、新的书籍，从中获得更多的新知识。

其次是分享思想。写作离不开思考，阅读也离不开思考，而思考的结果便产生思想。在当今时代，知识固然重要，而思想更为重要。思想需要分享与交流。有位哲人说过，你有一个苹果，我有一个苹果，交换之后各自还是一个苹果；而你有一种思想，我有一种思想，交流之后各自便有了两种思想。所以，在"阅读新空间"，不仅要分享作品、分享知识，更要分享思想，进行写作与阅读心得的交流，进行思想认识的交流。

主要是分享快乐。经常有人问我，写作那么辛苦，你为什么会长期坚持笔耕不辍？我回答说，写作是我生存和生活的一部分，或者说是我的一种生存和生活方式，我不觉得辛苦，如果觉得辛苦甚至痛苦，我就不会去做、不会去坚持。正是因为我不觉得辛苦，而是感到无比快乐，我才能坚持下来、坚持下去。我这次入驻到"阅读新空间"中来，主要就是与大家更多地分享写作的快乐和阅读的快乐，让快乐滋润我们的心灵，让幸福充满我们的生活。唯有快乐地学习、快乐地工作、快乐地生活，才能实现人生的全部意义。

天时地利人和

　　我的答谢词就是要在这个场合表达我的感谢之意，但今天我更想讲一讲这次创作《中国天文发展三部曲》最深切的感受，概括起来六个字："天时地利人和"。

　　先说天时。我遇上了天文发展和文学创作的最好时代。离开这个时代，就没有我的报告文学创作题材，就不可能创作出《向苍穹》这本书。

　　再说地利。江苏从古到今，都是我国天文学发展的重镇。尤其是紫金山天文台、南京大学空间天文学院、南京航空航天大学是我国近现代天文事业和天文人才摇篮，而且在天文科学上一直处在最前列，进入新时代更是取得了丰硕成果，如常进院士领衔的暗物质探测卫星，方成院士领衔的"羲和一号"卫星、甘为群首席科学家领衔的"夸父一号"卫星等等，都主要是在江苏这块土地上研发的。

　　三说人和。在我这次的采访和写作中，得到了有关部门的重视和支持。省委宣传部、省作协、凤凰出版集团都把《向苍穹》作为重点文艺创作和出版项目。还有许多人为我提供了直接或间接的帮助。尤其是许多著名科学家，有的已经是八九十岁的高龄，还热情地接受我的采访，提供资料和图片。正是他们的成就成就了我这本书，他们才是这本书的"第一作者"。

正是这天时地利人和，为我的创作提供了最好的条件。我没有理由不创作出好的作品来。习近平总书记指出，中国不乏史诗般的实践，关键要有创作史诗的雄心。我现在有这个雄心，但还没有这个水平。我一定继续努力。我前几年公开说过我的创作计划，创作一百万字的书法作品，创作一百万字的文学作品。现在回过头来看，第一个一百万字还没有完成，第二个一百万字已经基本完成。接下来，我要争取再创作一百万字的文学作品，拿出更多更好的作品，奉献给时代，奉献给人民，也奉献给在座的各位。

图书在版编目（CIP）数据

极简演讲集 / 章剑华著. —南京：江苏凤凰文艺
出版社，2024.3

ISBN 978 - 7 - 5594 - 8070 - 5

Ⅰ. ①极⋯　Ⅱ. ①章⋯　Ⅲ. ①演讲-中国-当代-选
集　Ⅳ. ①I267

中国国家版本馆 CIP 数据核字（2024）第 001281 号

极简演讲集

章剑华　著

出 版 人	张在健	
责任编辑	唐　婧	
装帧设计	有品堂-刘　俊	
责任印制	杨　丹	
出版发行	江苏凤凰文艺出版社	
	南京市中央路 165 号，邮编：210009	
网　　址	http://www.jswenyi.com	
印　　刷	苏州市越洋印刷有限公司	
开　　本	880 毫米×1230 毫米　1/32	
印　　张	13.25	
字　　数	297 千字	
版　　次	2024 年 3 月第 1 版	
印　　次	2024 年 3 月第 1 次印刷	
书　　号	ISBN 978 - 7 - 5594 - 8070 - 5	
定　　价	68.00 元	